Hartmut Schnedl

Steirisch Sterben

Kriminalroman

federfrei
www.federfrei.at

1. Auflage
Marchtrenk, 2014
www.federfrei.at

Umschlagabbildung:
© mrxthelast - Fotolia.com
Lektorat: S. Bähr
Autorenfoto: © Daniela Lipka
Satz und Layout: Verlag Federfrei
Printed in EU

ISBN 978-3-902784-46-9

1. Jänner, 0:17 Uhr

Das Geschoss aus 6 g Blei mit einem Mantel aus stark kupferhaltiger Messinglegierung blieb in 2.373 m Seehöhe für einen Sekundenbruchteil in der Luft stehen. Erdanziehungskraft und Vortrieb hielten sich die Waage, dann fiel es mit einer Beschleunigung von 9,81 m/sec^2 in Richtung Erdmittelpunkt. Mit einer Geschwindigkeit von 342 km/h traf es die Wodkaflasche. Florian Thal stand mit nacktem Oberkörper im Schnee. Mit den Hüften imitierte er Kopulationsbewegungen, seine Lippen stülpte er über den Flaschenhals. Das Geschoss zerschlug das Glas. Ein daumennagelgroßer Splitter zerfetzte Florians Halsschlagader. Eine pulsierende Blutfontäne färbte den Schnee hellrot und bespritzte die Gesichter der Umstehenden. Zweiundvierzig Sekunden später war Florian Thal tot.

Dienstag, 17. Jänner

»Wollen Sie etwas lesen? Kronekurierpressestandard?«

In meiner Geldbörse zwischen Presseausweis, einem vergessenen Starbucks-Sammelpass mit einem einsamen Stempel und einigen fleckigen Visitenkarten steckte eine blaue ÖBB-Vorteilscard »Presse«. Mit ihr hatte ich Anspruch auf ein Gratis-Update auf die erste Klasse. Der Zugbegleiter brachte mir Zeitungen ins Abteil und behandelte mich mit auffallender Höflichkeit. Auch wenn ich nicht für Kronekurierpressestandard arbeitete, sondern für den »Biobauer«, dem »Informationsblatt für den fortschrittlichen Landwirt«. Ich bin einer jener freien Journalisten, die für wenig Geld Artikel für Fachmagazine und Kundenzeitschriften schreiben, denen es weniger auf die Qualität der Texte ankommt als darauf, die Seiten zwischen den Inseraten zu füllen. Martin Ellmer, Chefredakteur des »Biobauer«, hatte – wie immer in letzter Sekunde – einen freien Mitarbeiter gesucht, der ihm eine Betriebsreportage für die nächste Ausgabe lieferte. Ich hatte zwar keine Ahnung von Landwirtschaft, aber ich hatte Zeit. Martin Ellmer hatte mir einen Fragenkatalog zusammengestellt, der mir als Leitfaden dienen sollte. Nun saß ich im EC 533 »Lakeside Park« und bereitete mich auch das Gespräch mit Franz Brandter vor. Brandter hatte vor ein paar Jahren seinen Hof in Murau auf Biolandwirtschaft umgestellt – Murtalrind, Turopolje-Schweine und Saiblingszucht. »Betriebsreportage« war ein Euphemismus für einen bezahlten PR-Artikel. Meine Aufgabe war es, die Qualität der Produkte herauszustreichen und dabei nicht mit Superlativen zu geizen. Ich wusste, dass so ein Interview harte Arbeit sein konnte: Landwirte neigen zu Einsilbigkeit. Wie einsilbig Franz Brandter bei unserer Begegnung sein sollte, davon hatte ich noch keine Ahnung.

In Unzmarkt war ich durch mit den Zeitungen. Ich packte meinen Rucksack und stieg aus dem Zug. Der eisige Wind trieb mir Schneekristalle in die Augen. Die Schalter in der Wartehalle waren geschlossen. Ein paar Schüler, die mit niedergeschlagenen Augenlidern und Stöpseln in den Ohren auf der harten Holzbank zu meditieren schienen, wiesen mir den Weg zum Anschlusszug auf dem Schmalspurgleis.

Der Triebwagen ratterte vorbei an weißen Weiden, weißen Häusern und schmutzbraunen Straßen. Jugendliche hatten ihre Snowboards gegen die Sitze gelehnt und saßen über ihre Handys gebeugt. Eine alte Frau starrte stumm auf den Boden. Die Heizung war zu heiß eingestellt. Ich holte meine Notizen heraus und ging noch einmal meine Fragen durch. Doch die verschneite, menschenleere Landschaft lenkte mich ab. Ich ließ meinen Block auf meine Knie sinken und starrte durch die trüben Scheiben. Teufenbach, Saurau, Triebendorf – die Namen der Stationen schienen aus einem verloren gegangenen Kapitel der »Herr der Ringe«-Bücher geborgt.

Ich hatte mit Franz Brandter vereinbart, dass er mich vom Bahnhof Murau abholen würde. Als ich ausgestiegen war, stand ich allein auf dem Parkplatz. Ich nestelte meinen Rucksack auf, um mein Notizbuch herauszuholen. Mit klammen Fingern suchte ich nach seiner Telefonnummer und tippte sie in mein Handy. Ich ließ es läuten, bis die Mailbox ansprang. »Hallo, hier Dimiter Damianovic vom ›Biobauer‹«, sprach ich ins elektronische Rauschen. »Es ist 14 Uhr. Ich stehe wie vereinbart am Bahnhof. Bitte rufen Sie mich zurück.«

Die Kälte kroch die Ärmel meiner Baumwolljacke hoch. Das oberste Drittel meiner Stirn, dort, wo sich in den letzten Jahren immer mehr Haare verabschiedet hatten, fühlte sich an wie mit Eiswasser begossen. Zwischen den Zehen spürte ich eine verdächtig klamme Feuchte. An der Tür des Bahnhofsrestaurants hing ein Zettel: »Pächter gesucht«. Auf der anderen Straßenseite blickte mir die Bronzeskulptur einer streng dreinblickenden Frau in einem kegelförmigen Gewand entgegen. An ihre Beine schmiegte sich eine verschlagene Katze. Die beiden bewachten einen kubischen Gebäudekomplex aus bläulichem Glas. Im Inneren des Amtsgebäudes war es warm, und das Gewirr der Stiegen erinnerte mich an eine Grafik von Escher. Von der Decke hingen drei Schilder: »Reisepass«, »Führerschein« und »Waffen«. Ein vergilbtes Plakat warnte vor einer Alien-Invasion. Es informierte über die Gefahren eingeschleppter Pflanzen: kaukasischer Riesenbärenklau, amerikanisches Ragweed, japanischer Knöterich, kanadische Goldrute und indisches Springkraut.

»Suchen Sie etwas? Kann ich Ihnen helfen?« Die Stimme aus der Portiersloge hatte einen genervten Unterton.

»Können Sie mir sagen, wie ich zum Lärchberg 14 komme?«

»Wenn Sie auf den Lärchberg wollen, müssen Sie in Richtung St. Lorenzen fahren und bei der BP-Tankstelle rechts hinauf.«

»Ich habe kein Auto. Wie komme ich mit dem Bus dorthin?«

»Auf den Lärchberg gibt's nur den Schulbus, und der ist schon gefahren. Mit dem hätten Sie aber eh nicht mitfahren dürfen, dafür sind Sie schon ein wenig zu alt.«

»Gibt es sonst keine Möglichkeit, dorthin zu kommen?«

»Sie können zu Fuß gehen. Dazu brauchen Sie mindestens eine Stunde. Wenn Sie Glück haben, nimmt Sie ein Auto mit. Hier haben Sie eine Umgebungskarte.«

Ich probierte es noch einmal mit dem Handy. Diesmal meldete sich nicht einmal die Mailbox. Es blieb mir nichts anderes übrig, als zu gehen – schon allein, um mich warm zu laufen. In dem grauen Winterwetter zog die Stadt ein mürrisches Gesicht. Doch auch an einem lauen Frühlingstag würden die Straßen wohl kaum vor Leben strotzen. Leere Auslagenscheiben reihten sich aneinander. Hinter einigen hingen Schautafeln von Immobilienbüros, deren Angebote zum Großteil in ungarischer Sprache verfasst waren. Hinter anderen waren verstaubte Acryl- und Aquarellbilder ausgestellt. Ein Waffengeschäft schien der einzige Laden zu sein, der noch nicht dichtgemacht hatte. Ich wollte mir eine Mütze und ein paar Handschuhe kaufen, fand aber kein Geschäft, das solch brauchbare Dinge feilbot. Brandter meldete sich immer noch nicht, und ich stapfte die Straße auf den Lärchberg hoch. Die einzige andere Möglichkeit wäre gewesen, unverrichteter Dinge zurückzufahren. Das würde bedeuten: kein Honorar, keine Spesenabrechnung. Ganz abgesehen von Martin Ellmers Tobsuchtsanfall.

Ich brauchte knapp anderthalb Stunden, bis ich den Hof fand. Es war ein kleines altes Haus, teils aus Stein, teils aus Holz. Vor der Haustür stand eine Bank, um die der Schnee rundherum weggefegt war. Vom Dach hingen Eiszapfen. Klingel konnte ich keine entdecken, also klopfte ich an die Tür. Klopfte noch einmal und trat schließlich ein. Die Diele roch nach Stall und nach Holzfeuer. Rechts gab es eine einfache Tür, die wohl in die Küche führte. Geradeaus ging es über eine Holztreppe in den oberen Stock.

»Grüß Gott, ist jemand zu Hause?«

Die Holzstiege knarrte. Eine kleine Frau um die achtzig, gebeugt und mager, erschien im Halbdunkel des oberen Treppenabsatzes. Sie klammerte sich mit beiden Händen an das Geländer und kletterte Stufe um Stufe herab, wobei sie einen Fuß nachzog und jeden Schritt mit einem Ächzen begleitete.

»Ich suche Franz Brandter«, sagte ich. »Wir hatten eine Verabredung und …«

Die Frau drehte um und kletterte wieder nach oben.

»Franzl!«, rief sie in den ersten Stock. Eine männliche Stimme grummelte eine unverständliche Antwort. Im Halbdunkel des oberen Treppenabsatzes erschien ein Mann in Hosenträgern. Ebenso klein wie die Frau, ebenso alt.

»Ja?«

»Franz Brandter?«

»Das bin ich.«

Mir fiel etwas ein: »Heißt Ihr Sohn auch Franz? Wo kann ich ihn finden?«

»Der ist wahrscheinlich beim Fischteich draußen.«

»Ich bin Dimiter Damianovic. Von der Zeitschrift ›Biobauer‹.«

»Sind Sie ein Russe? Wenn Sie hinausgehen, geradeaus und dann den Rain hinunter.«

Der Weg war ausgetreten. Eine dünne Schneeschicht hatte sich auf die Fußstapfen gelegt. Von oben zeichnete sich der Fischteich als längliches weißes Rechteck ab. In der Mitte war das Eis eingebrochen. Eine rote Daunenjacke schwamm im Wasser. Als ich mich näherte, bestätigte sich, was ich befürchtet hatte, aber nicht wahrhaben wollte: Es war nicht nur eine Daunenjacke. In ihr steckte ein Mensch. Kopf und Unterkörper waren unter Wasser. Die Daunenjacke ließ wie eine Rettungsweste den Oberkörper obenauf schwimmen. Ich begann zu rennen, stolperte und kugelte durch den Schnee. Den Rucksack ließ ich fallen und hastete an den Teich. Ich hatte mich nicht geirrt: Im Wasser trieb ein Mensch. Regungslos. Beunruhigend regungslos. Am Ufer lag ein Stallbesen. Ich legte mich flach aufs Eis, schob mich Stück für Stück voran und versuchte, den Besen als Enterhaken zu benutzen. Der Körper war zu schwer, und die Jacke hatte sich mit Wasser vollgesogen. Ich kroch noch weiter vor und konnte den nassen Stoff mit der Hand fassen. Das Eis bot keinen geeigneten Widerstand – statt den Körper zu mir zu ziehen, zog ich mich selbst noch weiter in Richtung offenes Wasser. Ich bekam nun einen Arm zu packen und glitschige kalte Finger, die aus dem Ärmel hervorschauten. Mit meiner freien Hand löste ich meinen Gürtel aus der Hose. Ich schlang ihn um das Handgelenk des leblosen Körpers und zog die Schlaufe fest. Das andere Ende des Gürtels befestigte ich am Besen. Ich kroch wieder rückwärts, bis der Gürtel sich straff spannte. Den Besen setzte ich teils als Verlängerung der Leine, teils als Hebel ein, und so gelang es mir langsam, den Körper auf das Eis und ans Ufer zu ziehen. Kopf und Beine hingen schlaff herab. Die Füße waren in einem grotesken Winkel abgeknickt. Ich sank in den Schnee und rang nach Luft, bevor ich den Körper umdrehte. Das Gesicht war grau und schwammig, die offenen Lippen blau marmoriert. An Stirn und Schläfe zeichneten sich dunkle Flecken ab, die Augen waren verdreht und von einem trüben Schleier bedeckt.

Ich suchte nach der Halsschlagader, fand aber keinen Puls. Ich legte den Körper auf festgetretenen Schnee und versuchte eine Herzmassage. Pressen … pressen … pressen… Umsonst. Besser gleich die Rettung anrufen. Das Handy war im Außenfach des Rucksacks. Kein Empfang. Nur Notrufe. Dies war ein Notruf. Mit zitternden Fingern schaffte ich es, den Euronotruf 112 einzugeben.

Qualvolle Minuten fror ich allein neben dem leblosen Körper. Die Dämmerung kündigte sich an und verwandelte den Wald ringsum in eine finstere Wand, die wie schleichendes Raubzeug näher zu kriechen schien. Dann durchbrach ein blauer, pulsierender Schein die Finsternis: Der Rettungswagen schraubte sich die Serpentinen hoch und blieb vor dem Brandter-Hof stehen. Stimmengewirr, dann liefen die Sanitäter mit einer Bahre durch den Schnee. Das Blaulicht illuminierte die Szene mit einem unwirklichen Stakkato. Die Sanitäter stellten keine Frage zu viel, sie kannten jeden ihrer Handgriffe. Nun waren auch zwei Polizisten angekommen. Der Revierinspektor, hager und lang, wollte meine Telefonnummer. Ich gab ihm meine Visitenkarte.

»Ihren Ausweis noch. Führerschein?«

»Habe ich nicht bei mir.«

Der zweite Polizist drängte sich vor.

»Es wäre günstig, wenn Sie bis morgen bleiben könnten. Wir müssen Ihnen noch ein paar Fragen stellen. Den Zug nach Wien erwischen Sie heute eh nimmer.«

»In der Stadt gibt's ein paar Gasthöfe«, sagte der Lange.

»Frau Belkoff hat auch noch ein Zimmer frei. Da sind Sie gemütlicher untergebracht«, unterbrach sein Kollege ihn. »Wenn Sie wollen, bringen wir Sie hin. Sie sind ja ganz durchgefroren.«

Bei Frau Belkoff roch es nach Rauch und Katzen. Sie trug eine Art rosafarbenen Turban, hatte rote Fingernägel und rote Lippen, die aus ihrem zerknitterten, nikotingelben Gesicht leuchteten. Über ihrem türkisblauen Pullover hing eine Halskette aus großen smaragdgrünen Holzperlen. Frau Belkoff brachte mir heißen Kaffee. Vom Kasten herab starrte mich ein Paar Katzenaugen an. Eine zweite Katze kauerte auf der großen Pendeluhr. Als ich mich auf das blau und grün gemusterte Sofa setzte, flüchtete eine dritte Katze aus ihrem Versteck unter dem Kissen.

An den Wänden der Wohnküche hingen Landschaftsaquarelle und Kupferstiche. Mir fiel ein großformatiger Bildkalender ins Auge. Das Kalenderblatt zeigte einen nackten Mann mit einer Motorsäge im verschneiten Wald. Das Bild war nicht eben vulgär, aber inmitten der heimeligen Atmosphäre der Wohnküche wirkte es wie die Faust aufs Auge.

Frau Belkoff fing meinen irritierten Blick auf.

»Wie unsensibel von mir!« Sie schlug sich mit der flachen Hand auf den Mund. »Sie finden eine Leiche, und dann kommen Sie zu mir, und an der Wand hängt das Foto jenes Mannes, den sie eben tot aufgefunden haben. Ich hätte den Kalender schon abnehmen sollen, als die Sache mit Florian Thal passiert ist.«

»Ist das der Jungbauernkalender?«

»Nein, den haben die ›Young Rural Professionals‹ herausgebracht. Den Kalender hat mir Elias Hafner geschenkt, ein junger Freund. Ich habe ihn aufgehängt, um ihm eine Freude zu machen. Warum auch nicht? Die Bilder sind zwar nicht ganz geschmackssicher, aber im Grunde finde ich nichts dabei, dass man seinen Körper herzeigt, solange er noch knackig ist. Als ich ein junges Mädchen war, wollte ein Bildhauer eine Aktplastik von mir anfertigen. Meine Mutter war strikt dagegen. Dabei hätte man eh nichts gesehen: Es war nämlich ein abstrakter Künstler, der mit Profilstahl und rostigen Nieten gearbeitet hat. Keines seiner Kunstwerke war unter drei Meter groß.«

»Es wäre ganz sicher eine entzückende Plastik geworden.«

»Die man im nächsten Krieg eingeschmolzen hätte.«

»Einen Kalender wirft man auch am Ende des Jahres weg.«

»Aber man macht keine Kanonen draus. Mit einem Kalender kann man höchstens eine Fliege totschlagen.«

»Wer sind diese ›Young Urban …‹?«

»›Young Rural Professionals‹. Ein Zusammenschluss junger, tüchtiger Männer.«

»Und Herr Brandter war Mitglied dieser … Professionals?«

»Ja. Er hat seinen Betrieb in den letzten Jahren ziemlich erfolgreich erweitert. Wer ihn kannte, bevor er seine Frau geheiratet hatte, hätte ihm das nie zugetraut. Ich habe auf der Gemeinde in der Stadtbücherei gearbeitet. Ich kannte fast alle Kinder aus dem Ort, zumindest diejenigen, die lasen. Franz las gerne. Er hat sich die üblichen Kinderbücher ausgeborgt. Die ›Fünf Freunde‹ hat er sehr gemocht. Wenn keines dieser Bücher da war, hat er ›Hanni und Nanni‹ gelesen. Er wollte nach der Hauptschule aufs Oberstufengymnasium, aber sein Vater hat ihn auf die Landwirtschaftsschule geschickt, wo er auch Schlosser gelernt hat. Von da an hat er sich nie wieder in der Bücherei blicken lassen. Er litt sehr unter der Fuchtel seines Vaters. Der Alte ist ein Tyrann, alles hat nach seinem Kopf gehen müssen, auch noch, als er siebzig war. Alles hat so bleiben müssen, wie es immer war, und mit dem Hof ist es immer weiter bergab gegangen. Dann hat Franz Erika kennengelernt. Das heißt, gekannt hat er sie ja schon, seit sie Kinder waren. Sie war zwei oder drei Jahre älter als er und war in der Bank angestellt. Vor fünf Jahren sind sie einander auf der Landwirtschaftsmesse in Wels über den Weg gelaufen. Sie kennen das sicher: Man freut sich, ein bekanntes Gesicht in einer fremden Stadt zu sehen, man geht miteinander essen, trinkt zu viel, landet gemeinsam im Bett … Es war das erste Mal für Franz, dass er eine Freundin gehabt hat. Als er zurück war, hat es geheißen: Im Frühling heiraten wir. Alle haben geglaubt, es wäre ein Kind unterwegs, aber das stimmte nicht. Vielleicht hat sie das Kind auch verloren. Die beiden haben jedenfalls bis heute keinen Nachwuchs. Erika hat sich mit ihren Schwiegereltern überhaupt nicht verstanden. Man erzählt sich, dass sie zu viert am Esstisch gesessen sind, Erika, Franz und seine Eltern, ohne ein Wort miteinander zu reden. Erika ist ein Sturschädel, noch sturer als der alte Brandter, sonst hätte sie es dort nicht ausgehalten. Sie hat verlangt, dass der Alte den Hof endlich ganz in Franz' Hände geben sollte, aber da hat sie auf Granit gebissen. Erst als die alte Bäuerin krank geworden ist und nicht mehr arbeiten konnte, hat der Alte nachgegeben. Seitdem ist er mehr und mehr verfallen. Heute ist er ein altes Männlein, ein Schatten des kraftstrotzenden Egomanen, der er früher war. Sie haben ihn ja kennengelernt.«

»Ich habe ihn nur kurz gesehen.«

»Sobald Franz, ich meine den jungen Franz, übernommen hatte, wurde die ganze Landwirtschaft konsequent umgestellt. Alles hat müssen Bio sein. Diese komischen Wildschweine haben sie sich angeschafft, den Fischteich, die Räucherei. Da stehen irrsinnige Schulden dahinter. Erika war von der Bank, das mit dem Geld hat sie geregelt. Tüchtig ist sie ja. Und sie lasst sich Sachen einfallen: Bis nach München ist sie gefahren, jedes Gourmet-Restaurant hat sie persönlich besucht. Auf einmal sah man ihr Bild in jeder zweiten Zeitschrift: Im ›Genuss pur‹, im ›Fisch frisch‹ im ›Dreihaubenmagazin‹. Sogar im Fernsehen war sie.«

»Der Hof schaut gar nicht so groß aus. Und modern schon gar nicht.«

»Sie haben ja nur den alten Hof kennengelernt. Dort, wo die Eltern wohnen. Der Franz und die Erika haben den Nachbarhof dazugepachtet. Dort stehen die neuen Ställe und ihr neues Wohnhaus. Groß und modern, mit viel Holz und Glas.«

»Was jetzt wohl daraus wird?«

»Erika ist eine starke Frau. Fast schon brutal. Wenn es sein muss, schupft sie die Landwirtschaft alleine. Von den Schwiegereltern lasst sie sich sicher nicht helfen, da beißt sie sich vorher die Nase ab.«

Ich hatte meinen Kaffee ausgetrunken. Die Katzen hatten inzwischen entschieden, dass ich harmlos war. Die frechste spazierte mit hochgerecktem Schwanz über das Sofa und rieb ihr Köpfchen an meinem Oberschenkel. Mir fiel ein, dass Martin Ellmer, der Chefredakteur des »Biobauer«, auf meine Reportage über den Brandter-Hof wartete. Ich zog mich in mein Zimmer zurück und rief ihn am Handy an. Wie ich gehofft hatte, war er noch im Verlag und meldete sich mit seinem üblichen Grant am Telefon.

»Martin, du musst die zwei Seiten mit etwas anderem füllen. Der Bericht über den Brandter kommt nicht«, fiel ich mit der Tür ins Haus.

»Ich habe mich auf dich verlassen, Dim. Soll ich auf die zwei Seiten Blümchenmuster drucken, damit unsere Leser es als Einwickelpapier verwenden können? Oder einen Ausschneidebogen für Konfetti draus machen?«

»Franz Brandter ist tot. Ein Unfall.« In kurzen Worten erzählte ich ihm alles. Ich deutete an, dass ich von ihm erwartete, mir zumindest meine Spesen zu ersetzen.

»Wenn ich dir schon eine Fahrt in diesen abgelegenen Winkel bezahle, bringst du von dort auch eine Story mit.«

»Was denn für eine Story?«

»Über Franz Brandters Glück und Ende. Wie er alles aufgebaut hat, wie er seine Frau kennengelernt hat, wie er gestorben ist, wie seine Frau weitermachen wird. Mit viel Herzschmerz, Schmalz und Schicksal. Wir drucken die Geschichte in ›Griaß enk!‹ ab.«

»Griaß enk!« war das jüngste Kind des Verlags. Eine Zeitschrift, die eine romantische »Zurück zum Land«-Botschaft mit Lifestyle-Themen verband. Es war eine kunterbunte Mischung aus Tränen-Schicksalsberichten, Gartentipps, Kochrezepten und Lebensweisheiten.

»Martin, du weißt, dass ich das nicht kann. Ich bin ein knochentrockener Schreiber, kein Seitenblicke-Paparazzo.«

»Das schaffst du schon. Am besten, du hechtest mit einem Kopfsprung direkt ins kalte Wasser. Rede mit seiner Frau, mit den Nachbarn und, wenn nötig, auch mit seiner Kindergartentante und seiner Hebamme. Und mach Fotos! Wenn sie gut sind, übernehmen wir sie, sonst schicken wir einen Fotografen hin. Redaktionsschluss ist nächste Woche.«

»Wie ist das Honorar?«

»Übliches Zeichenhonorar, plus 25 Prozent. Maximal neuntausend Zeichen.«

»Ich überleg' es mir. Ich sage dir morgen Bescheid.«

Ich schaltete mein Handy aus. Auf weitere Gespräche hatte ich keine Lust mehr. Ich spürte, wie erschöpft ich war. Ich legte mich aufs Bett und betrachtete die paar Bücher, die das Regal in dem kleinen Zimmer schmückten. »Readers Digest Auswahlbücher«. Gab es die immer noch? Krimis mit knallroten Titelfotos, die mehr Blut versprachen, als der Inhalt hergab. Heiteres von Roda Roda und Hugo Wiener. Ich fuhr meinen Laptop hoch und stöpselte die Kopfhörer ein. Ich hatte mir »Die Welt ohne uns« als Hörbuch auf die Festplatte geladen. Während die sanfte Stimme den Verfall der menschlichen Zivilisation schilderte, fiel ich in eine angenehme Trance und schlummerte ein.

*

Es war spät am Abend, als ich aufschreckte. Um zu sehen, wie spät es war, dazu hätte ich erst mein Handy einschalten müssen. Es genügte zu wissen, dass ich Hunger hatte.

Frau Belkoffs Haus war ein Bau aus den 1940er- oder 1950er-Jahren. Mein Zimmer lag im ersten Stock. Aus Frau Belkoffs Privaträumen im Erdgeschoss drangen Fernsehgeräusche. Die schmale Treppe knarzte leise, als ich nach unten ging, der Haustorschlüssel ließ sich geräuschlos im Schloss drehen. Es war still. Der Schnee auf den Dächern dämpfte die fernen Autogeräusche. Aus der anderen Richtung hörte man das Glucksen eines Baches, der sich unter einer Eisschicht wand. Die Straße war ein graubrauner Matsch, durchsetzt mit Streusplitt, der unter meinen dünnen Sohlen knirschte. Die Siedlung lag in einer Art Senke. Über eine Betonbrücke mit knalligen türkisfarbenen Eisenstreben kam ich am Friedhof vorbei. Im Stadtzentrum war nicht viel mehr los. Immerhin gab es ein paar Gasthäuser, die ganz gemütlich wirkten. Ich stieg die drei Stufen zum »Postpferd« hinunter und zog meinen Kopf ein, um mich nicht am niedrigen Türstock zu stoßen. Im Vorraum schwammen Forellen in einem engen Aquarium und warteten auf ihren Tod in der Küche, falls sie nicht vorher an Langeweile starben. An der Bar lehnten zwei Männer, in ein Gespräch vertieft. Zwei Tische waren von Familien besetzt, die leise miteinander sprachen, als hätten sie Angst, eine Andacht zu stören. Ich blätterte die Speisekarte durch. Die Kellnerin nahm mir die Entscheidung ab. Sie hatte ein hartes, regungsloses Gesicht und trug ein ländlich-romantisches, blau kariertes Schürzenkleid. Der Kontrast war frappant.

»Nach zweiundzwanzig Uhr gibt es nichts mehr Warmes«, sagte sie harsch. »Das heißt, einen Schinken-Käse-Toast können Sie schon noch haben. Oder ein belegtes Brot.«

»Einen Salat vielleicht?«

»Nix da. Der Koch ist schon heimgegangen.«

»Dann einen Toast. Ohne Schinken, nur mit Käse. Nein, besser gleich zwei. Mit Ketchup.«

»Was zum Trinken?«

»Ein kleines Bier.«

Nachdem ich gegessen hatte, kamen die beiden Männer von der Theke an meinen Tisch.

»Dürfen wir uns zu dir setzen?«, fragte der Gepflegtere der beiden. Er trug Jeans und Trachtensakko, und sein dunkles, sorgfältig gescheiteltes Haar glänzte von Gel. Der andere, klein und ungeschlacht, steckte in einem ausgebeulten, olivfarbenen Pullover.

»Trink dein Bier, dann geben wir dir noch einen aus«, sagte er.

»Seid ihr Freunde vom Franz Brandter?«, fragte ich.

»Ich bin der Gugganig-Wirt, für dich einfach Egon«, entgegnete der Gepflegte. »Und das da ist der Bertl. Bertram Ferchner.«

»Dimiter Damianovic«, stellte ich mich vor.

Die Kellnerin brachte drei Gläser.

»Wir sind von den ›Young Rural Professionals‹«, sagte Egon. »Auch der Franz war dabei.«

»Der hat immer so getan, als ob er was Besseres wäre. Als dann die vielen Zeitungen über ihn geschrieben haben und das Fernsehen da war, ist er völlig abgehoben. Da war er nur mehr der Star. Als ob er etwas Besonderes wäre«, sagte Bertram.

»Vielleicht war er ja wirklich was Besseres. Woher willst du das wissen?«, fuhr Egon ihn an. »Kaum hat einer Erfolg, werden die anderen neidisch Jeder, der ein bisschen Substanz in der Birne hat, zieht sowieso weg.«

»Wenn einer auf uns scheißt, dann brauchen wir ihn auch nicht bei uns«, trotzte der Stämmige.

»Er war wohl nicht sehr beliebt?«, hakte ich nach.

»Ach was, die üblichen Streitereien«, wiegelte Egon ab.

»Beschissen hat er einen. Von vorne bis hinten«, beharrte Bertram.

»Sagen wir so: wirtschaftlich gehandelt.«

»Und ich habe dabei draufgezahlt. Ich hatte gedacht, wir seien Freunde.«

Egon zuckte die Achseln. »Willst du mit ihm tauschen? Jetzt noch?«

Bertram murmelte etwas Unverständliches.

Egon wandte sich wieder an mich: »Seit Tagen ist es jetzt saukalt. Wer hätte damit gerechnet, dass das Eis so dünn ist! Was meinst du?«

»Keine Ahnung. Vielleicht hat es einen Riss gegeben.«

»Und dann fällt er einfach so ins Wasser. Ritsch-platsch! Und kann sich nicht mehr selber ans Land retten«, raunzte Bertl voller Sarkasmus.

»Du hast keine Ahnung, wie schwierig das ist. Ich habe ihn herausgezogen. Auf dem Eis kann man sich nirgends festhalten, dauernd rutscht man ab«, entgegnete ich.

»Hätte er nicht um Hilfe rufen können?«

»Hat er wahrscheinlich eh. Aber wer hat ihn schon gehört? Seine Eltern sind halb taub, sonst war niemand in der Nähe.«

»Du warst in der Nähe.«

»Ich habe den Franz Brandter so gegen halb fünf am Nachmittag gefunden. Da kann er schon seit Stunden im Wasser gelegen haben. Aber warum fragst du?«

Egon leerte den letzten Rest Bier aus seinem Glas und stand auf.

Bertram beugte sich zu mir und wackelte mit dem Zeigefinger. »Zuerst der Florian Thal. Dann Franz. Und als Nächste sind wir dran!« Egon packte Bertram am Ärmel und zog ihn mit sich. »Entschuldige ihn, er hat zu viel getrunken. Dann wird er immer philosophisch.«

»Wer ist Florian Thal? Was ist ihm zugestoßen?«, rief ich ihnen nach, aber sie waren schon in ihre Jacken geschlüpft und in die kalte Winternacht entschwunden. Die Kellnerin wischte zum hundertsten Mal den Bierhahn glänzend und warf mir einen »Geht-mich-nix-an«-Blick zu. Ich war der letzte Gast.

»Wollen S' noch was?«

»Zahlen, bitte.«

Mittwoch, 18. Jänner

Das üppige Frühstück von Frau Belkoff machte das karge Abendessen am Tag zuvor wieder wett. Es gab frische Semmeln, Käse, Butter, ein weiches Ei und Kaffee, so viel ich wollte. Frau Belkoff lehnte neben dem Herd.

»Schmieren Sie sich ruhig ein Semmerl für unterwegs«, sagte sie. »Es bleibt sonst sowieso über.«

»Ich muss heute noch etwas in Murau erledigen. Kann ich eine zweite Nacht bei Ihnen wohnen?«

»Das ist gar kein Problem, Ihr Zimmer ist noch frei. Sonst habe ich in dieser Saison das Haus immer voll mit ungarischen Winterfrischlern. Dieses Jahr kommen sie höchstens für zwei, drei Tage über das Wochenende. Haben halt auch kein Geld mehr.«

»Ich sehe, Sie haben den Kalender abgehängt. Könnte ich ihn mir noch einmal anschauen?«

Sie presste ihre Lippen hart aufeinander, sagte aber nichts, als sie ihn mir aus einem Stapel alter Zeitungen hervorkramte. Ich blätterte den Monat Jänner auf. Ein junger Mann mit sportlicher Statur stand im Schnee und blickte versonnen in Richtung Berggipfel. Er war nackt bis auf ein paar Skischuhe und ein paar Gletscherbrillen, die um seinen

Hals hingen. Lässig hielt er ein Snowboard vor sich, das seine Körpermitte züchtig bedeckte.

»Kennen Sie den Herrn?«, fragte ich.

»Florian Thal. Er ist tot. Es war ein Unfall in der Silvesternacht.«

Das war also dieser Florian Thal, von dem Egon und Bertram gestern gesprochen hatten.

Frau Belkoff schüttelte den Kopf. »Dieser verdammte Kalender hat nichts Gutes gebracht.«

»Was ist in der Silvesternacht geschehen?«

»Florian Thal ist – war – ein frecher junger Bursche. Zu Silvester ist er mit Freunden herumgezogen. Am Schluss – bitte, ich habe das nur gehört – waren sie in einem – wie soll ich sagen – also, in einem Freudenhaus. Einem Bordell, einem Puff. Was sie dort zu suchen hatten – bitte, ich weiß es nicht. Um Mitternacht standen sie auf jeden Fall vor dem Haus, haben getrunken und sich das Feuerwerk angeschaut. Dabei hat Florian Thal sich mit einem Glassplitter den Hals aufgeschlitzt.«

»Hat er eine Scherbe verschluckt?«

»Die einen sagen, er hätte mit einer Schnapsflasche herumgefuchtelt, bis sie zerbrochen ist. Andere sagen, sie sei in der Kälte geborsten – ist so etwas überhaupt möglich? Es gibt sogar Gerüchte, dass die Flasche zerschossen worden sei. Auf jeden Fall hat er sich den zersplitterten Rest der Flasche in den Hals gerammt, und zwar so unglücklich, dass er die Halsschlagader erwischt hat. Er ist verblutet, bevor noch die Rettung da war.«

»War Florian Thal auch Landwirt?«

»Seinen Eltern gehört der Skibetrieb auf dem Schrillkogel.

Er war Skilehrer im Winter und was er im Sommer gemacht hat, weiß ich nicht.«

Ich blätterte den Kalender zwei Seiten weiter. Das Blatt für den Monat März zeigte einen sportlichen Körper, der in Denkerpose vornübergebeugt in der Sauna saß. Schweiß troff von seinem dunklen Haar, das ihm in die Stirn hing.

»Ich glaube, wir haben einander bereits kennengelernt«, sagte ich.

»Das ist Egon, der junge Gugganig-Wirt.«

*

Der Schneepflug hatte den Schnee auf den Straßen bis auf einen graubraunen Rest weggeschoben. Die Gehsteige waren unpassierbar. Fußgänger und Autos teilten sich die Fahrbahn mit gleichmütiger Gelassenheit. Die Polizeistation war noch nicht an die Peripherie verlegt worden. Sie lag in einer engen Gasse der Altstadt, zwischen einem Sonnenstudio und einem verstaubten Laden, in welchem das übliche Schild »Pächter gesucht« hing. Eine Stiege führte in den ersten Stock, und der Revierinspektor bat mich, Platz zu nehmen.

»Warum waren Sie bei Brandters Fischteich?«, fragte er mich, nachdem er noch einmal meine Personalien aufgenommen hatte.

Sich mit seinem Namen vorzustellen, hielt er nicht für notwendig. Ich erzählte ihm von meinem Auftrag und meinem kurzen Besuch bei Brandters Eltern.

»Na gut, von meiner Seite wäre es das«, sagte er, drehte aber noch einmal den Kopf zu seinem Kollegen, der damit beschäftigt war, seine üppig grünenden Zimmerpflanzen zu gießen. »Norbert, hast du noch ein paar Fragen?«

Norbert bedachte seine Grünlilie mit einem melancholischen Blick. »Nein, mehr fällt mir auch nicht ein«, murmelte er und zupfte ein paar braune Blätter von der Pflanze.

»Also, Herr Damianovic, Sie können gehen.« Der Lange streckte mir seine Hand hin und versuchte ein freundliches Lächeln, das ihm gründlich misslang.

»Darf ich Ihnen eine Frage stellen?«, beeilte ich mich.

Der Uniformierte zog die Augenbraue hoch.

»Was ist mit Florian Thal geschehen?«

Norbert wechselte rasch einen Blick mit seinem langen Kollegen und wandte sich zum ersten Mal direkt an mich. »Ein Unfall. Was wissen Sie davon?«

»Man sagt, er wäre verblutet, nachdem er sich mit einer Glasscherbe die Halsschlagader aufgeschlitzt hatte.«

»Er war – unter uns gesagt – sternhagelvoll.«

»Zwei Mitglieder der ›Young Rural Professionals‹ sterben innerhalb von zwei Monaten. Ein komischer Zufall.«

»Sie sagen es.«

»Beides Kalender-Boys.«

»Kein Grund für Aberglaube!« Norbert wurde langsam grob. »Solche Sachen passieren oft gehäuft. Vor drei Jahren hatten wir eine 200-prozentige Zunahme an Selbstmorden. Hing mit der Wirtschaftskrise zusammen.«

»Weder Florian Thal noch Franz Brandter haben sich selbst umgebracht.«

»Ich bin nicht verpflichtet, Ihnen Auskunft zu geben. Ich erklär's Ihnen trotzdem: Florian Thal und Franz Brandter waren junge Unternehmer. Beide hatten finanzielle Probleme. Der eine trinkt, um zu vergessen, und verletzt sich – betrunken wie er war – mit einer Wodkaflasche. Da war niemand sonst beteiligt. Der andere arbeitet wie besessen und hat einen Arbeitsunfall. Auch nichts Außergewöhnliches. Worauf ich hinauswill: Irgendwie hängt sowieso alles mit allem zusammen.«

»Jawoll.« Fast hätte ich aufsalutiert.

Norbert zog müde die Augenbrauen hoch. »Wenn wir noch etwas von Ihnen brauchen …«, sagte er mit sanfter Stimme, als spräche er zu einem harmlosen Irren, »… dann haben wir ja jetzt Ihre Telefonnummer.«

Schräg gegenüber der Polizeiwache öffnete sich eine Tür, und ein Schwall warmer Luft trug den Duft von Kaffee und Backwerk auf die Straße. Die Konditorei verhieß eine Oase der Geselligkeit oder zumindest menschlicher Wärme in der ausgestorbenen Innenstadt. Verhalten klapperten Tassen und Kuchengabeln, und aus versteckten Lautsprechern dudelte Radio-Steiermark-Musik. Ein einziges Tischchen war noch frei, und ich zwängte mich in die enge Nische zwischen einem grauhaarigen Paar, das sich auf Ungarisch unterhielt, und einer Frau mit dunklem Pagenschnitt. Sie saß vornübergebeugt über einem Stapel Hefte, und die Haare verdeckten ihr Gesicht.

Ich zog mein Notizbuch hervor und stieß mit dem Ellenbogen beinahe die Bierflasche des Grauhaarigen um. »Bocsánat!«, murmelte ich und stieß dabei an den Stapel Hefte auf dem Nebentisch. Dieser setzte sich in Bewegung. Die Kunststoffumschläge boten eine ideale Gleitunterlage, und ein Heft nach dem anderen rutschte zu Boden. In einer Reflexbewegung griff ich danach und verschüttete dabei meinen Kaffee, der sich über die am Boden liegenden Schulhefte ergoss.

»Das ist mir sehr unangenehm«, sagte ich und versuchte, mit Servietten den Kaffee auf dem Schutzumschlägen abzutupfen, ohne dass ich dabei verhindern konnte, dass sich braune Flecken auf dem Papier abzeichneten.

»Einmal was Neues«, antwortete die Frau und beäugte mich über den Rand ihrer ovalen Brille. Ihre kirschrot geschminkten Lippen kräuselten sich zu einem Lächeln. »Sonst heißt es immer: Unser Hund hat das Aufgabenheft gefressen, meine Katze hat ins Mitteilungsheft gekotzt, meine Oma hat die Aufgabe als Unterlage für den Vogelkäfig verwendet. Jetzt bin ich einmal dran: Ich habe eure Hausübung nicht korrigieren können, weil ein fremder Mann Kaffee über die Hefte geschüttet hat.«

»Wie kann ich das wiedergutmachen?«

»Entweder Sie schreiben das ganze Heft nach – oder Sie spendieren mir als Entschuldigung eine Melange.«

Ich hielt ihr meine Hand hin: »Dimiter Damianovic. Meine Freunde nennen mich Dim.«

»Ulli Jordan.«

»Und was korrigieren Sie so?«

»Mathematik und Physik. Hellsehen kann ich auch: Sie werden mir gleich erzählen, dass Sie heute noch regelmäßig Albträume von Mathematikschularbeiten haben.«

»Woher wissen Sie das? Aber in Physik war ich ganz gut. Sind Sie streng?«

»Sehr streng. Und Sie?«

»Ich habe wenig Gelegenheit dazu.«

»Ich meine, was tun Sie, wenn Sie nicht gerade Hausaufgabenhefte besudeln?«

»Dann besudle ich Zeitungspapier. Im übertragenen Sinne. Ich bin Journalist.«

»Echt? Für welche Zeitung?«

»Was sich gerade ergibt. Einmal ein Interview für den ›Goldenen Musikanten‹, einmal einen Beitrag für ein Bestattungsmagazin. Es gibt Spannenderes.«

»Ich habe nicht gewusst, dass es eigene Bestattungsmagazine gibt. Um was ging es denn in dem Artikel?«

»In meinem letzten Beitrag habe ich über die dekorative Gestaltung von Aschekapseln aus Edelstahl mit farbiger Schrumpffolie und deren Einfluss auf die Korrosionsgeschwindigkeit im Erdreich berichtet.«

Ulli öffnete ihre knallroten Lippen und zeigte das anziehendste Lachen, das ich jemals gesehen hatte. »Entschuldigung«, gluckste sie. »Ich wollte mich nicht lustig machen.«

Unsere Kaffees kamen, und eine Zeit lang waren wir intensiv damit beschäftigt, Tassen und Wassergläser zu arrangieren, Zuckerwürfel auszuwickeln und den Milchschaum mit dem Kaffee zu verrühren.

»Sind Sie dienstlich hier?«, fragte Ulli.

»Ich sollte eine Betriebsreportage über den Brandter-Hof schreiben.«

»Waren Sie es, der Franz Brandter tot aufgefunden hat?«

»Ich habe ihn aus dem Wasser gezogen. Es war grauenhaft. Die einzige Leiche, die ich bisher zu sehen bekommen hatte, war die meiner Urgroßmutter, als sie aufgebahrt in ihrem Sarg in der Stube lag. Damals war ich sechs Jahre alt.«

Mein Handy klingelte.

»Damianovic«, meldete ich mich.

Am anderen Ende war ein paar Sekunden Stille. Dann eine Frauenstimme.

»Erika Brandter hier. Ich bin die Gemahlin von Franz Brandter.«

»Frau Brandter! Mein Beileid.« Ich wusste nicht, was ich sagen sollte, und kam mir reichlich dämlich vor.

»Sind Sie schon auf dem Weg zurück, oder halten Sie sich noch in Murau auf?«

»Ich bin im Café Miklasch am Hauptplatz.«

»Sehr gut. Falls Sie noch etwas Zeit haben – können Sie zu mir auf den Hof kommen? Es mag Ihnen etwas seltsam vorkommen, aber …«

»Selbstverständlich, Frau Brandter. Sagen wir, in einer Stunde?«

»Das passt mir gut. Sie kennen ja den Weg. Ich erwarte Sie.«

Noch bevor ich weitere Fragen stellen konnte, legte sie auf.

»Das war Franz Brandters Frau. Besser gesagt: seine Witwe«, erklärte ich Ulli Jordan. »Sie will, dass ich in einer Stunde bei ihr bin. Seltsame Frau. Gibt es hier ein Taxi?«

»Taxi haben wir keines. Am einfachsten ist es, wenn ich Sie selber hinbringe.«

»Das kann ich auf keinen Fall annehmen.«

»Unsinn. Ich habe heute meinen freien Tag – und vielleicht ist es ganz gut, wenn ich mitkomme. Draußen steht mein Wagen.«

Ullis Auto war ein roter Kombi, der offensichtlich schon bessere Tage gesehen hatte. Nach ein paar Startversuchen ratterte der Dieselmotor halbwegs kontinuierlich. Die Windschutzscheibe war beschlagen, und Ulli schaltete die Heizung auf volle Touren. Das Brausen der Ventilatoren war etwas leiser als ein Raketenstart und etwas lauter als ein elektrischer Staubsauger aus den 1950er-Jahren. Sie bliesen mir nun heiße Luft ins Gesicht, und auf der Windschutzscheibe zeigten sich die ersten halbtransparenten Flecken. Ulli manövrierte den Kombi mit einem eleganten Schwung durch die Altstadt und nahm dieselbe Straße, die ich tags zuvor zu Fuß hochgewandert war.

»Wir hätten links abbiegen müssen«, sagte ich, als Ulli die Kehre nahm, von der die Zufahrt zum Brandter-Hof abzweigte.

»Da geht es zum alten Hof, wir fahren zum neuen. Erika und Franz haben ihr eigenes Nest gebaut.«

Der Kombi heulte unwillig, als Ulli ihn die nächste Steigung hinauf quälte. Hinter der Kuppe bog sie rechts ab. Ein lang hingestreckter Stall kam in Sicht, modern, aus Stahl und Lärchenholz errichtet. Das Holz hatte noch seine ursprünglich rötlichgelbe Färbung, nur an den Hauskanten und einigen exponierten Stellen zeigte sich die erste Vergrauung. Das Wohngebäude war aus demselben Holz. Es stand, vom Stall getrennt, am Hang und schaute mit großflächigen Fenstern über das Tal. Ulli stellte das Auto neben einem silberfarbenen SUV auf den sauber von Schnee leer gefegten Hof.

Erika Brandter stand mit verschränkten Armen vor der Stalltür. Sie trug einen blauen Arbeitsanzug und eine abgewetzte, ärmellose Daunenjacke. Ihr Haar hatte sie unter ein dunkelrotes Kopftuch gesteckt, das nach Piratenart im Nacken verknotet war. Dieser strenge Rahmen betonte die scharfen Gesichtszüge und den drahtigen Hals. Erika Brandter gehörte zu jenen Frauen, die an Ausdruckskraft gewinnen, wenn die Weichheit aus dem Gesicht schwindet.

»Grüß Gott, Frau Brandter«, sagte ich. »Frau Jordan war so freundlich, mich hierherzubringen.«

»Gehen wir in die Stube«, sagte Erika Brandter anstelle einer Begrüßung und führte uns ins Wohngebäude.

»Schuhe ausziehen!«, befahl sie im Vorraum und warf uns zwei Paar Besucherpatschen vor die Füße. Die »Stube« war eine geräumige, hell und freundlich eingerichtete Wohnküche. Den Mittelpunkt bildete ein wohlig warmer Kachelofen, und der Ausblick auf die schneebedeckten Bäume war atemberaubend. Erika stellte zwei dampfende Becher auf den Tisch.

»Unser Spezial-Haustee. Den kriegt jeder, der kommt.«

Ich nippte vorsichtig. Mindestens 50 Prozent heißer Schnaps betäubten meine Geschmacksknospen. Das Restaroma, das ich in Ansätzen wahrnahm, schien eine Mischung aus Fichtennadeln und Ameisensäure zu sein.

»Mein Mann war ganz vernarrt in seine Idee mit der Eisstockbahn. Die ist ihm schließlich zum Verhängnis geworden«, begann Erika Brandter. »Vorigen Winter hat er dieses Curling-Bewerbe bei der Olympiade gesehen. Das hat ihn auf die Idee gebracht, eine steirische Version einer Curling-Bahn anzulegen – als moderne Alternative zum Eisstockschießen und als Attraktion für Touristen, denen man auch Glühmost ausschenken und gebratene Fischwürstel verkaufen kann. Er hat zehn große Granitpflastersteine angeschleppt, die Unterseite abgeflext und poliert und oben Henkel montiert. Das sollten die Curling-Steine sein. Als es kalt genug geworden ist und die Fischteiche zugefroren sind, war er jeden Tag draußen und hat die Eisfläche abgekehrt. Auch gestern ist er gleich nach dem Frühstück hinaus. Am späten Nachmittag bekomm' ich dann den Anruf. Ich war gerade in Graz unterwegs, um mit einem Restaurantbesitzer zu verhandeln.«

Erika zögerte eine Weile. »Wie haben Sie Franz gefunden?«

»Ich war zuerst bei seinen Eltern – Ihren Schwiegereltern«, ergänzte ich. »Sie haben mich zum Fischteich geschickt. Franz' Daunenjacke hat den Körper über Wasser gehalten, aber sein Kopf war untergetaucht. Ich habe ihn mit einem Besen herausholen können.«

»Sie haben versucht, Erste Hilfe zu leisten. Dafür bin ich Ihnen dankbar. Hat Franz noch ein Lebenszeichen von sich gegeben?«

»Nein. Er war bereits kalt. Entschuldigen Sie bitte den Ausdruck!«

»Das ist schon in Ordnung. Ich bin Realistin und kann die Wahrheit vertragen. Franz und ich, wir haben viel Arbeit hineingesteckt, um das alles hier aufzubauen. Ich habe den größten Teil des Marketings organisiert. Wenn man nicht von der Agrarmafia abhängig sein will, ist das harte Arbeit. Wie Sie sich denken können, sind wir hoch verschuldet, und von nun an muss ich alleine zurechtkommen. Halten Sie mich bitte nicht für hartherzig, aber das Leben geht weiter.

Sie sind extra wegen dieser Betriebsreportage nach Murau gekommen, also ziehen wir es durch. Ich hoffe, Sie haben etwas zum Schreiben mit. Wenn nicht, können Sie Papier und Kuli von mir haben. Fotos habe ich Ihnen schon herausgesucht. Wenn Sie einen Datenstick haben, spiele ich sie Ihnen hinauf.«

Ich sah zu Ulli hin, die zuckte kurz mit den Augenbrauen. »Kein Problem. Ich bleibe, bis Sie fertig sind. Dann fahre ich Sie zurück.«

Eine Betriebsreportage im »Biobauer« hat mit einem Artikel in einem Qualitätsmagazin etwa so viel zu tun wie Erikas »Haustee« mit einem japanischen Sencha. Man holzt die Grunddaten wie Hofgröße, Viehbestand und Maschinenausstattung herunter, gibt ein paar nette Fotos dazu und achtet im Wesentlichen darauf, dass Name, Adresse und Telefonnummer des Hofes korrekt in Druck gehen. Die Reportage wird vom Betrieb in Auftrag gegeben und auch bezahlt – was verschämt unter dem Titel »Druckkostenzuschuss für Farbbilder« verbucht wird. Ich war überrascht, wie klar Erika Brandter ihre Vorstellungen formulierte, wie sie den Hof präsentieren wollte. Sie lieferte druckreife Zitate, stellte sicher, dass ich sie korrekt niederschrieb, bestand darauf, dass ich ein paar Vorschläge für den Aufbau des Artikels formulierte, und hatte bereits ein Aufmacherbild ausgesucht. Es war ein professionelles PR-Foto, das sie lachend im rosaroten Dirndl und mit einem kleinen schwarzwolligen Ferkel im Arm zeigte. Ihr Mann war auf keinem der Fotos zu sehen. Sie zeigte mir Zeitschriften, in denen über den Hof berichtet worden war. Kurzberichte in der »Murtalerin«, ein ausführlicher Bericht in der »Genuss-Gazette« und im »Fleischtiger«.

Aus Höflichkeit leerte ich den Becher Haustee. Das scharfe Gebräu versetzte mich in einen leichten Dusel, den ich als recht angenehm empfand.

»Ich habe gestern zwei Mitglieder der ›Young Rural Professionals‹ kennengelernt«, sagte ich. »Ich weiß, dass Ihr Mann auch einer dieser Professionals war. Was ist dieser Verein? Eine Marketing-Organisation?«

»Eigentlich ist es mehr eine Art Stammtisch«, antwortete Erika. »Ein paar junge Selbstständige, die sich überlegen, wie sie die Wirtschaft in der Region beleben können. Bisher gab es nicht viel mehr als die übliche Schaumschlägerei. Immerhin, sie haben den Kalender hinbekommen. Das war aber auch ursprünglich meine Idee. Ich habe den Burschen vorgeschlagen, für eine Art Playboy-Kalender zu posieren. Das hat sich angeboten, weil es genau zwölf sind. Den Burschen hat es gefallen, und dann haben sie es tatsächlich durchgezogen. Ich muss gestehen, das hat mich überrascht.«

»Waren Sie nicht – wie soll ich mich ausdrücken – eifersüchtig?«

»Ach wo. Es gibt den Jungbauernkalender, den Firefighter-Kalender, das ist ja ein alter Hut. Das regt keinen mehr auf. Die ›Young Rural Professionals‹ sind junge Männer um die dreißig, die meisten recht attraktiv – bis auf den Bertl natürlich. Franz war der Älteste, aber bei Weitem nicht der Hässlichste. Die Fotografin hat ihr Handwerk verstanden, das muss man schon sagen. Sie hat die besten Seiten von jedem herausgestrichen. Sogar der Bertl schaut darauf fast wie ein Adonis aus, dabei ist der in Wirklichkeit ein Gartenzwerg. Für uns war es eine gute Werbung. Die ›Kleine Zeitung‹ hat darüber berichtet, die ›Murtalerin‹ sowieso, die hat eine ganze Artikelserie darüber gebracht.«

»Hat es Leute gegeben, die gegen den Kalender waren?«

»Ja, aber aus Neid. Der Neid ist immer und überall«, antwortete Erika. »Solange wir noch geschuftet und gerappelt haben, hat uns jeder wohlwollend von oben herab betrachtet. Kaum hatten wir es zu etwas gebracht, gönnten sie uns die Butter auf dem Brot nicht. Auch der Arbeitskreis selber ist keine Ausnahme. Besonders Bertl ist ein ewiger Nörgler. Egon ist eigentlich ganz okay. Ein bisschen großspurig halt. Als zu Silvester das mit dem Florian passiert ist, hat ihn das aber doch ziemlich mitgenommen.«

»Sie meinen den Unfall mit der Wodkaflasche?«

»Ich bin Realistin, aber manchmal kommt es ganz schön dick. Das Unglück klopft dreimal an, heißt es. Ich möchte wissen, wen es als Nächsten trifft.«

*

Ullis Kombi rutschte beinahe in den Straßengraben, als sie von der Einfahrt in scharfem Tempo auf die Straße driftete.

»Vorsicht«, rief ich und krallte mich instinktiv an ihrem Arm fest.

Ulli lachte: »So fahren hier alle. Sie werden sich daran gewöhnen.«

Sie fuhr gefährlich nahe an den Abhang, um einen entgegenkommenden Geländewagen vorbeizulassen. Der Fahrer grüßte sie mit einem Winken.

Wir näherten uns der Stadt von Westen her. Die Mur war zugefroren und schlängelte sich als weißes Band durchs Tal. Die Weiden an den Ufern waren mit Raureif bedeckt. Hier markierten keine überdimensionierten Einkaufszentren den Eingang in die Stadt. Ich lud Ulli zum Essen ein. Sie empfahl den Gugganig-Wirt.

»Seit der Modernisierung wirkt es dort ein bisschen abgehoben, aber gekocht wird immer noch ausgezeichnet. Und sie brauen ihr eigenes Bier.«

»Besser als gestern im Postpferd wird es schon sein.«

Der Gugganig-Wirt stellte sich als weitläufiges Hotel heraus, ein moderner Holzbau ohne jede Rustikalität. Der Speisesaal war eine Art Wintergarten, der trotz der nüchternen Hallenkonstruktion erstaunlich gemütlich wirkte. Durch die großen Scheiben sah man auf die Langlaufloipe und zum Gondellift auf den Schrillkogel. Winterferienidylle.

»Beurteilen Sie Erika nicht zu hart«, sagte Ulli, nachdem wir unsere Bestellung aufgegeben hatten. »Wer hier aufgewachsen ist, hat ein beschränktes Vokabular für Trauer und Schmerz. Wissen Sie, dass der Bezirk eine der höchsten Selbstmordraten Österreichs hat? Es gibt eine stehende Redewendung. Wenn jemand sagt, er gehe in den Wald, dann kündigt er seinen Selbstmord an. Und oft genug gibt es dazu Johlen und Beifall vom Stammtisch.«

»Haben Sie nie daran gedacht wegzuziehen?«

»Nach meinem Studium wollte ich nie wieder nach Murau. Dann ist hier eine Stelle frei geworden, und ich habe angenommen, um die Wartezeit auf etwas Richtiges zu überbrücken. Wenn man nicht zu viele Ansprüche an gesellschaftliches Leben stellt, die Einsamkeit und die Stille schätzt, kann man hier ganz angenehm leben. Vor allem, wenn man Bergsteiger und Skifahrer ist. Ich bin übrigens weder noch.«

»Warum sind Sie dann hier hängen geblieben?«

»Das ist eine hochkomplizierte Geschichte. Aber reden wir doch einmal von Ihnen. Dass Sie gerne Menschen aushorchen, habe ich schon erraten.«

»Was wollen Sie sonst noch wissen?«

»Fangen Sie doch bei Ihrem Namen an.«

»Vor- oder Nachname?«

»Beide.«

»Das ist rasch erklärt. Das eine ist der Name meiner Mutter, das andere ist der Name eines Kinderbuchautors.«

»Geht es etwas weniger kryptisch?«

»Als Kind hatte meine Mutter ein Lieblingsbuch. Es hieß ›Ich und meine Schwester Klara‹. Geschrieben von Dimiter Inkiow. Ein Bulgare, glaube ich. Der Name gefiel meiner Mutter, und so nannte sie mich Dimiter. Ein ungewöhnlicher Name, und die Leute sagen oft Dieter zu mir. Mir ist es am liebsten, wenn ich Dim genannt werde. Mit einem weichen D am Anfang. Damianovic ist einfach der Familienname meiner Mutter. Meine Eltern waren nicht verheiratet.«

»Dim gefällt mir am besten. Du kannst mich übrigens Ulli nennen. Das ist kurz für Ulrike Patricia.«

Wir schüttelten einander die Hände.

»Wie wird man denn Journalist?«, fragte Ulli.

»Indem man nichts kann und keine Ausbildung zu Ende bringt.«

Wir wurden von der Kellnerin unterbrochen, die mit unserem Mittagessen kam. Hinter ihr tauchte ein grinsendes

Gesicht unter einem reichlich mit Gel gesalbten Scheitel auf. Es war Egon, der Gugganig-Wirt.

»Grüß euch«, sagte er. »Freut mich, dass ihr bei mir einkehrt.«

»Ich habe viel Lob über die Küche gehört«, antwortete ich.

»Das wird unseren Koch freuen. Ich lasse euch in Ruhe essen, und nachher zeige ich euch das ganze Hotel. Der Wellness-Bereich ist neu, wird erst nächste Woche eröffnet. Dich interessiert das sicher – du bist doch Reporter?«

»So etwas Ähnliches. Freier Journalist.«

»Ich muss am Nachmittag in die Probe«, warf Ulli ein. »Aber lasst euch dadurch nicht stören.«

»Dann also bis nach dem Nachtisch. Das mousse au chocolat gris mit Wacholderbeeren auf Schwarzbeerspiegel ist besonders zu empfehlen!« Egon kniff ein Auge zu und verschwand, um eine Gruppe Skifahrer zu begrüßen, die sich nach einem Tisch umsah.

Ulli grinste mich an. »Der hat dich schön eingewickelt. Aus reiner Freundlichkeit macht der das nicht.«

»Ich weiß«, seufzte ich. »Wifi-Marketinglehrgang für Anfänger, erstes Semester: Sammle Kontakte, schaff dir ein Netzwerk und stell dich mit der Presse gut. Schade, dass mir so schnell keine Ausrede eingefallen ist. Das mit der Probe war gut.«

»Das war keine Ausrede.« Ulli tat beleidigt. »Wir – das heißt ein paar Freunde und ich – wir haben eine Künstlergruppe gegründet. Sie heißt ›M'n'm‹. Das steht für ›Musik und Muße‹. Muße mit scharfem ›ß‹. Heute ist Generalprobe.«

»Was spielt ihr?«

»Das Stück heißt ›A bis O‹. Ein Streifzug durch die Literatur- und Musikgeschichte. Das Besondere daran ist, dass alles erfunden und erlogen ist. So eine Art Parodie. Lena, Gerlinde und László sind ein Jazztrio, spielen aber alle möglichen Instrumente, von der Cornamuse bis zum Theremin, auch ein paar Instrumente, die es gar nicht gibt und die sie selbst zusammengebastelt haben. Gunnar und ich tragen dazu Gedichte und Prosafragmente vor: Ein verschollenes Minnelied von Berthold, dem Buchfink, ein Kapitel aus dem anonymen Barockroman ›Die blutvolle, huldreyche, ergetzlich wie grausenvolle Zygenhyters-Hochzeyth‹, eine dadaistische Gebrauchsanweisung für die Zubereitung von Himbeerpudding, ein Sonett nach Motiven von Charlotte Roche. Die Lieder und Textzitate werden alternierend und kontrapunktisch vorgetragen. Wir fangen mit dem dritten Merseburger Zauberspruch an und unterlegen ihn mit Minimal Music. Nach der Pause sind wir sowohl in der Literatur als auch in der Musik bei der Klassik. Das Ende ist ein Bericht über den Nachmittagsspaziergang einer Weinbergschnecke und ein gregorianischer Choral. Dazwischen gibt es ein paar Überraschungen, aber die verrate ich nicht. Da musst du schon selbst zur Aufführung kommen. Morgen um acht Uhr im Schloss. Im Rittersaal.«

»Ich glaube kaum, dass ich morgen Abend noch in Murau sein werde.«

»Auf einen Tag mehr oder weniger kommt es schon nicht an.«

»Versprechen kann ich es nicht. Aber es wäre schön, wenn wir uns noch einmal sehen könnten, bevor ich abreise.«

»Ich bin morgen zwischen zehn und elf im Café Miklasch.«

Entgegen den Empfehlungen des Wirts verzichtete ich auf das mousse au chocolat gris mit Wacholderbeeren auf Schwarzbeerspiegel. Die überbackene Parmesan-Polenta mit steirischem Wok-Wurzelgemüse lag mir schwer genug im Magen. Ulli hatte recht: Das Essen war ausgezeichnet. Was sie nicht dazu gesagt hatte: Die Portionen waren für Holzknechte und Bierkutscher berechnet. Und für Ullis Appetit: Kein Krümel blieb auf ihrem Teller zurück, zudem gönnte sie sich noch einen Topfenstrudel zum Kaffee. Dabei hatte sie eine ausgesprochen wohlproportionierte Figur. Vor allem der muskulöse Hintern, der sich unter der zerknitterten Cargo-Hose abzeichnete, war einen sexuell unkorrekten Blick allemal wert.

»Was machst du am Wochenende?«, fragte ich betont unschuldig.

»Ich fahre nach Graz zu meinem Freund. Wir wechseln uns ab. Ein Wochenende bin ich bei ihm in Graz, ein Wochenende verbringen wir in Murau.«

»Kommt dein Freund gar nicht zur Aufführung?«

»Geht leider nicht. Er ist Architekt, und zurzeit geht es in seinem Büro hoch her. Dort arbeiten sie jeden Tag bis zehn oder elf am Abend. Er macht sich ohnehin nicht allzu viel aus meinen Auftritten. Ich glaube, er geniert sich ein bisschen dafür. Aber sonst ist er lieb«, fügte sie rasch hinzu.

Egon Gugganig kam mit zwei wohlgefüllten Schnapsgläsern. »Trinkt's«, sagte er. »Traditionell steirisches Wellness-Getränk: Ein echter Zirbener.«

Ulli schüttete die scharfe Flüssigkeit im Stehen hinunter und verabschiedete sich. Egon führte mich an der Hotelrezeption vorbei und zog einen großen Schlüsselbund aus der Hosentasche.

»Der Wellness- und Spa-Bereich sollte Anfang der Wintersaison eröffnet werden. Wie immer hat es Schwierigkeiten gegeben. Diesmal waren es die Installationen.«

Egon öffnete die Tür und schaltete das Deckenlicht ein. Eine weitere Tür führte zu einem geschwungenen Gang, dessen eine Seite nach Art eines Wintergartens verglast war. Draußen sah man einen schneebedeckten Garten, umgeben von hohen Flechtzäunen und Bambus. Ein angenehmer Duft nach Holz durchzog den Raum.

»Die Saunalandschaft ist ganz aus Zirbenholz. Es ist wissenschaftlich erwiesen, dass Zirbenholz die Herzfrequenz senkt und die Erholung fördert. Links haben wir Kräutersauna, Niedertemperatur-Sauna und klassische Sauna. Jede hat ihr eigenes Abkühlbecken. Aber das Beste ist unsere Open-Air-Chill-out-Zone.«

Wir gingen nach draußen.

»Im Winter kannst du dich im Schnee wälzen, im Sommer stellen wir Gartenduschen mit solargekühltem Wasser auf.« Egon wischte den Schnee von einer Bar aus glasklaren Eisblöcken. Sie hatten Löcher, in denen Flaschen steckten. Zwei davon nahm er heraus und zog den Bügelverschluss ab.

»Gugganiger Eisbock. Mein ganz privates Spezialbräu in limitierter Auflage. Das Bier wird gefroren, aber nicht so stark, dass es ganz durchfriert. Das Eis entzieht das Wasser, und zurück bleibt ein Konzentrat aus Hopfen und Malz. 27 Prozent Alkohol. Vorsicht, trink nicht zu schnell!«

Das dunkle Gebräu schien dickflüssig wie Kräutersirup zu sein. Es schmeckte auch so ähnlich – süß und herb zugleich. Feinere Nuancen konnte ich nach dem gefühlten Viertel Zirbenschnaps keine mehr ausmachen. Die positive Seite war, dass eine wohlige Wärme mich durchströmte, obwohl wir ohne Mäntel und Jacken an der Schneebar lehnten.

»Wir sind hier fast am österreichischen Kältepol«, fuhr Egon fort.

»Erinnert mich an Finnland«, rutschte es mir heraus.

»Ewige Wälder, schweigende Menschen, Alkoholismus und Selbstmord? Nur der Tango fehlt.« Egon grinste. »Was hältst du von unserem Wellness-Hotel?«

»Nicht schlecht. Aber gibt es davon nicht schon mehr als genug? Die ersten gehen schon wieder in Konkurs.«

»Du musst es nur geschickt genug angehen, dann hast du auch Erfolg. Du musst die Wünsche der Leute kennen und sie punktgenau bedienen. Wir spezialisieren uns auf einsame und romantisch veranlagte Frauen. Wir bieten umfangreiche Entspannungspackages an, individuell zusammenstellbar. Basis ist Vollpension mit privatem Ski- und Fitnesstrainer. Die kann man sich im Vorhinein aussuchen und reservieren – Bilder und Steckbriefe gibt es auf unserer Website. Wir nennen sie ›Snow-Buddys‹. Das Zuckerl am Skiurlaub ist das Après-Ski, und das ist vom Feinsten: eine Nacht in der Almhütte oder im Iglu, Pferdeschlittenfahrten mit anschließendem Candlelight-Dinner, Mondschein-Rodelpartien und Eislauf-Kurse. Das kann man ganz formlos und spontan in Anspruch nehmen, ist im Paket-Preis schon enthalten. Alle unsere Trainer haben Skilehrer-Diplom oder eine sportmedizinische Ausbildung.«

»Wie ist die Nachfrage?«

»Wir stehen erst am Anfang. Das Schwierigste ist, das Angebot unter die Leute zu bringen. Die Kommunikation, verstehst du. Bis die Mundpropaganda einmal anläuft, dauert es. Unsere Packages heißen ›Ski-Perfektionswoche‹, ›Anti-Stress-Weekend‹ und ›Das-gönn-ich-mir-Tage‹. Ganzheitliche Wellness für Körper und Seele. Ich weiß, wir haben hier viele Neider, die nur allzu gern sehen würden, dass unser Konzept ein Flop wird. Aber das verkraften wir. Wir schaffen hier Arbeitsplätze, wir sind die Leistungsträger. Weißt du, was für jenseitige Konzepte die Politik bisher aufgetischt hat? Murau, die Seniorenregion für alle über 55! So eine Art österreichisches Florida, mit barrierefreien Wohnsiedlungen, mobilen Gesundheitsdiensten und Geriatriezentrum. Dann hätten wir außer ein paar slowakischen Krankenpflegerinnen nur mehr sabbernde Alte hier. Unter zukunftsfähiger Entwicklung stelle ich mir etwas anderes vor.«

Egon war nicht mehr zu bremsen. Sein Redefluss nahm auch nicht ab, als er mich durch die Hotelanlage führte, mir die neu gestalteten Zimmer zeigte und mich in sein Büro mitnahm, wo er die Website des Hotels vorführte.

»Wir haben gerade einen Relaunch hinter uns. In ein paar Wochen gehen wir damit online. Dann gibt es auch das neue Feature mit den Steckbriefen unserer Skitrainer.«

»Wo findet ihr die Skitrainer? Über das Arbeitsamt?«

»Ist nicht notwendig. Alles heimische Ware. Keine Billigimporte aus Ostdeutschland!« Egon lachte. »Gehen wir in doch die Sauna. Ich habe einheizen lassen. Handtücher borgen wir dir.«

»Danke für das Angebot, aber ich muss heute noch arbeiten.«

»Schade. Aber du bist jederzeit willkommen. Auch, wenn du einen Schnupperskitag machen willst – Anruf genügt. Brauchst du Fotos?«

»Was für Fotos?«

»Bilder vom Hotel. Für deinen Artikel. Ich lasse dir an der Rezeption die Daten auf einen Stick spielen. Unsere Prospekte sollen sie dir auch geben.«

Die Dame am Empfang hatte eine Papiertasche mit Werbematerial vorbereitet, auf die in großen schrägen Buchstaben »murau means more« gedruckt war. »Gefällt Ihnen unser Hotel?«, fragte sie mit einem runden, vollen Lächeln. Sie trug fast das gleiche Dirndl wie die Kellnerin gestern Abend. Nur war es diesmal üppig gefüllt.

»Beeindruckend. Arbeiten Sie schon lange hier?«

»Seit zwei Jahren. Waren Sie schon Ski fahren?«

»Nein, dazu hatte ich noch keine Gelegenheit.« Dass ich noch nie in meinem Leben Ski gefahren war, verschwieg ich.

»Bleiben Sie doch das Wochenende über hier. Auf der Alm gibt es super Schnee. Skiausrüstung können Sie sich bei der Skischule Thal ausborgen. Wenn Sie lieber snowboarden wollen: Snowboards gibt's auch.«

»Skischule Thal? Hat die etwas mit Florian Thal zu tun?«

»Florian war der jüngste Sohn der Familie. Er ist vor drei Wochen bei einem Unfall ums Leben gekommen. Er war ein guter Freund vom Chef.«

»Ich habe gehört, dass er sich mit einem Glassplitter an der Halsschlagader verletzt hat und verblutet ist.«

»Es war eine zerbrochene Wodkaflasche.« Die Dame beugte sich über den Empfangstisch und zeigte, dass ihr Dekolleté denselben tiefen Bronzeton hatte wie ihr Gesicht. Sie warf eine ihrer dicken roten Locken aus der Stirn. Eine narkotisierende Parfumwolke strich an mir vorüber.

»Es war zu Silvester. Um Mitternacht«, raunte sie verschwörerisch. »Man hat herausgefunden, dass eine Pistolenkugel die Wodkaflasche getroffen hat. Die Kugel kam einfach vom Himmel heruntergesaust. Der Schütze kann einen Kilometer weit entfernt gestanden und irgendwo im Wald in die Luft geschossen haben. Mein Schwager ist Jäger, und er sagt, dass er schon von Fällen gehört hat, in denen eine fallende Pistolenkugel einen Menschen verletzt hat. Es ist selten, aber es kommt vor.«

»Und man hat keine Ahnung, wer geschossen haben könnte?«

»Wegen des Silvesterfeuerwerks ist der Schuss niemandem aufgefallen. Die Polizei sagt, dass es so gut wie unmöglich ist, herauszufinden, wer da abgedrückt hat. Ich halte das für eine Ausrede, um Problemen aus dem Weg zu gehen. Es gibt einige Jäger, die zu Silvester herumballern, wenn sie nicht mehr ganz nüchtern sind. Und mit den Jägern legt sich niemand gerne an.«

»Kannten Sie auch Franz Brandter?«

»Natürlich, er war ja bei den ›Young Rural Professionals‹, und er lieferte Fisch und Schweinefleisch fürs Restaurant. Ich habe gehört, dass Sie ihn gestern – wie soll ich sagen – dass Sie seine Leiche gefunden haben? Das war sicher recht grausig.«

»Das kann man sagen.«

»Ich hätte ja Albträume nach so einem Erlebnis. Ich bin mit seiner Frau zur Schule gegangen.«

»Mit Erika?«

»Wir waren drei Jahre gemeinsam in der Handelsschule. Ist lange her, und wir haben uns eigentlich nie gut verstanden. Erika war eine Streberin und ein bisschen eigen, während ich recht wild unterwegs war. Ich bin froh, dass meine Tochter nicht so ist wie ich damals, ich würde vor Sorge wahnsinnig werden.« Sie lachte. »Haben Sie Kinder?«

»Keine eigenen. Wie viele haben Sie?«

»Nur eine Tochter. Sie ist fünfzehn und geht in Murau ins Gymnasium. Ich habe Sie vorhin mit einer der Lehrerinnen hereinkommen sehen.«

»Ulrike Jordan. Ich habe sie erst heute früh kennengelernt, und sie war so freundlich, mich zum Brandter-Hof zu fahren.«

»Haben Sie kein eigenes Auto? Wie kommen Sie denn in die Stadt zurück?«

»Zu Fuß.«

»Sportlich. Ich würde Sie ja gerne mitnehmen, aber ich mache erst gegen elf Uhr Schluss. So lange bleiben Sie wohl nicht, oder?«

»Ich muss heute noch einen Artikel fertig schreiben.«

»Vielleicht kommen Sie ja wieder einmal vorbei. Wenn Sie noch etwas von mir wollen: Im Sackerl finden Sie eine Visitenkarte vom Hotel. Sie brauchen nur anzurufen. Meine Durchwahl ist die Null. Ich heiße Frau Paulitsch.«

»Dimiter Damianovic, freut mich. Wenn Sie Dim hören, das bin ich auch. Auf Wiedersehen!«

*

Die Sonne war untergegangen, und die Kälte schnitt in meine Finger. Die Autos auf der Straße stießen dicken grauen Dampf aus ihren Auspuffrohren. Der Gugganig-Wirt lag etwas außerhalb der Stadt, aber es gab einen Fußweg, der parallel zur Langlaufloipe verlief. Ich war froh, allein zu sein, und schritt kräftig aus, um meinen Kopf klar und meinen Kreislauf in Schwung zu bekommen. Nach ein paar Minuten spürte ich die Kälte nicht mehr. In meinem Zimmer schaltete ich mein Handy ein. Ich hatte zwei neue Nachrichten. Die zweite kam von Ulli.

»Bin morgen um zehn im Café Miklasch. Komm vorbei, wenn du Zeit hast.«

Ich fuhr meinen Laptop hoch und sah mir als Erstes die Daten auf dem Datenstick an. Hochauflösende Aufnahmen vom Hotel. Fotos von Skifahrern im Pulverschnee. Und die Kalenderfotos. Florian im Schnee. Franz im Wald. Egon in der Sauna …

Ich schrieb meine Betriebsreportage. Ohne große Lust tippte ich herunter, was Erika mir erzählt hatte, ließ den Text ins Layout laufen und fügte die Fotos hinzu. Als ich mit meiner Arbeit fertig war, war es später Abend. Ich hatte Lust auf einen Schlummertrunk. Einen Moment dachte ich daran, Ulli anzurufen, entschloss mich aber dagegen und ging ins Bett. Im Traum fuhr ich mit ihr in ihrem altersschwachen Auto. Ihre Hand verfehlte den Schaltknüppel und legte sich auf mein Knie. Dann brach der Schnee unter uns ein, und wir versanken im eiskalten Wasser. Ich war erstaunt, dass ich unter Wasser atmen konnte … und wachte auf.

Donnerstag, 19. Jänner

Frau Belkoff goss Kaffee ein. Es war acht Uhr früh, und ich ließ blutrote Erdbeermarmelade auf eine Semmelhälfte tropfen. Noch vor dem Frühstück hatte ich meinen Artikel korrekturgelesen und an Erika und Martin geschickt. Nun überlegte ich, wie ich an den Klatsch-Artikel herangehen sollte. Die Geschichte der »Young Rural Professionals« ließ sich trefflich verwerten. Ich schlug im Geiste meinen Terminkalender auf – der wie üblich unbeschrieben wie ein frisches Löschblatt war – und beschloss, das Wochenende in Murau zu verbringen, um ein paar Hintergrundinformationen zu recherchieren.

*

Ulli saß vor einer Melange und einer Topfengolatsche. Als sie mich sah, räumte sie den Stapel Zeitungen vom Sessel.

»Landwirt in Fischteich ertrunken«, nuschelte sie mit vollem Mund. »Der ›Murtaler Bote‹ weiß auch nicht mehr als die ›Kleine Zeitung‹. Ich habe mir zumindest einen Hinweis auf Florian Thal, die ›Young Rural Professionals‹ und den Kalender erwartet.«

»So in der Art: Nacktkalender als Todesliste?«

»Wäre ich Egon Gugganig, würde mir mulmig werden. Wenn man den Kalender von vorne nach hinten durchblättert, wäre er der Nächste. Apropos: Wie war dein Rendezvous mit ihm?«

»Wir haben Bier getrunken, er hat mit seinem Wellness-Spa-Projekt geprotzt, dann haben wir noch mehr getrunken, und er hatte mich in die Sauna eingeladen.«

»Nett von ihm. Es war schließlich saukalt.«

»Daraufhin hat die Rezeptionistin mit mir ziemlich heftig geflirtet.«

»Wow. Schade, dass ich nicht geblieben bin. Da wäre ich gerne dabei gewesen.«

»Wenn du geblieben wärst, wäre ich auch in die Sauna gegangen. Wie war übrigens die Generalprobe?«

»Katastrophal. Wie immer war die Probenzeit viel zu kurz. Lázló, unser Musiker, war um Haaresbreite von einer Panikattacke entfernt, und ich verwandle mich mehr und mehr in ein Nervenbündel. In drei Stunden werde ich völlig unansprechbar sein und monoton hysterische Zwangshandlungen vollführen.«

»Kannst du mir zuvor noch einen Gefallen tun?«

»Nur, wenn es keine Aufmerksamkeitsspanne erfordert, die länger als die eines Wellensittichs ist.«

»Ich möchte mit Freunden und Bekannten von Franz und Erika Brandter sprechen. Mit Leuten, die mir ein bisschen über die beiden erzählen können.«

»Aus persönlicher oder beruflicher Neugier?«

»Recherchen für eine Hintergrundgeschichte. Eine Schicksalsstory für ›Griaß enk!‹ – das ist so eine Art Landmagazin mit großem Klatschanteil.«

»Ziemlich geschmacklos, findest du nicht? Wenigstens kein Erlebnisbericht für das Bestattungsmagazin.«

»Jetzt bist du geschmacklos.«

»Du könntest es mit Elias versuchen. Elias Hafner. Er hat eine Autowerkstatt in St. Egidi.«

»War er ein Freund von Franz Brandter?«

»Elias ist bei den ›Young Rural Professionals‹. Ich lasse mein Auto bei ihm reparieren. Manchmal macht er das ohne Rechnung, aber schreib das lieber nicht in deine Reportage. Er hat auch beim Kalender mitgemacht, als April-Boy. Als erste Anlaufstelle ist er wohl ebenso gut wie jeder andere der ›Rural Professionals‹. Ich kann dich hinführen, meine Freistunde ist ohnehin zu Ende. Hast du schon entschieden, ob du am Abend zur Veranstaltung kommen wirst?«

»Ich komme ganz bestimmt.«

Die Werkstatt war nicht weit entfernt. Sie war erstaunlich aufgeräumt, ein süßes, äußerst künstliches Aroma überdeckte den Geruch nach altem Öl und frischem Gummi. Zwei junge Männer standen in der Kälte und rauchten.

»Ich möchte zu Herrn Hafner.«

»Der Chef ist in der Kanzlei. Gehen Sie einfach hinein. Anklopfen ist nicht notwendig«, sagte der Kleinere der beiden, der eindeutig asiatische Gesichtszüge trug.

Die »Kanzlei« war ein Büro im hinteren Teil der Werkstatt. Elias gab mir die Hand.

»Was kann ich für Sie tun?«

»Mein Name ist Dimiter Damianovic. Ich bin nach Murau gekommen, um Franz Brandter zu interviewen. Ich bin auch derjenige, der ihn ertrunken im Teich gefunden hat, und nun möchte ich eine Hintergrundstory schreiben. Wäre es für Sie okay, wenn wir ein Interview machen?«

»Für welche Zeitung schreiben Sie?«

»Für den ›Biobauer‹ und für ›Griaß enk!‹.«

»Was ist ›Griaß enk!‹?«

»Eine Zeitschrift mit Nachrichten über den ländlichen Raum. Zum Beispiel würde ich gerne über die ›Young Urban Professionals‹ berichten.«

»Es heißt Rural. ›Young Rural Professionals‹«, verbesserte Elias mich.

»Richtig. Also dieser Arbeitskreis – was ist sein Ziel? Wie ist er entstanden?«

»Wir sind zwölf junge Unternehmer. Franz war der Älteste von uns. Die Idee stammt von Egon Gugganig. Kennen Sie ihn?«

»Ich hatte gestern das Vergnügen, den Nachmittag mit ihm zu verbringen.«

»Egon ist Hotelier und ziemlich tüchtig. In den letzten Jahren wurde rund um den Schrillkogel ein Hotel nach dem anderen von ungarischen Investoren übernommen. In unmittelbarer Nähe zum Gugganig-Hof wurde ein riesiger Klotz hochgezogen. Ein Billig-Sporthotel, das ebenfalls von Ungarn betrieben wird. Daraufhin hat Egon seinen Betrieb von Grund auf renoviert, um gehobenere Touristenschichten anzusprechen. Eine Flucht nach vorne. ›Murau means more‹ – das ist der Slogan, den er sich ausgedacht hatte. Er hat die ›Young Rural Professionals‹ als Art Dachmarke der jungen Wirtschaft im Bezirk gegründet. Es geht darum, Synergien zu nutzen und gemeinsame Öffentlichkeitsarbeit zu betreiben. Die Politik, hat Egon gemeint, sei unfähig, der Bürgermeister ein Trottel. Unsere einzige Chance, Murau zu einem attraktiven Wirtschaftsstandort zu machen, sei, die Sache selbst in die Hand zu nehmen, aber ohne uns dabei politisch zu exponieren. Wir sind jung, kommen vom Land und sind trotzdem professionell, eben ›Young Rural Professionals‹. Darf ich Ihnen einen Kaffee anbieten? Gottfried!«

Der Kleine mit den asiatischen Gesichtszügen blickte zur Tür herein.

»Mach uns bitte zwei Kaffee. Aber wasch dir vorher die Hände.«

Der junge Mann grinste. »In zwei Minuten, Chef. G'schamster Diener!«

»Waren Sie mit Franz Brandter gut befreundet?«, fragte ich.

Elias dachte kurz nach. »Franz war immer ein wenig verschlossen, hat sich nie in den Vordergrund gedrängt. Es war schwierig, mit ihm Freundschaft zu schließen. Ich war überrascht, als er mit der Idee kam, diesen Kalender zu machen.«

»Waren von Anfang an alle mit dem Kalender einverstanden?«

»Mehr oder weniger. Nur Bertl, also Bertram Ferchner, hat es zu Beginn abgelehnt. Aber nur, weil die Idee von Franz kam. Mit dem war er nämlich über Kreuz, seit der Sache mit dem Fischteich, den Franz von Bertl ausheben ließ. Erst war das Loch zu wenig tief, dann zu groß – kurz: Es gab Wickel, und am Ende war Bertl der Meinung, Franz hätte ihn von Anfang an hintergangen.«

Gottfried kam mit zwei gefüllten Kaffeetassen und stellte sie auf den streng aufgeräumten Schreibtisch. Aus dem Regal nahm er eine Plastikpackung mit Kaffeesahne-Portiönchen und eine Schale mit Zuckersäckchen. »Die zwei waren seit diesem Vorfall nicht mehr ganz so gute Freunde«, fuhr Elias fort. »Bertl hat sich mehr und mehr an Egon drangehängt. Egon nahm das Kalenderprojekt mit Begeisterung unter seine Fittiche, da konnte auch Bertl nicht zurückstehen. Nun wollte er auch auf dem Kalender drauf sein. Kennen Sie Bertl Ferchner? Dann wissen Sie ja, dass er nicht gerade ein Adonis ist. Aber er bekam sein Kalenderblatt.«

Elias öffnete eine Schreibtischschublade und zog den Kalender heraus. »Manchmal schickt uns das Polytechnikum Mädchen als Schnupperlehrlinge vorbei. Für meine Mechaniker ist das jedes Mal eine große Gaudi, und dann hängen sie den Kalender im Damenklo auf. Seit dieser EU-Verordnung müssen wir nämlich ein Damenklo haben.«

Elias blätterte das Titelblatt um.

»Als die Sache mit Franz passiert ist, habe ich ihn abgenommen. Jetzt liegt er in meiner Schublade. Sehen Sie, hier: Mr. Jänner. Das war Florian Thal. Seine Eltern haben den Skiliftbetrieb auf dem Schrillkogel. Ein exzellenter Skifahrer und noch besserer Snowboarder. Er ist bei einem Unfall gestorben.«

»Die zerborstene Wodkaflasche.«

Elias antwortete nicht und blätterte weiter.

»Februar. Franz Brandter. Sie wissen ja, was mit ihm passiert ist.«

Es folgte das Blatt für März. Egon, der schwitzende Denker, in der Sauna.

April: Elias, mit nacktem Oberkörper in der Werkstatt. In jeder Hand hält er einen schweren Autoreifen. Brust und Gesicht sind mit Motoröl verschmiert.

Mai: das idyllische Bild eines langhaarigen blonden Naturburschen inmitten einer Herde von Pferden. Mit nacktem Oberkörper führt er einen Haflinger am Zaumzeug. »Gregor Wiest. Er hat einen Hof mit Reitstall in Triebendorf.«

Juni: ein drahtiger Kletterer in einer Felswand. Ohne jede Bekleidung, nur ein lila Magnesiumbeutel bedeckt seine Blöße. »Henrik Taferner, Heilmasseur. Außerdem leidenschaftlicher Kletterer und Bergsteiger.«

Juli: ein bulliger Mann in knappen, abgeschnittenen Jeans auf einem Bagger. »Das ist Bertl. Bertram Ferchner.«

August: ein dunkler Kerl mit markantem Profil, der sich in einer antiken Badewanne inmitten einer Waldlichtung suhlt. »Cemil Yağmur. Installateurmeister.«

September: Ein Mann in Shorts kniet in einem Blumenbeet und wühlt mit bloßen Händen in der Erde. »Ingo Sedlitz. Seinen Eltern gehört die Gärtnerei in St. Egidi.«

Oktober: Vor einem dunklen Hintergrund leuchtet ein breites Gesicht mit einer Zorro-Maske. »Günther Rieger. Steuerberater.«

November: Ein knapp bekleideter Totengräber lehnt an einem Grabstein, die Schaufel lässig auf den Schultern. Ein wenig erinnerte er an James Dean. »Moritz Flatschacher, Bestatter.«

Dezember: ein nachdenklicher Engel mit weißen Flügeln in Jeans und dünnem offenen Hemd, der eine brennende Fackel über ein nächtliches, schneebedecktes Feld trägt. »Roman Vercernik. Unternehmensberater.«

»Wer hat die Motive ausgesucht und die Fotos geschossen?«, wollte ich wissen.

»Das war die Agentur ›orange pekoe‹ aus Graz. Die Fotografin heißt Ilse Subinski. Das Fotoshooting war echt anstrengend. Für mein Foto hatten wir einen ganzen Tag lang die Werkstatt geschlossen. Es dauerte eine Ewigkeit, bis die Scheinwerfer aufgestellt waren, dann erst das Schminken und das Posieren! Die Inge hat ungefähr eine Trillion Fotos von mir geschossen, bis sie zufrieden war. Aber es hat sich ausgezahlt. Schaut doch gut aus, oder? Die Motive haben wir gemeinsam mit ›orange pekoe‹ gefunden. Am Anfang haben wir herumgeblödelt. ›Moritz‹, haben wir gesagt, ›du als Bestatter kommst auf das November-Blatt. Du liegst nackt im Sarg und hältst dir nur so einen Blumenstrauß vor deine edlen Teile.‹ Die Leute von ›orange pekoe‹ haben das zwar ganz lustig gefunden, haben uns aber geraten, ein bisschen … wie sagten sie … subtilere Motive zu finden. Sexy, aber nicht ordinär, sodass man den Kalender auch seiner Großmutter schenken kann.«

»Meine Zimmerwirtin hat einen Kalender in ihrer Küche aufgehängt. Sie ist an die achtzig Jahre alt.«

»Sehen Sie, genau so sollte es sein. Egon ist zwar schon fast vierzig, schaut auf dem Kalender aber noch recht knackig aus. Ilse Subinski hat es sogar geschafft, Bertl halbwegs passabel aussehen zu lassen.«

»Was hat es mit dem Zorro auf sich? Das Motiv passt nicht so ganz zu den anderen.«

»Sie meinen Günther Rieger, unseren Steuerberater. Mr. Oktober. Wir sind alle so fotografiert worden, dass das Bild einen Bezug zu unserem Beruf hat. Wir wollen uns schließlich als Professionisten vermarkten. Wie kann man einen Steuerberater so darstellen, dass er sexy wirkt? Das funktioniert einfach nicht. Aber Günther ist auch Zauberer. Hobby-Magier. Sein Vorbild ist David Copperfield, allerdings tritt er bislang nur bei Kindergeburtstagen und als Mitternachtseinlage bei Betriebsweihnachtsfeiern auf. Wir haben ihm vorgeschlagen, er solle sich in der Luft schwebend oder als zersägte Jungfrau in zwei Teilen abbilden lassen. Oberkörper und Unterkörper getrennt, Sie wissen schon, mit Photoshop lässt sich so was machen. Günther war fast beleidigt. Wir haben uns schließlich darauf geeinigt, dass wir ihn irgendwie geheimnisvoll darstellen. Da kann dann jeder hineininterpretieren, was er will. Mit viel Fantasie kann man auch eine Beziehung zum Steuerberater herstellen.«

»Und der Unternehmensberater auf dem Dezember-Blatt stellt das Christkind dar?«

»Wenn Sie so wollen. Roman Vercernik trägt die Fackel der Weisheit nach Murau, damit den Verantwortlichen einmal ein Licht aufgeht.«

Langsam blätterte ich noch einmal Bild für Bild durch.

»Habt ihr so etwas wie ein regelmäßiges Treffen?«

»Jeden zweiten Samstagnachmittag im Café Miklasch. Das nächste ist übermorgen. Es kommen aber nicht immer alle.«

»Darf ich mit dabei sein?«

»Wird keiner was dagegen haben. Wenn Sie etwas über uns schreiben, möchten wir das aber sehen, bevor es veröffentlicht wird.«

Ich fragte Elias nach der Telefonnummer von »orange pekoe«. Er kramte sie für mich hervor, und ich wählte, sobald ich wieder im Freien war, die Grazer Nummer. Zwei Minuten später hatte ich einen Termin für morgen Nachmittag.

Durch grauen Schneematsch stapfte ich zurück in die Stadt. Auf Ulli konnte ich heute nicht mehr zählen. Ich borgte mir von Frau Belkoff das örtliche Telefonbuch und zog mich in mein Zimmer zurück. Als Erstes versuchte ich, Franz Brandters Eltern zu erreichen. Sie waren entweder nicht zu Hause oder gingen nicht ans Telefon. Ich versuchte es bei Erika. Sie hatte meinen Entwurf für die Betriebsreportage durchgesehen, und wir gingen gemeinsam ein paar Änderungen durch. Sie reklamierte die Worte »innovativ«, »engagiert« und »dynamisch« in den Text und änderte die Bildauswahl. Ich versprach, ihr den Beitrag noch einmal zur Ansicht zuzuschicken und erwähnte beiläufig den Artikel für »Griaß enk!«.

»Ich kenne die Zeitschrift. Eine Freundin hat sie abonniert. Ich habe nicht gewusst, dass Sie dafür schreiben.«

Das hatte ich bis vor Kurzem selbst noch nicht gewusst. »Sie haben also nichts dagegen, wenn wir einen Artikel über Ihren Mann bringen – eine Art Nachruf?«

»Muss ich dafür etwas zahlen?«

»Selbstverständlich nicht. Ich bräuchte nur ein paar zusätzliche Informationen. Ein bisschen was Persönliches, wenn es Ihnen recht ist. Haben Sie dafür ein paar Minuten Zeit?«

»Wollen Sie noch einmal vorbeischauen?«

»Lieber wäre es mir per Telefon.«

»Eine Viertelstunde, maximal. Dann muss ich mich ums Holz kümmern.«

Ich fragte Erika, wie sie ihren Mann kennengelernt hatte, was ihr schönstes gemeinsames Erlebnis war, und versuchte, ihr ein paar Anekdoten zu entlocken. Das Interview zog sich quälend hin. Sie antwortete nüchtern und einsilbig, fast so, als spräche sie über einen Fremden. Bald fielen mir keine Fragen mehr ein. Als Society-Reporter taugte ich nicht viel. Die Kälte hatte dem Akku meines Handys nicht gutgetan. Die Batterieanzeige stand fast auf null. Ich steckte es ans Ladegerät. Während es mit gierigem Blinken den Strom in sich aufsog, holte ich mir aus dem nächsten Supermarkt ein improvisiertes Mittagessen. Mit einem Käseweckerl in der linken Hand fuhr ich meinem Laptop hoch, startete ein leeres Word-Dokument und begann zu tippen. Nach zwei Stunden, in denen ich mit keinem Satz zufrieden war, jeden Absatz dreimal löschte und von vorne begann, klappte ich genervt den Laptop zu.

Frau Belkoff klopfte an meine Zimmertüre und steckte ihren Kopf herein, der diesmal von einem smaragdgrünen Barett gekrönt wurde.

»Brauchen Sie noch etwas, Herr Dimiter? Ich bin heute Abend nicht zu Hause. Ich gehe auf ein Konzert.«

Ullis Konzert!

»Moment, ich komme mit! Können Sie einen Augenblick warten, dann können wir ja gemeinsam gehen.«

»Sie sollten sich aber etwas besser anziehen. Warten Sie einen Moment.«

Sie schlurfte aus dem Zimmer und kam mit einem weißen Hemd, einer schmalen Krawatte und einem schwarzen Jackett.

»Die sind von meinem Mann«, sagte sie. »Sie sind zwar alt, aber sie werden Ihnen passen.«
Ich fühlte mich in den alten Kleidern erstaunlich wohl. Die Krawatte hatte es mir besonders angetan: Sie war in einem sehr dunklen Blau und hatte ein dezentes, asymmetrisches Paisley-Muster, das Ton in Ton in die Seide gestickt war. In aller Eile rasierte ich mich und erneuerte mein Deodorant.

»So schauen Sie doch gleich ganz anders aus. Gehen wir.« Frau Belkoff versperrte die Haustüre und hängte sich bei mir ein. Langsam schritten wir die steile Kurve zum Schloss hoch. Einzelne Schneeflocken schwebten durch die Luft. Die alten Bäume des Schlossberges waren weiß eingepackt und glitzerten im Schein der Straßenlampen. Vor dem offenen Schlosstor blieben wir kurz stehen und blickten auf die Stadt hinunter. In der Luft lag ein schwacher Geruch nach Holzfeuer.
»Schön«, sagte ich.
»Ja. Es gibt Momente, da könnte man glauben, die Welt wäre in Ordnung.«

In den zweiten Stock des Schlosses ging man durch ein Spalier von Hirschgeweihen. Die Jagdtrophäen hingen in dichter Folge an den Wänden der Gänge und Treppen. In einer Glasvitrine fletschte ein ausgestopfter Wolf seine Hauer.

»Guten Abend, Frau Belkoff, schön, Sie zu sehen! Dim, du bist wirklich gekommen!«
Ulli schüttelte Frau Belkoff die Hand. Verlegen lächelte sie kurz, dann hielt sie auch mir die Hand hin. Das Rot auf ihren

Lippen war heute Abend noch eine Nuance kräftiger. Statt der Cargo-Hosen und dem Rollkragenpullover trug sie ein schillerndes, dunkelblaues, fast schwarzes, langes Kleid, das sehr appetitlich ihre hübschen Rundungen hervorhob.

»Ihr entschuldigt, ich muss mich noch vorbereiten.« Ulli drückte mir ihr halb volles Glas in die Hand und verschwand hinter einer schweren Eichenholztüre.

»Das hier ist der Katzensaal«, sagte Frau Belkoff und wies auf die Bilder an den Wänden. Es waren Gemälde von Katzen, die wie Menschen gekleidet waren und sich auch wie solche benahmen. Katzen beim Tanzen und beim Fechten mit Holzsäbeln. Katzen, die einen unglücklichen Hund mit Ruten schlugen und einem zweiten, der verzweifelt die Zähne fletschte, ein Klistier aus einer riesigen Spritze verabreichten. »Niemand weiß, wer diese Bilder gemalt hat oder wie alt sie sind. Sehen Sie hier, die Katze als Arzt, die dem armen Hund einen Einlauf verpasst? Die Brille auf ihrer Nase ist ein vergleichsweise modernes Modell. Die wurde wahrscheinlich später dazugemalt.«

An einem hohen Tisch, über den ein weißes Laken geworfen worden war, wurden Getränke ausgeschenkt. Frau Belkoff wählte einen Campari-Orange und ließ einen Fünf-Euro-Schein in den Sektkühler fallen. Ich nahm mir ein Mineralwasser und kramte in der Hosentasche nach ein paar Münzen. »Für Künstlerhonorare?«, fragte ich und wies auf den Sektkühler.

»Freiwillige Spenden für die Lebenshilfe«, antwortete der Mann hinter dem Tisch. Er hatte einen Wuschelkopf und trug einen dunkelgrauen Anzug.

»Ich bin László«, stellte er sich vor. »Ich spiele hier Saxofon, Oboe und Theremin. Nebenbei komponiere ich auch ein bisschen.«

»Dimiter Damianovic.« Ich gab ihm die Hand. »Ulli hat mich eingeladen. Wir haben einander gestern im Kaffeehaus kennengelernt.«

»Dim, nicht wahr? Du bist der unglückliche Reporter, der den toten Franz Brandter gefunden hat. Ulli hat uns von dir erzählt. Freut mich, dass du gekommen bist.«

László leerte den Inhalt des Sektkühlers auf den Tisch und tat das Geld in eine kleine Metallkassette. Die gebrauchten Gläser stellte er in eine Plastikbadewanne, dann läutete er mit einer kleinen Glocke.

»Wir fangen an«, rief er. »Bitte alle in den Rittersaal!«

Im Rittersaal waren Sesselreihen aufgestellt. Auf dem Podium standen ein Flügel, Notenständer und ein Schlagzeug. An den Wänden des Saales hingen barocke Ölschinken, die Adelige aus verschiedenen Zeiten in unterschiedlichen Posen zeigten. Die Maler schienen wenig Wert auf die korrekte Darstellung von Anatomie und Perspektive gelegt zu haben. Der größte Teil der Wand war von einem riesigen abstrakten Gemälde verdeckt: bunte Farbkleckse, die offenbar mit einem Riesenpinsel auf die Leinwand gemalt worden waren.

Ein schmächtiger Mann in blassorangem Sakko kletterte auf das Podium. Er raschelte mit einem Blatt Papier und räusperte sich mehrere Male. »Meine Damen und Herren, im Namen des Kulturvereins Murau begrüße ich Sie sehr herzlich zu unserer Veranstaltung ›A bis O – eine Reise zu den Anfängen und wieder zurück‹. Wie Sie wissen, wurde unsere schöne Stadt vom Minnesänger Ulrich von Liechtenstein gegründet, und in diesem Sinne wollen wir Sie an diesem kalten Wintertag mit einem kulturellen Experiment beglücken. Das Kunstkonglomerat ›M'n'M‹ hat einen Überblick über unser kulturelles Erbe zusammengestellt.« Der Zettel fiel ihm aus den Händen. Er hob ihn auf und las stockend davon ab: »Den Beginn machen eine Hommage an John Zorn und eine Paraphrase auf die althochdeutsche Spruchdichtung. Der Bogen spannt sich bis zur frühmittelalterlichen Gebrauchsmusik und zur Postmoderne. Ich wünsche einen anregenden Abend.«

Höflicher Applaus, in den sich der erste Klavierton mischte. Immer und immer wieder dieser eine Ton. Einmal lauter, dann wieder zaghafter, einmal länger, dann ganz kurz angeschlagen. Nach einer gefühlten Ewigkeit kam ein zweiter Ton dazu. Später mischte sich Lászlós Saxofon mit sparsamem Tröten ein, und als Höhepunkt gab es einen gedämpften Beckenschlag.

Nun betrat Ulli die Bühne. Ich fühlte ihren Blick auf mir, aber ich wusste, dass sie mich gar nicht sehen konnte. Zumal sie ihre Brille abgenommen hatte.

Unverständliche Worte trafen auf ein ratloses Publikum. Entweder war das wirklich Althochdeutsch, oder es war gekonnt parodiert. Der »dritte Merseburger Zauberspruch« mündete übergangslos in eine martialische Freejazz-Improvisation. Dann kam Gunnar auf die Bühne. Er war klein gewachsen und rundlich. Sein kurz geschorener Kopf glich einer Kugel – eine Formensprache, die in seinen Brillengläsern aufgegriffen wurde. Er rezitierte drei Strophen eines zarten Minnelieds. Dann erklang eine Operettenmelodie.

In der Pause wurde heiße Kürbissuppe mit geröstetem Bauernbrot ausgeschenkt. »Spende des Hauses«, sagte László, der wieder hinter der Theke stand. Ich organisierte zwei Teller und ordnete mich mit Frau Belkoff in die anstehende Schlange. Im Vorübergehen schnappte ich zwei Flaschen Bier. László schöpfte unsere Teller mit Suppe voll.

»Nach der Vorstellung gibt es eine offizielle Premierenfeier im Postpferd. Wenn ihr wollt, könnt ihr gerne kommen.«

Frau Belkoff nahm auf einem Stuhl im Vorraum Platz.

Ein Mann mit krebsrotem Gesicht und dicker schwarzer Brille kam auf uns zu. Sein Hals war lang und dünn und ragte wie derjenige einer Schildkröte aus dem eng zugeknöpften Hemdkragen.

»Grüß Gott, Frau Belkoff«, sagte er. »Wenn ich gewusst hätte, dass Sie auch kommen, hätte ich Sie im Auto mitgenommen.«

»Noch bin ich ganz gut zu Fuß. Darf ich vorstellen: Armin Rosza – Dimiter Damianovic, mein derzeitiger Untermieter. Herr Rosza ist ein großer Musikliebhaber.«

»Um ehrlich zu sein …«, Rosza putzte seine Nase mit einem weinroten Stofftaschentuch, »… mir ist das alles ein bisschen zu chaotisch, ein bisschen zu durcheinander. Aber sie sollen's halt machen, die jungen Leute.«

»Herr Rosza ist so bescheiden«, warf Frau Belkoff ein. »Er gibt auch Konzerte. Er leitet den Kirchenchor.«

»Ein Hobby. Vor meiner Pensionierung war ich Bürokaufmann. Was ist Ihre Beschäftigung?«

»Ich bin Journalist.«

»Sicher ein schöner Beruf. Ich lese keine Zeitungen. Sie lenken von der Wahrheit und vom Wesentlichen ab.«

»Kennen Sie die Wahrheit?«

»Haben Sie schon die Suppe gekostet?«, unterbrach Frau Belkoff und fuchtelte mit dem Löffel wie mit einem Dirigentenstab. »Sie ist köstlich. Holen Sie sich einen Teller, solange sie noch warm ist!«

»Er ist ein bisschen schrullig«, raunte Frau Belkoff mir zu, als Rosza zum Buffet ging. »Das kommt von den vielen Schicksalsschlägen: Seine Frau ist vor ein paar Jahren gestorben. Mit seinem Sohn hat er keinen Kontakt mehr. Ich weiß, dass es gemein von mir ist, aber ich gehe ihm lieber aus dem Weg.«

»Warum das?«

»Er will mich dauernd dazu überreden, in der Chorvereinigung zu singen. Dabei habe ich eine Stimme wie ein Truthahn im Stimmbruch. Das kommt vom Rauchen. Kommen Sie, drehen wir eine Runde.«

Am Fenster stand ein knorriger, grauhaariger Mann in flatternden Jeans. Er schien aufrichtig erfreut, als er Frau Belkoff sah, und hielt in seinem Monolog inne. »Wie schön, dir wieder einmal in deine hübschen grünen Augen zu blicken«, rief er. »Wie geht es den Katzen?«

»Wenn sie nicht gerade fressen, schlafen oder schmusen, bereiten sie die Übernahme der Weltherrschaft vor. Übrigens, das hier ist mein derzeitiger Untermieter, Herr Dimiter. Herr Dimiter, das ist Johann Teichl, Holzbildhauer und Künstler.«

Teichl umfasste meine Hand mit seiner kraftvollen Pratze.

»Willkommen in Murau«, sagte er mit einem schiefen Lächeln, dem ein Schwall Alkoholdunst entströmte. »Dort, wo das Wasser klar, die Luft rein und die Hirne unverbraucht sind.« Er öffnete eine Bierflasche mit seinem riesigen Taschenmesser und schenkte sein Glas so voll, dass es überschäumte.

»Kruzifix«, schimpfte er. »Das Bier ist zu warm.«

Die Glocke läutete, der zweite Teil des Abends begann. Der Saal war vorhin beinahe voll gewesen. Jetzt gab es in den Zuschauerreihen etliche Lücken. Die drei Musiker hatten ihre dunklen Anzugjacken abgelegt und saßen mit farbigen Blusen und Hemden vor ihren Notenständern. Auch Ulli hatte sich umgezogen, sie trug nun einen perlgrauen Hosenanzug und setzte sich auf einen Hocker. Gunnar, mit einer Schiebermütze auf dem Kopf, stieg auf eine alte Bierkiste, um seine Texte zu rezitieren. Er trug ein dadaistisches Gedicht vor, in dem es irgendwie um Ziegen und Affen ging, als zwei Reihen hinter uns jemand aufstand und dabei polternd den Stuhl umwarf. Es war Johann Teichl, der Holzbildhauer.

»Das ist keine Kunst!«, brüllte er.

Betretene Stille im Publikum und auf der Bühne.

»Das ist keine Kunst!«, wiederholte Teichl. »Das ist eine scheiß Parasiten-Kunst. Kein Wunder, dass unsere Zeit den Bach runtergeht. Ales nur mehr Blendung und Leichenfledderei.« Er machte einen Ruck mit seinem Kopf und warf seine graue Mähne zurück und wankte zum Ausgang. Die Tür ließ er offen, und ich sah, dass er sich im Vorbeigehen eine Flasche Bier vom Buffet schnappte.

Der Mann im blassorangen Sakko eilte auf die Bühne und machte eine beruhigende Geste den Künstlern gegenüber. Dann wandte er sich ans Publikum.

»Ich möchte mich für diesen unangenehmen Zwischenfall entschuldigen. Im Namen der Künstler und der Organisatoren. Wir haben an diesem Abend bewusst ein etwas sperrigeres Thema gewählt. Unsere Künstler von der Gruppe ›M'n'M‹ haben sich jede erdenkliche Mühe gegeben, und ihre künstlerischen Fähigkeiten stehen außer Zweifel. Sie verdienen alle unseren Respekt. Ich bin sicher, dass Sie diesen Abend weiterhin genießen werden, und bitte die Künstler, fortzufahren.«

Kurzer Applaus, dann machten Ulli und ihre Freunde weiter. Die Musiker bemühten sich sichtlich, doch der Schwung war dahin. Ullis Stimme zitterte leicht, als sie den Monolog einer Weinbergschnecke rezitierte, und nach der Zugabe – einem mehrsprachigen Schlaflied, a cappella von der gesamten Künstlergruppe vorgetragen – war die Erleichterung mit Händen zu greifen.

Frau Belkoff schwieg, als wir das Schloss verließen und in die kalte klare Sternennacht hinaustraten. Sie kramte eine Schachtel »Parisienne« hervor, zündete eine Zigarette an und stieß mit langem Atem den Rauch aus. Eine dichte graue Wolke kam aus ihrem Mund und umhüllte ihren Kopf. Als sie den Stummel in den Schnee warf und mit dem Absatz ihres Schuhs abtötete, holte Armin Rosza uns in seinem Passat ein.

»Passen Sie auf, die Straße ist glatt, und bei der Dunkelheit sehen Sie nichts. Besser, Sie steigen ein, ich bringe Sie beide nach Hause«, sagte er.

»Wir gehen noch ins Postpferd«, rief Frau Belkoff.

»Umso besser, ich bringe Sie hin. Also los, steigen Sie vorne ein, der junge Herr kann es sich am Rücksitz bequem machen.«

Es gab keine Ausrede. Wir zwängten uns ins Auto. Es roch nach einem dieser Vanille-Duftbäumchen. Die Fahrt dauerte nicht lange, und ich konnte noch eine Nase voll frischer Winterluft einsaugen, bevor wir die Gaststube des Postpferds betraten.

Ulli saß mit verweintem Gesicht in der Ecke. Gerlinde hatte einen Arm um sie gelegt und sprach ihr sanft zu. Die beiden anderen Musiker, Lena und Lázló, saßen stumm und erschöpft über ihrer Mahlzeit. Trotz der späten Stunde gab es noch etwas zu essen, und alle zehn Minuten erschien der Küchenchef, um sich zu erkundigen, ob »eh alles passt«. Die bedrückte Atmosphäre machte ihn nervös. Gunnar war nicht mitgekommen. Am Nebentisch saßen der Mann im blassorangen Sakko, den mir Frau Belkoff als Kulturbeauftragten der Stadt, Peter Ofner, vorstellte. Frau Belkoff, Rosza und ich setzten uns dazu.

»Dieser Teichl glaubt, er allein ist der große Künstler und kann sich immer und überall aufspielen. Ein frustriertes Möchtegern-Genie, das Saufen für Kreativität hält«, schimpfte Ofner.

»Er ist ein grober Klotz«, entgegnete Frau Belkoff. »Aber er hat mir eine allerliebste Skulptur von meinem Rigoletto geschenkt. Er ist hoch sensibel, wie alle Künstler. Um das auszuhalten, trinkt er, und dann lässt er seine Frustrationen heraus. Oft trifft es leider die Falschen.«

»Mir war der Teichl immer schon suspekt.« Rosza ließ ein drittes Päckchen Zucker in seinen Pfefferminztee rieseln.

»Kann Teichl von seiner Kunst leben?«, wandte ich mich an Frau Belkoff.

»Ich weiß nicht, ob er überhaupt jemals etwas verkauft hat. Er hilft hin und wieder aus, geht den Bauern beim Heuen zur Hand oder malt Zimmer aus. Ich glaube, er braucht nicht viel. Seine Kunstwerke zeigt er nur selten und nicht jedem.«

»Er lebt in einer kleinen Wohnung in der Stadt«, sagte Ofner. »Dort hat er auch sein Atelier. Vor Jahren wollte ich für ihn eine Ausstellung im Raiffeisensaal organisieren. Am Anfang war er auch recht kooperativ, wenn auch nicht gerade enthusiastisch. Ich besuchte ihn im Atelier, und wir sprachen über das Buffet und über die Eröffnung. Seine Stimmung wurde plötzlich düster, und er hat mich rausgeworfen. Seitdem ist er für mich gestorben.«

»Haben Sie sich auch seine Werke angesehen?«, fragte Frau Belkoff.

»Holzschnitzereien halt. Figuren und Tiere. Darunter ein paar recht grausliche Sachen.«

Ich wollte mit Ulli reden und rutschte an den Nachbartisch.

»Keine Glückwünsche!«, fauchte sie mich an. »Ein Desaster, und ich habe dich auch noch dazu eingeladen. Ich wollte, du wärest nicht gekommen.«

»Sei nicht gleich am Boden zerstört, nur, weil es dem Teichl nicht gefallen hat.«

»Weißt du, was: Er hat recht. Er hat mehr Ahnung von Kunst als alle anderen zusammen. Und er ist wenigstens ehrlich.«

»Aber er ist nicht unfehlbar. Er hat seine Meinung, ich habe meine. Mir hat es nämlich gefallen.«

»Lügner! Nenn mir ein Stück unseres Programms, an das du dich erinnerst, und sag mir, was dir daran gefallen hat.«

»Einer der besten Texte war die Ballade ›Der Luftschiffer in der Lobau‹. Ich mag, wie du auf Schillers ›Der Taucher‹ Bezug nimmst und das Thema umstülpst, ohne dass es zur reinen Parodie verkommt. Der Flug durch die Gewitterwolke war sprachlich brillant. Man hört förmlich das Malmen der Luftmassen, wie das Knistern der Elektrizität sich zu einem Brutzeln und Prasseln steigert und in einem trockenen Knall endet. Die musikalische Begleitung war kongenial, aber ich muss gestehen, dass ich nicht Fachmann genug bin, das zu beurteilen.«

Lena und László lachten. Auch Ulli musste grinsen und boxte mich in die Schulter.

»Unverschämter Schmeichler! Du solltest alten Frauen Heizdecken verkaufen.«

»Dürfen wir dich als Pressestimme zitieren?«, wollte László wissen.

»Solange ihr meinen Namen richtig schreibt.«

In Ullis Handtasche zwitscherte ein Vogel. Sie zog ihr Handy heraus und nahm den Anruf an.

»Servus, Andrea!«

»Nein, unser Konzert ist vorbei. Wir sitzen schon im Postpferd.«

»Mein Handy war den ganzen Tag lang abgeschaltet. Du hast mich gar nicht erreichen können.«

Langes Schweigen.

»Noch einmal: Was ist passiert?«

Noch längeres Schweigen.
»Ja, ich war gestern dort.«
»War jemand bei ihm?«
»Bis bald.«
Ulli schaute uns an.
»Das war Andrea, meine Cousine. Sie ist Ärztin auf der Stolzalpe. Egon ist tot.«
»Egon?«, fragte ich. »Egon Gugganig?«
»Man hat ihn im Außenbereich des neuen Wellness-Trakts gefunden. Nackt. Erfroren.«
Egon sei heute nicht im Hotel erschienen, erzählte Ulli. Das sei an sich nichts Außergewöhnliches und kein Grund zu übertriebener Sorge. Frau Paulitsch, die Rezeptionistin machte vor Feierabend ihre übliche Runde durchs Hotel. Im Wellness-Trakt brannte Licht, und bevor sie abschloss, kontrollierte sie, ob sich kein Hotelgast dorthin verirrt hatte. Die Sauna war kalt, aber im Umkleideraum lag ein Stapel Kleider. Frau Paulitsch öffnete die Tür zum Freigelände. Die weiße Gestalt am Boden hielt sie in der Dunkelheit erst für einen Haufen gebrauchter Handtücher. Als sie sich bückte, um die Handtücher aufzunehmen, spürte sie unter einer Schicht Raureif kalte Haut. Es war Egon, der neben der Eisbar kauerte. Er war seit Stunden tot. In der Hand hielt er eine leere Flasche Gugganiger Eisbock. In ihrem Schock irrte Frau Paulitsch durchs Hotel und lief einer anderen Angestellten in die Arme, welche die Geistesgegenwart hatte, die Rettung zu rufen. Für Egon Gugganig war es um Stunden zu spät.
»Direkt vor der offenen Türe erfroren?«, rief Ofner. »Wie ist das möglich?«

»Ich war am Nachmittag noch bei ihm«, sagte ich. »Er zeigte mir das Hotel, und als ich ihn verließ, war er stark alkoholisiert.«

»Alkohol und Sauna – das geht ziemlich auf den Kreislauf. Wahrscheinlich ist er einfach ohnmächtig geworden. Bei den derzeitigen Temperaturen erfriert man innerhalb von Minuten. Vor allem, wenn man splitternackt ist.« Rosza nickte vielsagend. »Denn ihr wisst weder den Tag noch die Stunde. Matthäus, Kapitel 25.«

»So kurz nachdem Franz Brandter ertrunken ist«, sagte Frau Belkoff. »Ich möchte nach Hause.« Sie zündete sich mit zitternden Händen eine Zigarette an. Niemand erinnerte sie an das Rauchverbot. »Kann mich jemand mit dem Auto mitnehmen?«

»Aber selbstverständlich«, bot Rosza sich eifrig an.

»Dim, du kannst mit mir mitfahren«, bot Ulli mir an. Sie ließ Gerlinde am Beifahrersitz einsteigen, die ihren Instrumentenkoffer auf den Rücksitz warf, wo ich es mir, so gut es die herumliegenden Taschen, Zeitschriften und Kleidungsstücke zuließen, bequem machte. Während der Fahrt schwiegen wir bedrückt. Gerlinde stieg vor ihrem Haus aus, und ich nahm auf dem Beifahrersitz Platz.

»Ich will jetzt nicht alleine sein«, sagte Ulli.

»Wir könnten noch in ein Café gehen.«

»Um diese Zeit hat keines mehr offen.«

»Oder im Auto herumfahren, bis es Morgen wird.«

»Blöde Idee. Du kommst natürlich zu mir.«

Ullis Wohnung war klein und gemütlich. In der Stille der Nacht hörte man den Fluss rauschen. Ulli öffnete eine Flasche Rotwein und nahm zwei Wassergläser aus dem Küchenschrank. Sie setzte sich mir gegenüber auf das Sofa, zog die Beine hoch, kuschelte sich in eine bunte Decke und nahm einen großen Schluck.

»Kann es Zufall sein, dass Florian, Franz und Egon kurz hintereinander einen tödlichen Unfall hatten?«, fragte sie. »Zufall, dass alle drei den ›Young Rural Professionals‹ angehören und für den Nacktkalender posiert haben? Zufall, dass sie in genau der Reihenfolge sterben, in der sie im Kalender abgebildet sind?«

»Wenn es kein Unfall war, was war es dann?«

»Es könnte sein, dass jemand direkt und gezielt auf Florian geschossen hat. Ich stelle mir das so vor: Der Scharfschütze sitzt am Waldrand. Er wartet, bis Franz aufs Eis geht und – peng! – schießt er ein Loch in die Eisdecke. Das Eis bricht, Franz geht unter und ertrinkt. Die Kugel sinkt auf den Grund des Teiches und wird nie wieder gefunden.«

»So etwas habe ich einmal in einem Western gesehen. Aber bei Egon war garantiert kein Scharfschütze im Spiel. Er ist erfroren.«

»Dass du in der Nähe warst, ist vielleicht auch kein Zufall.«

»Glaubst du, dass ich ihn umgebracht habe?«

»Nein, das glaube ich nicht. Aber du erfüllst eine wichtige Funktion: Du kommst von außen, und du bist Reporter. Du kannst der Welt direkt vom Schauplatz berichten. Vielleicht ist es das, was der Mörder will: Aufmerksamkeit.«

»Ein Artikel im ›Biobauer‹ ist wohl kaum dazu geeignet, die Weltöffentlichkeit aufzurütteln. Und wenn es dem Täter um Aufmerksamkeit geht: Warum inszeniert er dann die Morde als Unfälle?«

»Vielleicht hat die Art, wie die Leute sterben, symbolischen Charakter. Gehen wir es einmal durch: Florian wird von einem Geschoss aus der Luft getötet. Franz stirbt im Wasser. Egon nach einem Saunabesuch. Luft, Wasser, Feuer. Als Nächstes: Erde. Ist das nachvollziehbar?«

»Nur wenn man seine Phantasie über alle Grenzen hinweg strapaziert.«

»Wie ist es mit Zeichen oder Symbolen am Tatort? Als du Franz aus dem Wasser gezogen hast – ist dir da etwas aufgefallen? Irgendwelche Dinge, die nicht dorthin gehören?«

Ich schüttelte den Kopf. »Abgesehen vom Besen, mit dem ich nach Franz gefischt habe, war da nichts.«

»Und in der Sauna im Gugganig-Hof?«

»Da gab es die Eisbar mit den Bierflaschen. Gugganiger Eisbock. Egon hatte noch als Toter eine Flasche in der Hand.«

»Und Florian wurde von einer Wodkaflasche getötet. Aber da passt Franz wieder nicht ins Schema. Ach, wir drehen uns im Kreis.«

»Zwischen dem ersten und dem zweiten Mord vergehen zwei Wochen. Zwischen dem zweiten und dem dritten liegen kaum zwei Tage. Liegt dem eine Sequenz zugrunde, eine umgekehrte Fibonacci-Folge oder so etwas? Du bist doch Mathematikerin.«

»Jetzt geht mit dir die Phantasie durch. Du siehst wirklich zu viele schlechte Filme.«

Ulli schwenkte ihr Glas und leerte den Rest Wein in einem Zug hinunter. Dann schenkte sie uns nach. Ihre Wangen hatten sich gerötet. »Als ich heute Vormittag gesagt hatte, Egon wäre der Nächste auf der Liste, habe ich doch nie gedacht, dass es wirklich so kommen wird. Es war ein Gedankenspiel, nichts weiter. Noch unglaubwürdiger als ein schlechter Film. Ich möchte immer noch nicht an einen Serienkiller glauben. Aber wenn es einen gibt, wird Elias das nächste Opfer sein.«

»Elias ist gewarnt. Er wird nichts Unvorsichtiges tun.«

»Wie denn? Wenn es wieder ein sogenannter Unfall ist, kann der überall passieren. Es kann ihm ein Meteor auf den Kopf fallen. Er kann auf einer Bananenschale ausrutschen und sich den Hals brechen. Er kann in der Küche ohnmächtig werden und mit dem Kopf im vorgeheizten Backrohr landen.«

»Ich kann mir nicht vorstellen, dass man einen Meteor dazu bringt, auf Elias' Kopf zu fallen.«

»Mir ist, als wäre mir der Meteor auf den Kopf gefallen. Mir kreiselt der Schädel. Ich muss mich kurz entspannen.«

Ulli zog die Decke über die Nase und schloss die Augen. Eine Viertelstunde später merkte ich, dass sie eingeschlafen war. Ich schlich zur Tür und zog meine Schuhe an. Dann überlegte ich es mir anders und kehrte aufs Sofa zurück. Ich hüllte mich in eine zweite Decke und streckte mich so aus, dass ich Ulli nicht berührte. Eine Weile lag ich auf dem Rücken und starrte zum Plafond. Ich schaltete das Licht aus, und Ulli legte im Schlaf ihren Arm um mich. Eine wohlige Wärme kroch meinen Körper hoch. Ich legte meine Hand auf ihre und wagte nicht, mich zu bewegen. Es gab nur mehr Ulli und mich, und die Welt um uns herum zog sich diskret zurück.

Freitag, 20. Jänner

»Aufstehen, Faulpelz, es gibt Kaffee!«

Ich blinzelte verschlafen. »Wie spät ist es denn?«

»Dreiviertel sieben. Ich muss um acht in der Schule sein.«

Ulli wuselte frisch wie ein junges Küken zwischen Esstisch und der kleinen Küche hin und her. Ich dehnte und streckte meinen verspannten Körper.

»Ich habe dir ein Handtuch ins Badezimmer gelegt.«

Frisch geduscht und in nicht mehr ganz frische Kleider gehüllt, saß ich Ulli am Frühstückstisch gegenüber. Der Kaffee war stark, aber ich vermisste die frischen, reschen Semmeln, die es bei Frau Belkoff gab.

»So unvorbereitet wie heute bin ich überhaupt noch nie in die Schule gegangen«, sagte Ulli.

»Deine Schüler werden es verkraften.«

»Fährst du heute zurück nach Wien?«

»Zuerst habe ich einen Termin mit ›orange pekoe‹. Das ist die Agentur, die den Kalender gemacht hat. Und morgen möchte ich beim Stammtisch der ›Young Rural Professionals‹ dabei sein. Recherchen für meine Hintergrundstory.«

»Das heißt, du bleibst?«

»Ja. Was hast du vor?«

»Ich verbringe das Wochenende bei meinem Freund.«

Ich rührte stumm in meinem Kaffee.

»Das bedeutet nicht, dass ich dich nicht mehr sehen will«, setzte Ulli rasch nach.

»Ein schöner Freund, der sich nicht einmal die Zeit nimmt, zu deiner Premiere zu kommen.«

»Er arbeitet bis spät in die Nacht. Er ist gerade in einer Projektendphase, das geht vorüber. Wenn es mir wirklich schlecht geht, fahre ich manchmal in der Nacht noch nach Graz zu ihm in die Wohnung.«

»Wenn er dich braucht – fährt er dann spät in der Nacht noch zu dir?«

»Nein, das macht er nicht. Wir sind unterschiedliche Charaktere. Ich bin impulsiv, er ist bodenständig und geerdet. Wir ergänzen einander, das tut uns beiden gut.«

»Wird wohl so sein«, murmelte ich, nahm einen letzten Schluck Kaffee und zog meine Jacke an. »Ich glaube nicht, dass ich bis Montag in Murau bleibe. Wir werden uns also kaum mehr über den Weg laufen. Danke für deine Hilfe.«

»Sei doch nicht gleich pikiert!« Ullis Augen blitzten zornig. »Du hast überhaupt kein Recht, eifersüchtig zu sein.«

»Ich muss nach Hause. Ich möchte nicht, dass Frau Belkoff merkt, dass ich die ganze Nacht nicht in meinem Zimmer war.«

Ich stand schon in der Tür, als Ulli noch einmal meinen Namen rief.

»Dim!« Ich drehte mich um. Sie lächelte, umarmte mich zögernd und küsste mich auf den Mund. »Mach's gut!«

»Mach's gut!«, antwortete ich.

»Wo waren Sie denn die ganze Nacht? Ich habe mir ernste Sorgen gemacht!« Frau Belkoff stand in der Tür ihrer Wohnküche und hatte die Hände in die Hüfte gestemmt.

»Bei Frau Jordan, wir haben …«

»Das geht mich ja wohl nichts an«, murmelte Frau Belkoff. »Aber Sie schauen furchtbar zerzauselt aus. Wo ist denn die Krawatte, die ich Ihnen geborgt habe?«

»Tu mir leid, die liegt noch in Ullis Wohnung. Ich bringe sie Ihnen später zurück.«

»Wollen Sie Frühstück?«

»Keine Zeit!«, rief ich und eilte ins Zimmer. »Ich muss einen Zug erwischen.«

*

Nach Graz gab es keine direkte Verbindung. Ich nahm von Unzmarkt aus den Zug in Richtung Wien und stieg in Bruck an der Mur um. Das erinnerte mich daran, dass ich Martin Ellmer, den Chefredakteur, anrufen musste. Er nahm nach dem zweiten Läuten ab.

»Wann krieg ich deinen Artikel?«, bellte er, so laut, als wollte er die Distanz allein durch die Kraft seiner Stimme überbrücken.

»Nächste Woche«, flüsterte ich. Schräg gegenüber saß ein älterer Fahrgast, der von seinem Buch aufblickte und mich über die Gläser seiner Lesebrille hinweg strafend ansah. Ich ging auf den Gang, um ihn nicht zu stören. Dort war das Rattern der Räder so laut, dass Martin mich kaum verstand.

»Die Geschichte hat sich geändert«, schrie ich ins Handy. »Ich habe was Hochdramatisches an der Angel. Hör zu:

Franz Brandter war nicht der Einzige, der einen Unfall hatte. Zwei seiner Kollegen von den ›Young Rural Professionals‹ sind tot. Das ist dieser Verein, der den Nacktkalender herausgebracht hat.«

»Langsam, Dim, langsam. Drei mysteriöse Todesfälle, sagst du? Wenn das stimmt, wird das ein topaktueller Aufmacher in der nächsten ›Griaß enk!‹. Aber erzähl einmal, was genau passiert ist. Eines nach dem anderen. Nicht so konfus, wie es sonst deine Art ist.«

Ich lieferte ihm eine Kurzfassung der letzten Tage und versuchte dabei, dem Buffetwagen auszuweichen, der im engen Gang entgegenkam.

»Gibt es irgendeine Botschaft?«, fragte Ellmer.

»Was meinst du damit?«

»Das passiert doch in den Krimis ständig. Ein Symbol in die Brust der Opfer eingeritzt, die Puppe eines seltenen Schmetterlings im Mund der Ermordeten, eine Schachfigur oder eine Spielkarte am Tatort – irgendwas in dieser Art.«

»Martin, ich habe nie gesagt, dass es ein Mord war. Bis jetzt waren es nur drei Unfälle.«

»Als du den Brandter gerettet hast – na ja, versucht hast du es immerhin – ist dir da etwas aufgefallen?«

»Das hat mich schon einmal jemand gefragt. Nein, da war nichts.«

»Ich versuche nur, dir auf die Sprünge zu helfen.«

»Allzu viel Vertrauen in meine Recherchefähigkeiten hast du offenbar nicht.«

»Wenn du der super Aufdecker-Journalist wärst, würdest du nicht für mich arbeiten, das weißt du.«

»Chefredakteur Martin Ellmer: schonungslos und offen

wie immer.«

»Vergiss nicht, mein goldenes Herz zu erwähnen.«

»Ein Herz wie ein achtzehnkarätiger Diamant. Gold wäre zu weich.«

»Über ein höheres Honorar reden wir später. Ich muss Schluss machen. Mein Hund will hinaus.«

Ohne einen weiteren Gruß legte Ellmer auf. Der Zugführer rief den nächsten Halt in Erinnerung: Graz, Endstation.

Der Bahnhofsvorplatz war eine riesige Baustelle. Der Aushang an der provisorischen Straßenbahnstation verwirrte mich. Keine Ahnung, wie ich von hier in die Naglergasse gelangen konnte. Auf gut Glück ging ich in Richtung Hauptplatz entlang. Mir fiel auf, wie heruntergekommen die Annenstraße war. Im Gegensatz dazu waren Hauptplatz und Fußgängerzone äußerst schmuck herausgeputzt. Etwas zu schmuck für meinen Geschmack. Ich hatte ausreichend Zeit bis zu meinem Termin und machte ein paar Einkäufe. Ich brauchte frische Wäsche und ein paar T-Shirts. Und weil ich gerade dabei war, kaufte ich eine sportliche Winterjacke. Eine Weile überlegte ich, ob ich die sündteure Goretex-Version nehmen sollte, entschied mich dann aber für ein einfacheres Modell aus einem Synthetik-Baumwolle-Gemisch. Ich hatte nicht allzu viel Vertrauen in die Honorarerhöhung, die Martin Ellmer in Aussicht gestellt hatte. Die Dame an der Kassa scannte meinen Einkauf und legte die T-Shirts bedächtig zusammen, ohne sich um die Schlange genervter Kunden zu kümmern, die sich hinter mir gebildet hatte.

»Können Sie mir sagen, wo die Naglergasse ist?«, fragte ich, während ich den Bankomat-Code ins Terminal tippte.

»Da gehen Sie am besten links die Sporgasse rauf, das ist die steile Fußgängerzone. Dann durch den Stadtpark und das Glacis entlang.«

Die Wegangabe führte mich zwar in die richtige Richtung. Bis zur Naglergasse musste ich aber noch zweimal nachfragen. Zehn Minuten zu spät war ich bei der Agentur. Sie war in einem großen hellen Altbau untergebracht. Der Parkettboden knarrte stilecht, eine chromblitzende Espressomaschine zischte im Hintergrund und verströmte einen leicht stechenden Kaffeegeruch. Ein drahtiger Mann mit kurz geschorenem mausgrauen Haar und einer schwarzen Brille, die man in meiner Kindheit als Krankenkassen-Gestell bezeichnet hätte, begrüßte mich.

»Ah, der Herr von der Zeitung. Bitte kommen Sie weiter. Wollen Sie einen Espresso? Oder lieber einen Latte macchiato?«

»Tee haben Sie keinen?«

Er schmunzelte. »Sie können grünen Chai haben, Rooibos und natürlich Orange Pekoe. Wir lassen ihn direkt von den Azoren kommen. Er ist arm an Gerbsäure und hat einen Abgang, der an Seetang erinnert.«

Er füllte eine dünnwandige weiße Porzellantasse und reichte sie mir mit einem Lächeln. »Also, was kann ich für Sie tun?«

»Wie ich schon am Telefon angedeutet habe, möchte ich Sie gerne über den Kalender ›Young Rural Professionals‹ aus Murau befragen.«

»Sie meinen, wegen des Unfalls. Ja, das ist eine spektakuläre Geschichte.«

»Es gab inzwischen einen weiteren Unfall. In Summe sind es jetzt drei.«

»Dazu kann ich nicht viel sagen. Schauen Sie, vor drei Jahren traten die ›Young Rural Professionals‹ an uns heran, und wir arbeiteten gemeinsam das Konzept aus. Die kreative Arbeit lag zum Großteil bei der Fotografin.« Er wandte sich an eine Frau in einem grünen Strickkleid, die am Kopierer stand. »Sonja, kannst du die Kontaktdaten von unserer Ilse ausdrucken und dem Herrn von der Zeitung geben?«

»Wie funktionierte die Zusammenarbeit? Waren da immer alle zwölf Herren bei Ihnen im Büro?«, fragte ich.

»Wir hatten hauptsächlich mit Herrn Gugganig zu tun. Da ging es aber ausschließlich um finanzielle Fragen und um die Vermarktung.«

»Wie groß war die Auflage des Kalenders?«

»Wir dürfen keine Zahlen kommunizieren. Nur so viel: Allzu klein war sie nicht.«

»Hat es zu irgendeinem Zeitpunkt Probleme gegeben?«

»Probleme? Nein. Für uns war es ein ganz normaler Job. Es war nicht das erste Mal, dass wir einen Kalender produziert haben. Die größte Arbeit war, die Präsentationen vorzubereiten. Wir hatten zwei Präsentationen: eine in Graz und eine in Murau. Beide Male war es ein ganz passabler Erfolg.«

Sonja kam und überreichte mir ein Blatt Papier, auf dem Telefonnummer und Adresse der Fotografin standen. »Ich habe mit Ilse telefoniert und sie gefragt, ob es ihr recht ist, wenn ich ihre Daten weitergebe«, sagte sie. »Wenn Sie Fragen haben, können Sie Ilse heute noch erreichen.«

»Sie haben doch damals auch schon über den Kalender berichtet, nicht wahr?« Der Herr mit dem mausgrauen Haar wandte sich wieder an mich. »Ich erinnere mich: Ihre Zeitung brachte seinerzeit ein ausführliches Interview. Eine junge Dame war damals hier.«

»Davon weiß ich nichts. Aber ich schreibe noch nicht lange für ›Griaß enk!‹.«

»Sagten Sie nicht, Sie seien von der ›Kleinen Zeitung‹?«

Sonja unterbrach ihn. »Das ist ein Missverständnis, Holger. Der Reporter von der ›Kleinen‹ kommt nachher. Das ist der Herr, der extra aus Wien angereist ist.«

»Ich muss gestehen, dass mir die Zeitschrift ›Griaß enk!‹ nicht geläufig ist.« Holger wirkte auf einmal zwei Nuancen kühler. »Wenn Sie noch Fragen haben, können Sie mich am Montag wieder erreichen.« Er stand auf und reichte mir die Hand. Ich hätte noch gerne meinen Tee getrunken.

Ich stand wieder in der Kälte. Vielleicht konnte ich von der Fotografin mehr erfahren. Ich rief sie an. Sie war kurz angebunden, stimmte aber einem Treffen sofort zu. Wir verabredeten uns im Operncafé.

Ilse Subinski schob ihr Wallpaper-Magazin zur Seite und begrüßte mich mit einem sehr kurzen Lächeln. »Sie sind der Redakteur von ›Griaß di‹?«

»›Griaß enk!‹, um genau zu sein. Es geht um …«

»Um Franz Brandter, ich weiß.« Sie schlug ihre langen Beine übereinander und nahm einen Schluck Früchtetee. »Ich habe mir Zeit für Sie genommen, weil ich gerne Klartext rede. Franz und ich waren liiert.«

Vier Sekunden lang verschlug es mir die Sprache. Ilse Subinski trug dezentes Make-up, das ihre dunklen Augen hervorhob. Ihre kräftigen Locken waren mit einem anthrazitfarbenen Samtband notdürftig gebändigt. Sie strahlte eine Art strenge Weiblichkeit aus.

Der Gedanke an eine intime Verbindung zwischen einem Landwirt aus dem hintersten Winkel der Obersteiermark und dieser eindeutig urbanen Erscheinung war beinahe grotesk. Und doch: Es gab eine gewisse Ähnlichkeit zwischen ihr und Erika Brandter.

»Das überrascht Sie«, sagte sie. »Erika hat Ihnen wohl nichts erzählt?«

»Das hat Sie tatsächlich nicht.«

»Wie Sie sich denken können, haben Franz und ich uns beim Fotoshooting kennengelernt. Wenn das ausgelutschte Klischee vom weichen Kern auf jemanden zutrifft, dann auf Franz. Wir saßen die halbe Nacht über zusammen, nur, um miteinander zu reden. Wir führten einfach nur ein gutes Gespräch. Franz hatte das Unglück, von Eltern großgezogen zu werden, bei denen das Innere noch rauer war als ihre Schale, und in einem Umfeld aufzuwachsen, in dem eine Art von brutaler Gleichgültigkeit als oberste Vorstellung von Coolness galt. Vielleicht hätte er in einer höheren Schule gelernt, dass es auch anders geht. Aber seine Eltern …«

»Haben ihn Schlosser lernen lassen und in die Landwirtschaftsschule geschickt.«

»Franz fügte sich. Sein ganzes Leben hatte er sich untergeordnet. Bis Erika kam und diese überstürzte Ehe. Franz sah zum ersten Mal den Schimmer einer anderen Welt, aber auch das war nicht seine Welt. Erika ist eine knallharte Opportunistin. Sie ist clever, machte aus dem verkommenen Hof einen modernen Betrieb, setzte sich gegenüber Franz'

Eltern durch und erkämpfte sich den Sieg. Franz war für sie nur ein Mittel zum Zweck.«

»Glauben Sie wirklich, dass Erika so berechnend war?«

»Anfangs wohl nicht, aber sie erkannte die Chance. Nur deshalb ist sie bei Franz geblieben. Es ist kein Funke Liebe in ihr.«

»Haben Sie Franz geliebt?«

»Wir hatten ziemlich guten Sex. Franz hatte eine selbstverständliche, beinahe naive Erotik. Das tut gut.«

Die Kellnerin kam mit meinem Tee. In einer großen Tasse mit heißem Wasser schwamm ein einsamer Teebeutel von zweifelhafter Qualität.

Ilse fuhr fort: »Damit Sie mich nicht missverstehen: Ich pflege zu meinem Models eine durch und durch professionelle Beziehung. Dazu gehört auch, dass ich mit ihnen blödle, etwas Small Talk betreibe. Wenn die Männer nackt vor mir stehen und tun müssen, was ich ihnen sage, dann muss man die Situation etwas entspannen. Aber es wird niemals wirklich privat. Mit Franz – das war eine Ausnahme, und ich habe mich ganz bewusst für ihn entschieden. Franz sah nicht nur gut aus, er konnte auch sehr charmant sein. Er brauchte jemanden, der ihn so akzeptierte, wie er war, der ihn nicht gleich ändern wollte.«

»Hat Erika von Ihrem Verhältnis gewusst?«

»Franz hat es ihr gesagt, nachdem wir sechs Wochen zusammen waren.«

»Wie hat sie reagiert?«

»Erstaunlich gelassen. Aber in ihr hat wohl ein Vulkan getobt. Ich habe Franz gebeten, eine Aussprache zwischen Erika und mir zu arrangieren. Von Frau zu Frau. Auf neutralem

Boden. Wir hatten ausgemacht, uns Anfang der Woche hier in Graz zu treffen. Dann kam mir etwas dazwischen, und ich rief sie an, um das Treffen zu verschieben. Sie legte auf, ohne auch nur ein Wort zu sagen.«

»Was hätten Sie ihr gesagt?«

»Dass ich keine funktionierende Partnerschaft zerstören will. Dass aber jeder Mensch das Recht hat zu schlafen, mit wem er will. Dass man eine Partnerschaft niemals auf Zwang gründen kann, sonst wäre es keine Partnerschaft, sondern ein Gefängnis. Auch wenn dieses Gefängnis Ehe heißt, es bleibt ein Gefängnis.«

»Haben die anderen ›Young Rural Professionals‹ von Ihrem Verhältnis gewusst?«

»Ach, dieser kindische Name. Franz hat niemals mit mir geprahlt, so in dem Stil: ›Boah, Leute, nur, damit ihr es wisst, ich bumse jetzt die Fotografin.‹ – So etwas tat er nicht. Und richtige Freunde hatte Franz keine – nicht in dem Sinne, wie ich Freundinnen habe, die ich nach der ersten Nacht in meinen aktuellen Beziehungsstand eingeweiht hatte.«

Subinski knotete sich einen dunklen Schal um den Hals. »Haben Sie jetzt genug Information für Ihren kleinen Tratschartikel? Früher oder später hätten Sie ohnehin alles erfahren.« Sie zog den Gürtel ihres Mantels fest, zögerte etwas und reichte mir dann die Hand. »Machen Sie damit, was sie wollen. Und schicken Sie mir ein Belegexemplar Ihres Landpomeranzen-Magazins zu.«

Die Absätze ihrer schwarzen Pumps knallten auf den Boden, als sie das Café verließ und in die Dämmerung verschwand.

Ich bestellte noch einen Kaffee und blieb, bis es Zeit war aufzubrechen, um den letzten Zug nach Murau zu erwischen. Ich hatte gerade so viel Kleingeld in meiner Börse, um die Rechnung zu begleichen, auf der auch Ilse Subinskis Früchtetee stand. Das Fach, in dem üblicherweise meine Bankomat-Karte steckte, war leer, ebenso meine Jacken- und Hosentaschen. Ich leerte den Inhalt meines Rucksacks bis auf den Taschengrus auf die Sitzbank und stopfte meine Habseligkeiten Stück für Stück zurück. Bankomat-Karte war keine darunter. Ich hatte sie verloren. Oder jemand hatte sie mir gestohlen. Ich fluchte leise. Ich musste mir Geld borgen, um meine Fahrkarte zu bezahlen. Vielleicht kam ich ohnehin zu spät zum Bahnhof, dann musste ich in Graz übernachten. Die Einzige, die ich hier kannte, war Ulli. Allerdings – großes »Allerdings« – war sie bei ihrem Freund. Ich hoffte, dass sie überhaupt mit mir sprach.

Ich ließ es läuten, bis die Sprachbox sich meldete.

»Hallo, hier ist Dim. Ich bin in Graz und in Schwierigkeiten. Könntest du dich bei mir melden? Ich würde dich nicht anrufen, wenn es nicht wirklich dringend wäre.«

Ich hatte mein Handy noch in der Hand, als sie zurückrief.

»Ich hoffe, es ist wirklich dringend, sonst kannst du was erleben.«

Ihre Stimme klang wie eine fauchende Katze. Ich war froh, sie zu hören.

Wir verabredeten uns in einem chinesischen Restaurant am Jakominiplatz. Ich vertrieb mir die Zeit, indem ich die Lounge-artige Inneneinrichtung studierte. Ulli kam fünfundzwanzig Minuten später. Hinter ihr ein großer schlanker Mann mit dunklem Haar und blauen Augen. Er erinnerte mich an den James-Bond-Darsteller, den ich nicht mochte.

»Dim, das ist Richard, mein Freund. Richard, das ist Dimiter, von dem ich dir erzählt habe.«

Richard reichte mir grinsend die Hand. »Freut mich, dich kennenzulernen. Ulli hat mir gesagt, dass du bei ihrem Konzert warst. Ich habe es leider nicht geschafft. Wie war es denn?«

»Ausgezeichnet. Du hast wirklich etwas versäumt.«

»Ich sterbe vor Hunger, lass uns bestellen. Liebling, wie wäre es mit einer Sashimi-Platte für zwei?«

Während wir auf das Essen warteten, zog Ulli drei Hundert-Euro-Scheine aus der Tasche.

»Ich denke, damit kommst du eine Weile durch. Hast du die Karte schon sperren lassen?«

»Ich habe die Nummer von meiner Bank nicht.«

»Die kann man in zwei Minuten herausfinden. Wie schaffst du es nur, allein zurechtzukommen?« Ulli zog ihr Smartphone aus der Tasche, tippte und wischte darauf herum und notierte dann eine Nummer auf die Papierverpackung der Essstäbchen. »Anrufen musst du selber.«

Es dauerte eine Weile, bis ich durchkam. Dass ich die Kontonummer nicht auswendig wusste, machte die Sache nicht einfacher. Zum Abschluss verriet mir die Dame noch, dass mein Konto bedeutend im Minus war.

Richard bestritt den Großteil der Unterhaltung während des Essens. Seine Lieblingsthemen waren Bauvorschriften,

Haftungsfragen und Gewährleistungsfristen. Es störte ihn nicht, dass Ulli und ich nur einsilbige Antworten gaben.

»Ich hätte es vorgezogen, mit dir allein zu sein«, sagte ich, als Richard auf der Toilette war.

»Sei froh, dass ich überhaupt gekommen bin. Mein Wochenende gehört Richard, das weißt du. Du rufst aus heiterem Himmel an, sagst, dass du in Graz bist und dass du mich treffen willst – glaubst du wirklich, ich springe sofort, wenn du es sagst? Nur, weil ich dich ein paar Mal im Auto chauffiert habe?«

»An wen hätte ich mich denn sonst wenden sollen? Ich habe kein Geld, kein Zimmer und kenne hier niemanden. Glaub nur nicht, dass mir die Situation angenehm ist.«

»Glaubst du etwa, mir ist sie angenehm?«

»Weiß Richard, dass ich die letzte Nacht bei dir war?«

»Ich werde es ihm schon noch erzählen. Zurzeit haben wir einander Wichtigeres zu sagen, als über Bekannte zu tratschen.«

»Du hast Angst, dass er eifersüchtig werden könnte.«

»Dazu hat er gar keinen Grund.«

»Danke für das Geld. Ich zahle es dir zurück, sobald ich wieder Zugang zu meinem Konto habe«, sagte ich, als Richard an unseren Tisch zurückkam.

»Weißt du schon, wo du heute übernachten wirst?«, fragte er.

»Kannst du mir ein billiges Hotel empfehlen?«

»Es gibt eines in der Münzwardeinstraße. Ganz in der Nähe. Wir bringen dich hin.«

»Ich rufe noch rasch Frau Belkoff an.«

Meine Vermieterin nahm nach dem fünften Läuten ab. Im Hintergrund hörte ich den Fernseher laufen. »Sind Sie das, Herr Dimiter? Ich höre so schlecht«, rief sie.

»Ich möchte Ihnen nur sagen, dass ich heute nicht mehr nach Murau komme. Ich übernachte in Graz.«

»In Graz? Bei Frau Jordan?«

»Nein, im Hotel, nicht bei Frau Jordan.« Erschrocken hielt ich inne. In Ullis Augen funkelte zornige Überraschung. Richard daddelte auf seinem Smartphone und schien nichts bemerkt zu haben.

Ich nahm auf dem Rücksitz des mattschwarzen Audi Platz, und Richard fuhr mich die paar hundert Meter schweigend zum Hotel. Ich verabschiedete mich von ihm mit einem laschen Händedruck und von Ulli mit einem flüchtigen Küsschen auf die Wange. Das Zimmer war ungemütlich, und ich bildete mir ein, dass es nach kaltem ausgelassenen Schweineschmalz roch. Ich verkroch mich unter die Decke und hörte mit Kopfhörern »Die Welt ohne uns« aus dem Laptop. Kurz dachte ich daran, dass jetzt in der gleichen Stadt – vielleicht gar nicht so weit entfernt – Ulli mit Richard im Bett lag. Ich verdrängte den bösen Gedanken sofort und versuchte einzuschlafen. Nach einer Weile gelang es mir.

Samstag, 21. Jänner

Ich stand vor dem Frühstückbuffet und lud mir die dritte Portion Liptauer auf den Teller, als Ulli anrief.

»Ich fahre nach Murau. Ich hole dich in einer halben Stunde ab.«

Aus der halben wurde eine Dreiviertelstunde, von der ich fünfzehn Minuten am Straßenrand fror. Endlich kam der rote Kombi angehustet, und ich schlüpfte neben Ulli auf den Beifahrersitz.

»Wir haben uns gestritten«, sagte sie ohne weitere Erklärung, während sie das Auto durch die Stadt lenkte, als wäre sie im Autodrom. »Wegen dir.« Sie trat das Gaspedal durch und hupte einen langsamen Fußgänger vom Zebrastreifen. Er zeigte ihr den ausgestreckten Mittelfinger.

»Gestern hast du gemeint, Richard wäre nicht eifersüchtig.«

»Trotzdem war es völlig überflüssig zu erwähnen, dass du bei mir übernachtet hast.«

»Habe ich doch gar nicht.«

»Dein Telefongespräch mit Frau Belkoff gestern Abend? Na, klingelt's?« Ulli läutete mit der rechten Hand ein imaginäres Glöckchen über meinem Kopf. »Nein, ich übernachte nicht bei Frau Jordan«, äffte sie meine Stimme nach. »Das klingt ganz so, als ob es deine Gewohnheit wäre, bei mir zu schlafen.«

»Gut, mein Fehler. Fahr bitte rechts ran und lass mich aussteigen. Ich werde dir nicht weiter auf die Nerven fallen.«

Ulli schwieg, blieb aber nicht stehen.

»Es war kein Fehler, dass du am Donnerstag bei mir geblieben bist«, sagte sie leise.

Wir schwiegen, bis wir auf der Autobahn waren.

»Franz Brandter hatte ein Verhältnis«, sagte ich unvermittelt.

Ulli stieß einen Pfiff aus. »Wie hast du das herausgefunden?«

»Ich habe gestern mit seiner Freundin gesprochen, und die hat gleich damit herausgerückt. Ilse Subinski, sie ist Fotografin und hat die Bilder für den Kalender geschossen.«

»Fettes Futter für deinen Artikel, was?«

»Das wirft ein neues Licht auf Franz Brandter. Und auch auf Erika.«

»Weil sie ein Motiv gehabt hätte, Franz zu töten?«

»Ich kann mir einfach nicht vorstellen, dass sie leidenschaftlich genug wäre, einen Eifersuchtsmord zu begehen.«

»Seichte Wasser sind tief«, murmelte Ulli. Ich verzichtete darauf, sie zu korrigieren.

Wir tauchten in das Zwielicht des Gleinalmtunnels. Ich lehnte mich zurück und hatte das Gefühl, auf den Erdmittelpunkt zuzurasen.

»Ist heute nicht der Jour fixe der ›Young Rural Professionals‹?«, wollte Ulli wissen.

»Ja. Um vierzehn Uhr im Café Miklasch. Ich werde dabei sein.«

»Ich komme mit.«

Ein dichter Nebel hatte die Landschaft eingepackt. Durch die trüben Scheiben des Kombis sah sie aus, als hätte man einen starken Weichzeichner darübergelegt. Eine Palette dunkler Grautöne spannte sich vom Schneematsch neben der Straße bis zum Himmel über uns. Ulli wurde wortkarg und schaltete die Scheibenwischer ein und wieder aus. Zwischendurch fummelte sie an der Heizung herum, die entweder zu warm oder zu kalt war.

Als wir uns Murau näherten, lichtete sich der Nebel. Die Grautöne der Landschaft verblassten zu einem gedämpften Weiß. Noch bevor wir die ersten Einkaufszentren passierten, sah ich das Dach der Stadtpfarrkirche und das Schloss auf dem Hügel. Ulli setzte mich bei Frau Belkoff ab. Die alte Dame war nicht zu Hause.

Ich zog mich um und streifte dann durch die Stadt. Als ich die Stellenangebote der Gemeinde im Fenster des Rathauses studierte, nahm ich einen Schwall Bierdunst wahr. Ich drehte mich um und sah Johann Teichl, den Holzbildhauer, dicht hinter mir stehen.

»Wollen Sie sich als Gemeindearbeiter bewerben?«, feixte er. »Sie sind Frau Belkoffs Gast, nicht wahr. Wir haben uns im Schloss kennengelernt.«

»Wo Sie sich ziemlich rau und unhöflich benommen hatten.«

»Ich habe mir die Freiheit herausgenommen, auf schlechte Kunst hinzuweisen. Ich bin ein aufbrausender Mensch. Musik beruhigt mich. Wenn sie es nicht schafft, ist es schlechte Kunst.«

»Das ist Ihre Meinung. Kein Grund, anderen deswegen den Genuss zu vermiesen.«

»Es gibt Dinge, die spürt man, oder man spürt sie nicht. Manchmal muss man die Menschen auch mit der Nase draufstoßen. Wollen Sie sich mein Atelier ansehen?«

»Ich habe gehört, dass Sie Ihre Kunstwerke nicht jedem zeigen.«

»Da haben Sie richtig gehört.«

Teichls Atelier bestand aus zwei aneinandergrenzenden kahlen Gewölben in einem alten Stadthaus, das über die Jahrhunderte zu einem wahren Labyrinth aus Innenhöfen, Stiegen und Kellern gewachsen war. Die Skulpturen waren unter weißen Laken versteckt – eine Versammlung von Schlossgespenstern, die in den uralten Räumen ihre Zusammenkunft feierten. Es war kaum wärmer als auf der Straße, der Atem dampfte aus unseren Mündern. Teichl entzündete ein Feuer in dem kleinen rostigen Kanonenofen und legte ein paar Scheite nach. Dann holte er zwei Flaschen Bier aus einer Kiste, die in der Ecke stand, und öffnete sie mit seinem riesigen Taschenmesser. Er reichte mir eine davon und ließ die Flaschenhälse aneinanderklirren. Ohne Worte zog er das Laken von einer Skulptur. Sie zeigte einen schmalen nackten Jüngling, auf dem Kopf eine riesige Schnecke, unter deren Gewicht der Jüngling seinen Nacken beugte. Teichl ließ mir ausreichend Zeit zur Betrachtung, dann enthüllte er die zweite Skulptur. Ein Rehkitz, das aufgeschreckt aufblickte. Im Maul hielt es einen Knochen, zu seinen Füßen lag der halb skelettierte Kadaver eines Wolfes oder eines Fuchses in Ketten. Nach und nach enthüllte Teichl seine Werke: groteske Monstrositäten, schlichte menschliche Statuen, unheimliche Tier-Allegorien.

»Was bedeutet das alles?«, fragte ich.

»Sind Sie auch so einer, der überall eine Interpretation mitgeliefert haben möchte? Eine Gebrauchsanweisung zur richtigen Betrachtung? Ich werde Ihnen etwas über diese Stadt erzählen. Nur eine kleine Geschichte. Vielleicht werden Sie danach Murau mit anderen Augen sehen. Und meine Werke.« Teichl nahm einen großen Schluck Bier. Dann begann er zu erzählen.

»Meine Frau hatte eine Erbschaft gemacht. Damit konnten wir eine Wohnung hier im Haus und diese Räume, die später mein Atelier wurden, kaufen. Danach war nicht mehr viel Geld übrig. Die Wohnung war in ihrem Urzustand. In diesem uralten Haus bedeutete dies: keine Heizung, keine Innentoilette, kein Badezimmer. Strom gab es, aber die Leitungen waren lebensgefährlich. Nach und nach, mit viel Arbeit, richtete ich einen Raum nach dem anderen her, immer so viel auf einmal, wie wir uns gerade leisten konnten. Ich hatte meine Arbeit gekündigt – ich war Automechaniker, und jeden Tag die ewig gleichen Schrauben anzuziehen, langweilte mich. Ich wollte ganz für meine Kunst leben. Auch wenn das bedeutete, dass wir auf einen Großteil unseres Einkommens verzichten mussten. Irmi, meine Frau, verdiente für uns beide, und ich übernahm hin und wieder Gelegenheitsarbeiten. So kamen wir über die Runden. Wir brauchten nicht viel zum Leben. Gemüse und Obst bekamen wir von Verwandten geschenkt, denen wir im Garten halfen oder bei Bauarbeiten zur Hand gingen. Im Sommer sammelte ich Schwammerl und Beeren. Wie legten sie ein, machten Marmelade draus, so kamen wir über den Winter. Nur Brot, Butter, Milch und Bier mussten wir kaufen. Aber damals trank ich noch nicht so viel. Irmi war Lehrerin. Während der Sommerferien schloss ich oft mein Atelier, und wir verbrachten den ganzen Tag am Teich. In aller Früh gingen wir hinauf und breiteten unsere Decken am Ufer aus. Die Morgenstunden hatten wir für uns, am Nachmittag kamen die anderen. Es waren fast ausschließlich Kinder und Jugendliche. Mit einigen von ihnen freundeten wir uns an. Manche wuchsen uns ans Herz. Wir spielten mit ihnen, schwammen mit ihnen, zeigten ihnen Kunststücke. Wir sahen sie heranwachsen, älter werden, und viele von ihnen vertrauten uns ihre Nöte an. Ich hörte ihnen zu. Das war oft mehr, als ihre Eltern taten. Ich wusste, dass die Leute über mich die Nase rümpften. Aber das war egal. Ich wusste, dass man sagte, ich würde auf Kosten meiner Frau leben. Das stimmte auch – aber nur, was das Geld betraf. Während sie unterrichtete, machte ich den Haushalt, kochte die Mahlzeiten, legte Gemüse ein, reparierte, was es zu reparieren gab. Und ich machte meine Skulpturen. Ein paar kleinere konnte ich verkaufen, zu einem eher symbolischen Preis. Viele verschenkte ich.«

Ich wollte etwas entgegnen, aber Teichl winkte mir mit der freien Hand zu schweigen, während er einen kräftigen Schluck aus seiner Bierflasche nahm.

Er wischte sich den Mund mit dem Handrücken ab und fuhr fort: »Es war aber nicht nur mein freier Lebensstil, der die Spießbürger hier beunruhigte. Es war mein Umgang mit den Kindern. Es gab Gerüchte. Es hieß, ich würde die Kinder aufhetzen. Dabei redete ich nur mit ihnen und hielt dabei mit meiner Meinung nicht hinter dem Berg. ›Glaubt ihr wirklich, ihr könnt eure Individualität ausleben, indem ihr modische T-Shirts und Piercings tragt?‹, fragte ich sie. ›Dann seid ihr doch genau so, wie euch die Erwachsenen haben wollen. Wer verdient denn an euren T-Shirts? Unternehmen, die chinesische Kinder für einen Sklavenlohn in den Sweatshops schuften lassen. An wen geht das Geld, das ihr für eure Nasenringe ausgebt? An Metall-Konzerne, die von afrikanische Bürgerkriegen profitieren.‹ Einige der Jugendlichen machte ich dadurch nachdenklich. Ich sage das nicht ohne Stolz. Wenn Elternhaus und Schule versagen, muss eben jemand anderer einspringen und ihnen kritisches Denken beibringen.«

Teichl rülpste leise in seine Faust und holte sich ein weiteres Bier. Er blickte mich fragend an, aber ich winkte mit meiner kaum zur Hälfte geleerten Flasche ab. Dann legte er Holz nach. Der kleine Ofen hatte es endlich geschafft, die Raumtemperatur von arktisch auf leicht frostig anzuheben.

»Es gab aber noch andere Gerüchte. Garstige Gerüchte. Und eines Tages, um fünf Uhr in der Früh, klopfte es an unsere Tür. Ich öffnete und bekam einen Stoß in den Magen, der mich umwarf. Es waren zwei Polizisten in Uniform. Bärenhafte Gestalten mit breiten Gürteln, an denen schwere Waffen hingen. ›Scheiß Kinderficker!‹, rief der eine und trat mir in die Eier, bis ich mich krümmte und nach Luft schnappte. Er drückte mir den Schuh ins Genick, und der zweite zerrte an meinen Armen und legte sie in Handschellen. Irmi, nackt, wie sie geschlafen hatte, sah nur noch, wie die beiden mich aus der Wohnung zerrten. Ich saß drei Tage in Untersuchungshaft. Erst dann erfuhr ich, warum ich festgenommen worden war. Ein Jugendlicher aus Murau war verschwunden, und man hatte Blut von ihm in der Nähe des Teichs gefunden. Man beschuldigte mich, ihn missbraucht zu haben. Dann hieß es, ich hätte ihn getötet, zerstückelt und vergraben. Weitere Anschuldigungen kamen hinzu. Anonyme Zeugen gaben an, dass ich immer schon Kindern nachgestellt und sie begrabscht hätte. Andere hatten gehört, dass ich mich vor Kindern entblößt hätte. Dann fand man den Burschen. Er hatte Streit mit seinen Eltern gehabt und war abgehauen. Er wollte nach Wien. Nachts schlief er in aufgebrochenen Bauhütten, nach drei Tagen griff die Polizei ihn auf. Ich kannte den Burschen gar nicht, aber für die Polizei war ich gleich zu Beginn der Hauptverdächtige. Ich wurde aus der Haft entlassen, die Anklagen wurden fallen gelassen. Als ich nach Hause kam, war das Schloss zur Wohnungstür ausgetauscht, und Irmi wollte mir nicht aufmachen. Sie hatte Angst vor mir. Sie weigerte sich, mit mir allein zu sein. Ich setzte mich auf dem Boden und sprach die ganze Nacht lang mit ihr durch die geschlossene Tür hindurch. Gegen Morgengrauen weigerte sie sich immer noch aufzumachen. Ich versprach ihr, die nächsten Tage nicht in ihre Nähe zu kommen. Ihr Vertrauen kam nie wieder zurück. Die Scheidung verlief rasch. Ich behielt das Atelier. Irmi verkaufte die Wohnung und zog nach Judenburg. Ich konnte ihr nicht böse sein. Fünf Tage lang hatte sie die schreckliche Vorstellung gehabt, mit einem Monster verheiratet zu sein. Mit mir, einem Kinderschänder. Der Stachel bleibt im Fleisch. Die Zeit konnte diese Wunde nicht mehr heilen. Mit Irmi verlor ich auch fast alle meine Freunde. Eltern ließen ihre Kinder nicht mehr in meine Nähe und zogen sie auf die andere Straßenseite, wenn sie mir in der Stadt begegneten. Überall stieß ich auf tiefes Misstrauen. In den Geschäften wurde ich heimlich beobachtet. Ich war zwar ein unbescholtener Mann, aber man konnte schließlich nie wissen ... Manchmal, Samstagnacht, wenn Betrunkene durch die Gassen zogen, klirrten Steine durch mein Fenster. Sie pinkelten auf meine Türmatte, hängten halb verweste Schweineköpfe an meine Klinke und schissen vor meine Ateliertüre. Ich habe eine Sammlung anonymer Drohbriefe, in denen mir mit Pfählen, Därmen und Kastrieren gedroht wird. Das ist jetzt über fünfzehn Jahre her. Die Wogen haben sich etwas geglättet. Ich habe immer noch Albträume, und manchmal sehe ich die Dämonen hinter den Gesichtern. Dann muss ich zum Stemmeisen greifen und die Fratzen in Holz bannen. Das gefällt nicht jedem.«

Teichl drehte mir den Rücken zu, legte nach und holte zwei weitere Flaschen aus der Kiste. »Ich erzähle Ihnen das nicht, um mich wichtigzumachen. Ich wollte Ihnen ein Bild davon geben, wie es hinter der schmucken Fassade unseres Städtchens aussieht. Da liegt ganz schön viel stinkender Mist. Vergessen Sie das nicht, wenn Sie Ihre Artikel schreiben. Die Wahrheit ist den Menschen zumutbar, hat Ingeborg Bachmann einmal gesagt. Aber für die Wahrheit zahlt niemand, weil sie bitter ist, weil sie manchmal stinkt und hässlich ist. Glauben Sie mir, niemand weiß das besser als ich.«

»Aber Sie haben doch Freunde?«, rief ich. »Frau Belkoff ist Ihnen sehr zugetan.«

»Frau Belkoff. Ja, das ist ein feiner Mensch.«

Teichl bedeckte seine Skulpturen wieder mit den weißen Laken. Ende der Vorstellung. Ich stapfte nach draußen. Der Tag war noch trüber geworden, die Nebel machte die Kälte noch beißender. Es war Zeit für den Stammtisch der ›Young Urban Professionals‹. Ich beeilte mich, in die duftende Wärme des Café Miklasch zu kommen.

*

Sie hatten zwei Tische zusammengestellt und saßen um sie herum wie um ein Lagerfeuer. Ulli, Bertram Ferchner und Elias Hafner. Gregor Wiest mit seinen langen blonden Haaren erkannte ich vom Kalenderfoto. Bei dem Mann mit rotblonder Igelfrisur in grauem Sakko und offenen Hemd musste es sich um Roman Vercernik, den Unternehmensberater, handeln. Ich reichte ihnen die Hand, und wir kamen ohne viele Worte überein, einander zu duzen.

»Ich war schon gespannt, dich kennenzulernen«, sagte Roman. »Ich war mir nicht sicher, ob du Unglück bringst oder einfach nur ein Pechvogel bist, der zur falschen Zeit am falschen Ort auftaucht. Was willst du von uns wissen?«

Ich erzählte ihnen von meinem Auftrag, eine Reportage für ›Griaß enk!‹ zu schreiben. »In erster Linie geht es um das Schicksal von Franz Brandter. Ihr wisst schon, sein wirtschaftlicher Erfolg und sein tragischer Tod. Soweit ich informiert bin, war euer Netzwerk eine wesentliche Stütze für ihn. Also: Welche Ziele verfolgt ihr mit eurem Zusammenschluss? Was habt ihr bisher erreicht?«

Roman Vercernik zog eine Visitenkarte aus der Brusttasche seines Sakkos. »Young Rural Professionals« war darauf in

Prägedruck zu lesen. Darunter der Slogan »murau means more« und eine stilisierte Windrose in schräger 3D-Ansicht. »Wir sind ein Arbeitskreis regionaler Wirtschaftstreibender, ein Zusammenschluss von jungen, freien Unternehmern aus dem Bezirk Murau, mit dem Ziel, bestehende Synergien zu nutzen und unter einer gemeinsamen Dachmarke Marketing zu betreiben. Wir sind überparteilich und interkonfessionell«, sprudelte es aus ihm hervor.

»Ihr unterstützt euch also gegenseitig. Der Kalender, den ihr herausgebracht habt, ist das euer gemeinsamer Auftritt nach außen hin?«

»Das auch. Der Kalender erfüllt aber noch einen anderen Zweck.« Roman beugte sich verschwörerisch vor. »Wir arbeiten an einem großen Projekt, das den Aufschwung für unseren Bezirk bedeuten könnte. Jeder bringt seine Fähigkeiten ein, eines greift ins andere. Mittelfristig wollen wir den Bezirk zu einer Region für ganzheitlichen Wohlfühl-Tourismus machen. Mit Schwerpunkt auf alleinstehende Damen.«

»Einfühlsames Entspannen für die selbstbewusste Frau, die weiß, was sie will«, ergänzte Gregor.

»Sextourismus für Weiber«, meldete sich Bertram zum ersten Mal zu Wort.

»Halt die Klappe, Bertl«, raunzte Roman.

Ulli gluckste. »Seid ihr völlig verrückt geworden?«

»Die Idee dazu hatte Florian«, sagte Elias und wischte mit der Hand nicht existente Brösel vom Tisch. »Er hatte immer die verrücktesten Einfälle. Voriges Jahr erzählte er von einer Fernsehdokumentation, die er gesehen hatte. Ein Bericht über den Tourismus in der Dominikanischen Republik.

Weißt du, dass da alleinstehende ältere Damen sich einen einheimischen Guide mieten können, der ihnen das Land zeigt und ihnen auch als Lover zur Verfügung steht, solange ihr Urlaub dauert?«

»Und ihr habt gedacht, das könnte auch in Murau funktionieren?« Ulli klang, als ob sie einen Klassenclown mit einer sarkastischen Bemerkung zurechtweisen wollte.

»Am Anfang waren wir auch skeptisch«, fuhr Elias fort. »Aber dann erzählte Florian uns, dass sich seit jeher auch Skilehrer umfassend um ihre Schülerinnen kümmern. Auch abseits der Piste, beim Après-Ski. Das ist eine alte Tradition. Dieses Potenzial galt es zu nutzen und professionell aufzuziehen. Natürlich mit der notwendigen Diskretion und entsprechendem Einfühlungsvermögen.«

»Erzähl ein bisschen mehr davon. Wie ist dieser Wohlfühl-Urlaub organisiert?«, fragte ich.

»Frauen buchen Wohlfühl-Packages im Gugganig-Hotel. Nette Zimmer mit King-Size-Bett, Kerzen, einer Flasche Wein zur Begrüßung, alles piekfein und pipapo. Schon vorher können sie sich für einen persönlichen Skilehrer oder Fitnesstrainer entscheiden. Die Profile stehen auf der Website, den Zugangscode zur Website bekommen die Damen, sobald sie fix gebucht haben. Der Skilehrer – wir nennen ihn Snow-Buddy – steht für die Dauer des Aufenthalts rund um die Uhr zur Verfügung, wenn die Dame das will. Tagsüber geht er mit ihr Ski fahren. Am Abend begleitet er sie beim Après-Ski. Darüber hinaus bieten wir ganz exklusive Abendgestaltungen an. Sportlich, rustikal oder romantisch, für jede ist etwas dabei. Pferdeschlittenfahrten, Mondscheinrodeln, Übernachtungen in verschneiten Almhütten.

Wir haben einen ganzen Katalog ausgearbeitet. Was danach passiert, steht nicht im Programm. Alles kann, nichts muss. In einem diskreten Fach im Nachtkästchen neben dem King-Size-Bett findet die Kundin alles Nötige für eine aufregende Nacht: Kondome, Gleitgel, Massageöl, rosa Plüschhandschellen, Schokoladencreme.«

»Das ist doch absurd«, entgegnete Ulli. »Keine Frau zahlt für Sex.«

»Das ist uns schon klar«, sagte Roman. »Aber wir verkaufen ja nicht Sex, sondern ein charmantes und romantisches Urlaubspackage mit Gratisoption auf erotische Dienstleistungen. Das ist unsere USP, die Unique Selling Proposition.«

»Habt ihr schon einmal die Sendung ›Bauer sucht Frau‹ gesehen?«, fragte Gregor. »Ländliche Erotik – das zieht bei den Frauen.«

»Niemand weiß das besser als Gregor«, erläuterte Roman. »Die Frauen fliegen auf ihn. Ich weiß nicht, ob das an seinen hübschen blonden Haaren liegt oder an den Gäulen.«

»Roman spielt auf meinen Reitstall in Triebendorf an. Sein Neid verbietet ihm zuzugeben, dass es ausschließlich mein natürlicher Sex-Appeal ist, der auf Frauen so anziehend wirkt«, sagte Gregor Wiest.

»I bin so geil, bin immer scharf, i bin da Wiest aus Triebendorf«, summte Bertl. Roman achtete nicht auf ihn. »Gregor hat alle zwei Monate eine Neue. Am Anfang glauben sie, das große Los gezogen zu haben. Dann lernen sie seine Mutter kennen – und weg sind sie.«

»Gar nicht wahr«, empörte Gregor sich und strich sich eine blonde Strähne aus der Stirn. »Mit meiner Mutter hat das nichts zu tun. Die Mädels bilden sich ein, dass die Arbeit auf einem Reitstall aus Pferdestreicheln und Ausreiten besteht. Wenn sie dann sehen, wie viel Arbeit dahintersteckt und sie das erste Mal mit anpacken müssen, ist es aus. Ein Reitstall ist eben kein Ponyhof.«

»Für unser Projekt ist der Reitstall die perfekte Ergänzung«, nahm Roman den Faden wieder auf. »Gregor bietet Ausritte an, Schlittenfahrten und Übernachtungen im Heu.«

»Was sagt deine Mutter dazu, dass du den Gigolo gibst, Gregor?«, fragte Ulli.

»Ich organisiere doch nur«, verteidigte Gregor sich. »Für die Damenbetreuung sind unsere Snow-Buddys zuständig.«

»Wie wählt ihr eure Snow-Buddys aus? Schickt euch die das Arbeitsamt?«, fragte ich.

»Ach, da gibt's keine Schwierigkeiten«, wiegelte Roman ab. »Teilweise kennen wir die Skilehrer persönlich, teilweise bewerben sie sich in Eigeninitiative. Seit die Sache sich herumgesprochen hat, haben wir jede Woche mindestens fünfzehn Bewerbungen. Aber wir haben ein hohes Anforderungsprofil. Die Skilehrer-Ausbildung ist Grundvoraussetzung. Weiterbildungen in diversen Gesundheits- und Wellness-Berufen werden gerne gesehen. Entscheidend sind aber Charme und diskretes Auftreten. Mehr als Jugend und gutes Aussehen. Und die Bewerber sollen natürlich ungebunden sein. So wie Moritz.«

»Moritz Flatschacher, der Bestatter?«

»Er ist im Nebenberuf Skilehrer und jetzt auch offizieller Snow-Buddy.«

»Und wie bewerbt ihr euer Angebot? Ich meine, ihr werdet doch wohl nicht inserieren, dass einsame Damen hier ihre erotische Erfüllung finden?«

»Das ist in der Tat der Knackpunkt«, sagte Roman. »Wir können unsere USP nicht direkt ansprechen. Wir müssen unsere Botschaft zwischen den Zeilen kommunizieren. Deshalb dieser Kalender. Er bedeutet: ›Seht her, bei uns gibt es knackige Burschen. Ihr müsst nur zugreifen.‹ Sobald die ersten Kundinnen von unserem Angebot überzeugt sind, spricht sich das herum. Wir setzten auf Mundpropaganda.«

»Mundpropaganda, ho ho ho«, machte Bertram.

»Wie viele Buchungen hattet ihr bis jetzt?«, fragte ich direkt.

Roman blickte seine Kollegen an. Die nickten stumm.

»Was wir dir hier erzählen, bleibt unter uns. Off the record. Ist das klar?«, flüsterte er nervös. »Immerhin zahlen unsere Kundinnen auch für Diskretion. Vor Weihnachten hatten wir ein Promo-Angebot laufen. Quasi einen Versuchsballon. Der Wellness-Bereich im Gugganig-Hof war noch nicht eröffnet, das Programm noch nicht vollständig verfügbar. Es gab gezählte drei Buchungen. Als Erstes kam eine Dame im – nun ja – fortgeschrittenen Alter. Sie kam in einem Mercedes M-Klasse an. Abenteuerlustig, leicht vulgär – du weißt schon: goldfarbene Gürtel, Tasche mit Louis-Vuitton-Monogramm, die Haare fast weiß blondiert, die Falten unter einer dicken Make-up-Schicht vergraben. So der Typ: frisch geschieden und will noch einmal einen draufmachen. Sie hatte Werner Tripold als Snow-Buddy gebucht. Vierzig Jahre, kantiger Typ, trockener Humor. Leider hat sich Werner auf seinen rauen Skilehrer-Charme verlassen, mit dem er seit zwanzig Jahren bei seinen Skihasen ankommt. Was er nicht bedacht hat: Seine alten Tricks und Aufriss-Schmähs wirken bei siebzehnjährigen Girlies aus Wanne-Eickel und Dortmund. Eine Erste-Klasse-Kundin stellt höhere Ansprüche an Unterhaltung und Konversation. Das hat Werner nicht wirklich gecheckt. Kurzum: Am zweiten Tag ist die Dame wieder abgereist. Sie war entsetzt, wie primitiv es hier zugeht. Das waren ihre Worte: primitiv. Egon hat ihr einen anderen Snow-Buddy angeboten, aber da war die Dame schon in ihren Mercedes gestiegen und abgereist. Egon hat daraufhin ein ziemliches Donnerwetter veranstaltet und alle Trainer zur Nachschulung abkommandiert. Werner Tripold hat er nur deshalb nicht rausgeschmissen, weil er immerhin die erste Kundin gebracht hatte.«

»Wie ist es mit den beiden anderen Buchungen gelaufen?«

»Zwei Frauen haben ›Das-gönn-ich-mir-Tage‹ zum Einführungspreis gebucht. Allerdings haben sie auf einem Doppelzimmer bestanden. Moritz Flatschacher ist ihr Snow-Buddy. Er beklagt sich, dass sexuell – also ich meine: erotisch im engeren Sinne – mit den beiden absolut nichts läuft. Die beiden fahren nur gemeinsam Lift, stecken die Köpfe zusammen und kichern ständig. Vielleicht sind es ja Lesben.«

»Beschränkt sich dieser Wohlfühl-Tourismus auf die Wintersaison?«

»Vorläufig schon. Wir planen aber, auch dem Sommertourismus ein wenig Pepp zu verleihen. Henrik Taferner hat da ein paar Ideen mit Abenteuer-Kursen, und ich plane, Rundfahrten mit Oldtimern anzubieten. Ich sammle nämlich Oldtimer.«

»Roman ist einer meiner besten Kunden«, lachte Elias. »Er ist Stammgast in meiner Autowerkstatt. Ein Oldtimer ist ein rostiges Loch auf der Straße, in dem das Geld verschwindet, sage ich immer.«

»Wie kam es zur Gründung der ›Young Rural Professionals‹?«, wechselte ich das Thema. »Kennt ihr euch schon länger?«

»Seit unserer Schulzeit«, antwortete Roman. »Wir hatten eine Bande. Egon war der Anführer. Elias war zeitweise dabei. Gregor, Florian und Ingo. Einige unserer Streiche waren schon ziemlich waghalsig, nicht wahr, Elias? Ist aber schon lange her.« Elias nickte.

»Meine Alten haben mich immer vor euch gewarnt«, sagte Bertl. »Ihr wart ein schlechtes Beispiel, und gerade deshalb wollte ich bei euch mitmachen. Aber ihr habt mich nicht aufgenommen.«

»Diese Bande war also die Keimzelle der ›Young Rural Professionals‹?«, wollte ich wissen.

»Als Egon die ›Young Rural Professionals‹ gründete, war die Bande längst Vergangenheit. Die Dummheiten von damals haben uns auf jeden Fall nicht geschadet. Heute sind die meisten von uns erfolgreich …«

»… oder tot«, ergänzte Ulli.

Aus dem kleinen Lautsprecher über uns drang leise »Tanz diesen Walzer mit mir«. Das Zischen der Kaffeemaschine war auf einmal doppelt so laut. Ungarische Gesprächsfetzen mischten sich dazwischen.

»Ich habe heute mit Johann Teichl gesprochen«, sagte ich. »Ein ziemliches Original. Kennt ihr ihn?«

»Du warst bei Teichl?«, zischte Ulli mich an. »Bei diesem ekelhaften Typen, der unsere Veranstaltung gestört und uns beschimpft hat?«

»Klar, kennen wir ihn«, nickte Roman.
»Ein Spinner«, bekräftigte Gregor. »War er nicht bei deinem Vater angestellt, Elias?«
»Damals war ich noch ein Kind«, erzählte Elias. »Ich kann mich erinnern, dass mein Vater oft über ihn geschimpft hatte. Teichl war einer unserer Mechaniker, und er brauchte für jede Arbeit doppelt so lange wie die anderen. Er konnte minutenlang eine Schraube gegen das Licht halten und über ihr perfektes Ebenmaß sinnieren. Darüber vergaß er oft seine Aufgaben. Mein Vater musste ihn entlassen. Ein merkwürdiger Mensch.«
»Ich habe erfahren, dass er als Kinderschänder verhaftet wurde. Zu Unrecht, wie er sagt.«
»Davon weiß ich nichts.« Roman schüttelte den Kopf. »Was hatte Teichl damit zu tun?«
»Ich glaube, Teichl dramatisiert ein wenig. Inzwischen ist doch längst Gras über die Sache gewachsen. Wenn die Leute hier Teichl ein wenig reserviert gegenüberstehen, hat er sich das seinen seltsamen Umgangsformen zuzuschreiben. Er säuft, und dann zieht über alles und jeden her. Das spricht sich schnell herum.«
»In Murau hältst du besser deine Klappe«, sagte Gregor. »Niemand kann sich eine offene Feindschaft leisten. Vor allem nicht, wenn du im Geschäft bist, so wie wir. Du erzählst einem Kunden etwas Schlechtes über einen Dritten, der Kunde sagt es seiner Freundin, diese erzählt es dem Pfarrer, der seiner Haushälterin, und schwuppdiwupp, weiß es die ganze Stadt. Dann hast du deinen üblen Ruf, und die Kunden bleiben aus, weil sie nicht von dir bloßgestellt werden wollen.«

»Mit den ›Young Rural Professionals‹ habt ihr euch aber ziemlich weit aus dem Fenster gelehnt«, warf ich ein. »Egon hat den Bürgermeister einen Trottel genannt. Stimmt doch, Elias?«

»Das ist bei uns normaler Umgangston«, klärte Elias mich auf. »Das Wort ›Trottel‹ ist noch keine Beleidigung. Aber du hast recht, die ›Young Rural Professionals‹ stechen in ein Wespennest. Wir halten uns von der Politik fern, aber es gibt Leute, denen behagen unsere Aktivitäten gar nicht. Ich nenne jetzt keine Namen.«

»Meint ihr die Sache mit dem Sex-Tourismus? Da gibt es doch sicher einigen Zündstoff. Eifersüchtige Freundinnen, betrogene Ehemänner, selbst ernannte Moralapostel.«

»Du hast nichts verstanden«, sagte Bertram. »Es geht hier nicht um Sex-Tourismus. Egon musste nicht sterben, weil er die Snow-Buddys dazu aufmuntert, mit ihren Schülerinnen ins Bett zu gehen. Oh nein. Und die nächsten Toten werden wir sein, wenn wir uns nicht vorsehen. Ich lasse mich jedenfalls nicht so ohne Weiteres abschlachten.« Bertram zog seinen braungrauen Pullover hoch. Unter der Achsel trug er ein Schulterhalfter, aus dem er eine Pistole zog und vor uns auf den Tisch legte.

»9 mm Luger, tschechisches Fabrikat. Habe ich mir für Fangschüsse zugelegt.«

»Bertl«, sagte Gregor und legte seine Hand auf Bertrams Arm, sanft wie zu einem hysterischen Kind, »wir sitzen in einem Kaffeehaus. Steck das Ding weg, schnell und unauffällig.«

»Ich habe den Jagdschein und den Waffenpass. Das ist eine registrierte Pistole, und ich darf sie auch mit mir führen.«

Widerstrebend schob Bertram die Waffe in das Halfter zurück.

»Jeder soll wissen, dass ich bewaffnet bin. Die Pistole ist geladen. Und wenn es sein muss, werde ich sie auch benutzen. Wer mir zu nahe kommt, muss damit rechnen, eine verpasst zu bekommen.« Bertl bemühte sich, seine Stimme wie die von Bruce Willis klingen zu lassen. Oder wenigstens wie die Stimme von Bruce Willis' Synchronsprecher.

»Sei nicht hysterisch«, sagte Roland. »Die Chance, dass du einen Unschuldigen triffst, ist viel zu hoch. Zum Beispiel einen von uns.«

»Wer sagt, dass ihr alle unschuldig seid?« Bertl ließ seine Augen ruckartig von Elias zu Gregor und weiter zu Roman gleiten. »Heißt es nicht, dass die meisten Morde innerhalb der Familie oder unter guten Bekannten geschehen? Es würde mich gar nicht wundern, wenn Egon von einem der ›Young Rural Professionals‹ umgebracht worden ist.«

»Dasselbe gilt aber auch für Florian«, entgegnete Gregor. »Man sagt, dass die Wodkaflasche von einer Pistolenkugel getroffen worden ist. Da hat jemand auf ihn geschossen. Und es laufen vermutlich nicht viele Leute mit einer Pistole unter dem Pullover herum, nicht wahr, Bertl? Mit Franz warst du ja auch im Streit. Vielleicht hast du ja etwas nachgeholfen, damit er durchs Eis gebrochen ist ...«

Bertram sprang auf und schnaufte vor Wut. Er knallte beide Hände auf die Tischplatte und beugte sich zu Gregor vor. »Jeder weiß, dass ich mit Franz über Kreuz war. Aber ich habe ihn nicht umgebracht. Und Egon schon gar nicht. Mit ihm war ich gut. Egon war mein Freund. Weißt du überhaupt was das ist, ein Freund?« Bertram richtete sich auf und hieb mit dem Zeigefinger in Richtung Gregor. »Wie steht es mit dir, Roman? Wie war denn das damals mit der Fotografen-Tante? Bist wohl bei ihr abgeblitzt mit deinen klugen Reden und warst dann sauer, dass Franz bei ihr gelandet ist? Hat mir Egon erzählt, der nun leider tot ist. Ein Mitwisser weniger, was?«

»Beruhige dich, Bertl.« Roman legte ihm die Hand auf den Arm. »Keiner beschuldigt dich. Wir sitzen alle im selben Boot.«

»Siehst du hier irgendwo ein Boot, Arschloch? Ihr alle habt euren Spaß: Moritz treibt es mit seinen Skihasen, Gregor hat sowieso den Stall voller Weiber – nur der dicke Bertl geht leer aus und macht den nützlichen Idioten. Du da«, er wies auf mich »was machst du überhaupt hier? Wo du auftauchst, gibt es Leichen. Warum schleichst du dich nicht und nimmst deine bleiche Tussi gleich mit!«

Bertram riss seine Jacke vom Kleiderständer, warf ein paar Euro auf den Tisch und rannte hinaus.

»Wir sollten ihn beruhigen«, sagte Roman. »In diesem Zustand ist er unzurechnungsfähig.«

»Er ist unzurechnungsfähig, und er hat eine geladene Pistole«, rief Gregor. »Das sind zwei gute Gründe, ihm auszuweichen.«

»Er wird sich schon wieder beruhigen«, sagte Elias. »Wie wäre es, wenn wir noch einen Punsch trinken? Der Abend ist noch jung.«

Die Stimmung hob sich allmählich wieder. Es wurde sogar gemütlich. Ulli plauderte mit Gregor und Elias. Sie tauschten Anekdoten aus ihrer Jugendzeit in Murau aus, teilten Erinnerungen und tauchten in eine Vergangenheit, von der ich ausgeschlossen war. Namen, Namen, Namen. Orte und Jahreszeiten. Ich hatte das Gefühl, daneben zu verblassen, bis ich gar nicht mehr da war. Ich klinkte mich aus dem Gespräch aus und wandte ich mich an Roman. »Wie kann man eigentlich Mitglied bei den ›Young Rural Professionals‹ werden?«, fragte ich.

»Es gibt keine speziellen Regeln. Wir zwölf haben einander schon länger gekannt und beschlossen, den Verein zu gründen. Bis jetzt hat kein anderer Interesse gezeigt, dabei zu sein.«

»Warum seid ihr nur Männer?«

Roman zog die Augenbrauen zusammen. »Wenn eine Frau sich uns anschließen will, kann sie das prinzipiell gerne tun. Sie müsste natürlich seit ein paar Jahren ihr eigenes Unternehmen führen und aus dem Bezirk sein.«

»Erika Brandter zum Beispiel?«

»Ja. Warum nicht?« Roman knotete seinen Burberry-Schal um den Hals. »Der Babysitter wird bald da sein. Meine Frau und ich haben heute einen freien Abend. Schick uns bitte deinen Bericht, bevor du ihn veröffentlichst.« Er schlüpfte in seinen Mantel. »Grüß euch, bis nächste Woche!«

Ulli lachte. Gregor gestikulierte ausgelassen. Er hatte das Gesicht zu einer verschlafenen Grimasse verzogen und parodierte irgendeinen gemeinsamen Bekannten. Elias spielte gedankenverloren mit einem Bierfilz. Gregor unterbrach seine Darbietung.

»Was ist los, Elias? Machst du dir Sorgen wegen Bertl? Ich wollte ihn doch nur ein wenig provozieren, weil er sich mit der Pistole in der Hand so gut vorgekommen ist.«

»Vielleicht hat Bertl recht. Dass wir einer nach dem anderen sterben müssen, weil wir diesen Kalender gemacht haben.«

»Bist du abergläubisch geworden?«

»Das nicht. Aber vielleicht haben wir etwas ausgelöst, das wir noch nicht ganz begreifen.«

»Was meinst du damit?«

»Es gibt ein oder zwei Dinge, über die ich mir erst klar werden muss. Reden wir morgen weiter. Ich bin am Nachmittag in der Werkstatt. Sagen wir so gegen drei Uhr am Nachmittag? Nein, besser um vier.«

»Wohin gehst du? Es ist noch früh am Abend!«

»Zu meinen Eltern. Meine Mutter hat eine Portion Paprikahendl aufgehoben.«

Auch Ulli wollte aufbrechen. Gregor hatte etwas dagegen und versuchte, sie zum Bleiben zu überreden. Dass auch ich mich verabschiedete, schien er kaum zu registrieren. Ich begleitete Ulli durch die Stadt. Sie umgab uns kalt und verschlossen. Unter der Brücke knackste das Eis. Die Gassen wurden vom Mond illuminiert, der durch die Wolken schimmerte.

»Hast du Hunger?«, fragte ich.

»Mir knurrt der Magen. Gehen wir ins Postpferd!«

Die Kellnerin mit dem harten Gesicht hatte heute ein Lächeln für uns übrig. Vereinzelt saßen Familien an den Tischen, wortkarge Touristen, die mit dem Vertilgen üppiger Grillteller und Wiener Schnitzel beschäftigt waren. Nur aus der Nische mit dem Stammtisch drang verhaltenes Lachen. Es war eine Gruppe, die hauptsächlich aus älteren Damen zu bestehen schien, abgesehen von einem Mann, den ich als Armin Rosza erkannte. Jener Bekannte von Frau Belkoff, der an dem Abend nach dem desaströsen Konzertabend an unserem Tisch gesessen hatte. Er musterte uns kurz durch seine kastenartige Brille, dann hob er die Hand und winkte, als ob wir alte Freunde von ihm wären. Wir nickten zurück, dann strebte Ulli einen abgelegenen Tisch in einer Nische an. Sie ließ sich auf die Bank fallen, stützte die Ellenbogen auf den Tisch und seufzte. Sie sah mitgenommen aus und studierte schweigend die Speisekarte. Ihr Appetit jedoch war ungezügelt. Eine halbe Stunde später schaufelte sie mit konzentrierter Andacht eine Spinatlasagne in sich hinein. Vor ihr stand das zweite Glas Bier, und mit dessen abnehmendem Füllstand kehrte auch ihre Redseligkeit zurück.

Die Gruppe an Armin Roszas Tisch stimmte leise einen Gesang an.

»Das da drüben ist die Chorgemeinde Murau«, erklärte Ulli. »Ich war noch nie bei einem ihrer Konzerte. Ich habe deswegen ein klitzekleines schlechtes Gewissen. Armin Rosza hat nämlich bisher alle Veranstaltungen von ›M'n'M‹ besucht.«

»Von der Veranstaltung am Donnerstag wirkte er etwas überfordert.«

»Es war sicher nicht nach seinem Geschmack. Aber er hat unsere Website programmiert – gegen ein sehr günstiges Honorar. Außerdem hat er für Lázló ein Theremin gebastelt. Du hast es bei unserer Veranstaltung gesehen: Das Ding, das diese schaurigen Geräusche macht wie aus ›Raumschiff Enterprise‹.«

»Warum gehst du Rosza aus dem Weg?«

»Gerlinde und László können viel besser mit ihm umgehen. Vor allem László. Vielleicht verstehen Musiker einander auch ohne Worte. Sie streben nach Harmonie.«

»Während Bildhauer eher für das spaltende Prinzip stehen.«

»Erinnere mich nicht an Teichl!« Ulli zog die Lippe hoch, als hätte sie zwischen den Nudelblättern ihrer Lasagne eine rohe Nacktschnecke entdeckt. »Was hast du heute bei ihm überhaupt zu suchen gehabt?«

»Er hat mich auf der Straße angesprochen und mir sein Atelier gezeigt.«

»Einfach so? Ganz spontan? Hat er dich durchschaut und die feinsinnige Seele unter deiner rauen Schale entdeckt?«

»Er hat mir seine Lebensgeschichte erzählt. Er wollte, dass ich Murau mit anderen Augen sehe. Damit meinte er wohl: seine eigenen Augen. Die Augen eines Außenseiters, eines von der Gesellschaft Ausgestoßenen. Ich glaube, er gefällt sich in dieser Rolle.«

»Teichl hat in der Autowerkstatt gearbeitet, als Elias' Vater dort Chef war. Auch Elias scheint nicht die beste Meinung von ihm zu haben. Vielleicht erinnert er sich an etwas. Eine Beobachtung, die lange zurückliegt. Ein Detail, das er jetzt in neuem Licht sieht.«

»Warum hat er uns dann nichts davon erzählt?«

»Weil er sich selbst nicht sicher war. Hast du bemerkt, wie eilig er es hatte, nach Hause zu gehen? Vielleicht wollte er seinen Vater über Teichl befragen.«

Am Tisch der Chorgemeinde Murau gab es große Aufregung. Die Kellnerin kam, um zu kassieren, und löste damit eine ausufernde Diskussion aus. Damen, die von ihrer Sitznachbarin einen Löffel Suppe gekostet oder ein Salatblatt stibitzt hatten, wollten sich an deren Rechnung beteiligen, was diese wiederum strikt ablehnten. Die Kellnerin wartete, den Kugelschreiber auf den kleinen Block gestützt, bis alle zu einem mehr oder weniger befriedigenden Kompromiss gefunden hatten, und addierte dann blitzschnell die Zahlen. Armin Rosza stand auf und bewegte seine Arme, als wollte er eine Schar Hühner vor sich hertreiben. Alle kicherten und schlüpften in ihre Mäntel, Schals und Hauben. Rosza ging als Letzter. Er kam an unseren Tisch und beugte sich zu Ulli.

»Schrecklich, Frau Jordan. Ich meine die Sache mit Herrn Gugganig. Der dritte tödliche Unfall in diesem Jahr. Und das ausgerechnet an dem Abend, an dem Sie den Erfolg Ihres Stückes feiern wollten.«

»Erfolg kann man es wohl kaum nennen.«

»Sagen Sie das nicht. Sie haben eine sehr schöne Singstimme, das konnte ich beim Schlusslied feststellen. Sie sollten sich unserer Chorgemeinde anschließen.«

»Ich wäre wohl keine Bereicherung. Mir fällt es schwer, nicht aus der Reihe zu tanzen.«

»Sie könnten trotzdem einmal vorbeischauen. Völlig unverbindlich natürlich.«

»Was war das für ein Lied, das Sie gesungen haben?«, mischte ich mich ein, um vom Thema abzulenken.

»An Babels Wasserflüssen«, klärte Rosza mich auf. »Von Peter Cornelius. Nach der dritten Englischen Suite von Johann Sebastian Bach. Bezaubernd, nicht? Allerdings braucht unsere Interpretation noch ein wenig Schliff.«

»Peter Cornelius hat Chorstücke komponiert? Der Schlagersänger?«

»Der Komponist Peter Cornelius«, lächelte Rosza milde. »1824 bis 1874. Er hat auch in Wien gelebt. Sie sind doch aus Wien, nicht wahr? Ich habe leider Ihren Namen vergessen.«

»Dimiter Damianovic, Sie erinnern sich: der Journalist, der bei Frau Belkoff wohnt.«

»Sie müssen einen sehr bedrohlichen Eindruck von unserem friedlichen kleinen Städtchen haben. Aber das entspricht wohl Ihrer Profession: immer dort, wo etwas los ist, was?«

»Ich bin nur zufällig hier.«

»Es gibt keine Zufälle. Nicht, wenn man das Ganze betrachtet.«

Rosza reichte Ulli und mir die Hand, dann schloss er zu den Damen der Chorgemeinde auf, die vor dem Eingang auf ihn warteten. Tratschend und schnatternd verließen sie das Lokal.

»Ich weiß gar nicht, was du hast«, sagte ich. »Ist doch ein netter Kerl. Warum schließt du dich nicht seinem Chor an?«

»Das meinst du ironisch, nicht wahr?«

»Ja, das meine ich ironisch. Trinken wir noch ein Bier?«

Die Kellnerin trug ein Tablett mit Schnapsgläsern durch den Raum. »Egéségedre!«, prosteten die Touristen sich lautstark zu. Ullis Bestellung nahm sie mit einem Nicken entgegen und brachte kurz darauf die schäumenden Gläser an unseren Tisch.

»Fast nur mehr Ungarn in Murau«, sagte sie. »Man muss schon froh sein, wenn man überhaupt noch ein deutsches Wort hört.«

»Sie bringen Geld ins Haus«, entgegnete Ulli.

»Da haben Sie recht, und ich darf mich ja eigentlich nicht beschweren. Das Trinkgeld passt im Großen und Ganzen.

Aber wenn ich mich zu Hause schon wie im Ausland fühle ... also, ich weiß nicht, ob das recht ist. Schauen Sie einmal, wie es am Schrillkogel ausschaut. Ein Hotel neben dem anderen, und alle gehören sie den Ungarn. Es gibt kaum mehr Baugrund bei der Talstation. Alles, was noch nicht bebaut ist, gehört dem Gugganig-Wirt. Und die Ungarn wollen mehr.«

»Wollte er nicht verkaufen?«

»An die eigene Konkurrenz? So blöd war der nicht.«

»Franz Brandter hatte wohl ein angespanntes Verhältnis zu seinen ungarischen Kollegen?«

Die Kellnerin zuckte die Schultern. »Kein Mensch weiß, was da wirklich gelaufen ist. Ich sage nur: Ost-Mafia. Die sind mit ihren Methoden nicht zimperlich. Wer weiß, ob es stimmt, dass Egon Gugganig einfach so erfroren ist. Ob da nicht jemand nachgeholfen hat? Es wird ja so viel vertuscht heutzutage.«

Wir gingen durch die mitternächtliche Stadt, und Ulli ließ ihrem Unmut freien Lauf. »Jetzt blühen die Verschwörungstheorien. Ost-Mafia. Ungarn. Als Nächstes sind es die Illuminaten oder die Freimaurer.«

»Warum ausgerechnet Ungarn?«

»In den 1990er-Jahren haben einige Ungarn, die zu ein bisschen Geld gekommen waren, Murau als Wintersportort entdeckt. Es ist billiger als Tirol und nicht so weit weg von Ungarn. Später kauften sie sich ein: Appartements, Ferienwohnungen, ganze Häuser. Offenbar war Murau so etwas wie ein Geheimtipp unter unseren Nachbarn. Professionelle Investoren zogen nach, übernahmen leer stehende Gebäude und bauten sie zu Hotels um. Sogar das alte Postgebäude an der Murbrücke ist heute ein ungarisches Sporthotel. Bald stellten sie auch Ferienressorts auf die leere Wiese. Die Bauern, denen der Grund gehörte, waren glücklich, einen guten Kaufpreis zu bekommen. Die Liftbesitzer sind froh um jeden zahlenden Skigast. Es gibt Arbeitsplätze, und da drückt die Gemeinde auch schon einmal ein Auge zu, wenn es um Grundstückswidmungen und Bauvorschriften geht.«

Ulli blieb vor ihrer Haustüre stehen und kramte ihren Schlüssel heraus.

»Sehen wir uns morgen?«

»Wenn du nichts anderes vorhast.«

»Ruf mich an.« Sie bat mich nicht, mit nach oben zu kommen. Ich hatte es auch nicht erwartet. Wir verabschiedeten uns voneinander. Zurückhaltend, fast schüchtern. Ich blieb vor dem Haus stehen, bis in Ullis Wohnung das Licht anging, dann kehrte ich langsam in meine Bleibe zurück.

Die engen Wände meines Zimmers bedrückten mich. Die Bücher im Regal boten auch keinen Trost. Ich fuhr meinen Rechner hoch und lud die Website der »Young Rural Professionals«. Florian, Franz und Egon lachten mir entgegen und machten immer noch Werbung für Skikurse, geräucherten Fisch und Wellness-Urlaub. Der Link auf die Seite des Gugganig-Hofs funktionierte nicht. Ich informierte mich über »Grabungsarbeiten Ferchner«, »Pferdehof Wiest im malerischen Triebendorf« und »Autoservice Hafner«. Roman Vercerniks Webauftritt brauchte lange, um zu laden. Dann schoben sich von links und rechts Schriftelemente ins Bild, die Buchstaben tanzten, und in rasantem Rhythmus blitzten Bilder von Roman in verschiedenen Posen auf. Roman an seinem Schreibtisch. Roman im Gespräch mit einem smarten Unternehmer, Roman beim Denken und beim Telefonieren. Ich klickte mich wieder weg. Bevor ich den Laptop herunterfuhr, notierte ich mir noch die Adressen und Telefonnummern von »Bestattung und Trauerbegleitung Flatschacher« und »Steuerberatung Günther Rieger«.

Sonntag, 22. Jänner

Es gab keine frischen Semmeln zum Frühstück. Frau Belkoff hatte verschiedene Sorten Brot aufgeschnitten und stellte einen frisch gebackenen Striezel auf den Tisch.

»Wie war es in Graz?«, fragte sie.

»Ich habe zwar nicht mein Herz, immerhin aber meine Bankomat-Karte in Graz verloren. Haben Sie gewusst, dass Franz Brandter eine Freundin hatte?«

Frau Belkoff schlug mit ihrer Hand nach meiner. »Sagen Sie doch nicht solche Sachen.«

»Es ist aber wahr. Ich habe sie in Graz getroffen. Es ist die Fotografin, die den Kalender gemacht hat.«

»Und? Wie sieht sie aus?«

»Groß. Schlank. Ein bisschen zu streng für meinen Geschmack.«

»Ich hatte gedacht, Sie mögen strenge Frauen.« Frau Belkoff zwinkerte mir zu.

Es tat gut, ein Stück zu wandern. Ich ging die Straße auf den Lärchberg hoch und sog die kalte frische Luft in meine Lungen. Von Zeit zu Zeit lichtete sich der Wald neben der Straße und bot einen Ausblick auf das Murtal. Das silberne

Band des Flusses wandte sich verspielt durchs Tal, bis es sich in die Enge zwischen Schlossberg und Frauenalpe zwängte. Ein rot-grüner Triebwagen der Murtalbahn preschte auf seinem schmalen Pfad quer über die Landschaft und tutete träge.

Die Tür des alten Bauernhauses war verschlossen, und ich klopfte lange und laut, bis Herr Brandter öffnete. Er erkannte mich nicht. Ich stellte mich vor, sprach ihm mein Beileid aus und rückte mit meinem Anliegen heraus. Zögernd reichte er mir die Hand, legte den Kopf schief, um mich aus zusammengezwackten Augen anzublinzeln, bat mich dann aber doch hinein. Die Küche war äußerst sparsam möbliert. Ein weiß emaillierter Holzherd stand neben einem E-Herd, der auch nicht gerade dem aktuellen Einrichtungshaus-Katalog entsprungen war. Der Boden und teilweise auch die Wände waren mit Fliesen ausgekachelt, die einstmals weiß gewesen sein mochten. Es sah aus wie in einem Schlachthaus, das man gerade mit einem Kärcher gereinigt hatte. Frau Brandter schaute nur kurz auf, als ich eintrat und grüßte. Sie hatte ihr Haar mit einem schwarzen Kopftuch bedeckt, saß am riesigen Holztisch und starrte in eine große Tasse Milchkaffee. Herr Brandter bot mir einen Stuhl an. Eine Weile schien er mit sich zu ringen, dann fragte er, ob er mir etwas anbieten könne. Ich bat um ein Glas Wasser.

»Wieso wollen Sie über den Franzl schreiben?«, fragte er schließlich. »Das bringt doch nichts.«

»Ihr Sohn war ein erfolgreicher Landwirt. Seine Produkte sind weit über die Region hinaus bekannt und werden von

Gourmet-Restaurants sehr geschätzt. Es gibt viele Menschen, die sich für seine Lebensgeschichte interessieren.«

»Wir sind gar nicht glücklich über das, was der Franzl gemacht hat. Das Bio ist ja auch nur eine Mode. Das war nicht gut, dass er dafür die Milchwirtschaft aufgegeben hat.«

»Hätte er von der Milchwirtschaft allein überhaupt noch leben können?«

»Man muss halt bescheiden bleiben und fleißig sein.«

»War Ihr Sohn tüchtig?«

»Er hat immer irgendetwas im Kopf gehabt, nur nicht die Arbeit.«

»Jeder, mit dem ich gesprochen habe, hat seinen Geschäftssinn gelobt.«

»Er hat viel vom Fremdenverkehr geredet. Den Fremden das Geld aus dem Sack zu ziehen, ist halt leichter, als mit den eigenen Händen etwas zu schaffen. Aber ich sage Ihnen eines: Man macht sich die Finger genauso schmutzig. Nur, dass man den Dreck nicht so einfach mit warmem Wasser und Kernseife abwaschen kann.«

»Franzl war ein braver Bub«, sagte Frau Brandter plötzlich. »Bis er sich von der Erika hat einfangen lassen.«

»Haben Sie ein Kinderfoto von ihm?«, fragte ich.

Franz Brandter erhob sich langsam und schlurfte aus dem Zimmer. Frau Brandter starrte wieder in ihren Milchkaffee. Ihr Mann kam mit einem dünnen Fotoalbum in einem brauen Kunstledereinband zurück. Er legte es vor mich auf den Tisch und blätterte ein paar Seiten um. »Das hier hat der Fotograf in der Schule gemacht. Wir hatten gedacht, er macht nur ein Klassenfoto. Für das Porträt haben wir extra zahlen müssen.«

Das Bild zeigte einen Achtjährigen in einem graublauen Rollkragenpullover. Ein hübsches Kindergesicht, das ernst und schüchtern in die Kamera blickte. Brandter blätterte weiter. »Das da hat ein Freund bei einem Ausflug aufgenommen.« Franz junior stand mit seinen Eltern vor einem Gipfelkreuz. Er war etwas älter und größer als auf dem ersten Foto, auch etwas rundlicher. Er trug kurze Lederhosen, ein rot kariertes Hemd und einen Trachtenhut. Er grinste fröhlich, während die Eltern steif und aufrecht hinter ihm standen. Die Farben des Schnappschusses waren zu Pastelltönen verblasst. Es folgten mehrere Klassenfotos, ein Bild von der Firmung und von der Gesellenabschlussfeier. Brandter gab nur kurze Kommentare dazu ab. Das letzte Bild war auf Franz' Hochzeit aufgenommen worden. Ein Dutzend Personen saßen an einem Tisch, Erika und Franz junior an der Stirnseite. Das Foto war unscharf, die Pupillen derjenigen, die im Vordergrund saßen, waren vom Blitz gerötet. Brandter klappte das Fotoalbum zu.

»Darf ich Abzüge von einigen der Fotos machen lassen?«, fragte ich.

»Das wäre mir nicht recht«, antwortete Brandter. »Irgendwo muss Schluss sein. Das sind persönliche Andenken. Die sollen in keine Zeitung, die ohnehin nur Schmus verbreitet.«

»Das respektiere ich. Erlauben Sie, dass ich ein Foto von Ihnen mache?«

Brandter schien überrumpelt, hatte aber keinen Einwand. Ich zog meine kleine Digitalkamera aus der Jackentasche und drückte hektisch ein paar Mal auf den Auslöser. Die gekachelte Wand reflektierte den Blitz und leuchtete die Stube grell aus. Die Fotos waren überbelichtet, aber vielleicht konnte Ellmers Grafiker aus ihnen noch etwas herausholen. Ich verabschiedete mich und sprach den beiden noch einmal mein Beileid aus. Brandter nickte und murmelte so etwas wie »Danke«. Frau Brandter war wieder in wortlose Trauer versunken.

Ich kam mir schäbig vor, als ich den Pfad zum Fischteich hinunterschritt. Jenem Fischteich, aus dem ich vor fünf Tagen Franz herausgezogen hatte, in der Hoffnung, sein Leben zu retten. Der Teich war vollständig zugefroren und mit Schnee bedeckt. Rund um das Ufer stand nun ein behelfsmäßiger Zaun aus Holzlatten. Vor einem Pfosten war ein Kreuz in den Schnee gesteckt, um das ein Blumengesteck arrangiert war. Ich fotografierte den Teich von oben, aus der Nähe und schoss ein paar Detailaufnahmen.

Auf der Straße erwartete mich Johann Teichl. Er trug ein schweres Bündel auf den Schultern, eingehüllt in eine hellblau geblümte Kinderdecke.

»Ich habe Sie unten bei Brandters Fischteich gesehen«, begrüßte er mich. »Da ich annahm, dass Sie in die Stadt zurückgehen, sobald Sie Ihre Fotos gemacht haben, habe ich hier auf Sie gewartet. Ich begleite Sie ein Stück.«

»Was tragen Sie mit sich?«, fragte ich.

»Lindenholz. Dort, wo jetzt der neue Brandter-Hof steht, waren früher eine kleine Säge und eine Tischlerei. Erika und Franz haben sie abgerissen. Im Lager waren ein paar gut getrocknete Lagen Holz, darunter auch Linde. Ich habe Erika gebeten, sie für mich aufzubewahren. Von Zeit zu Zeit hole ich mir ein paar Stück für meinen laufenden Bedarf.«

»Zum Schnitzen?«
»Ich bin Holzbildhauer, kein Schnitzer.«
»Was machen Sie daraus?«
»Wenn die Skulptur fertig ist, dürfen Sie einen Blick darauf werfen. Nicht früher. Vorausgesetzt, Sie besuchen mich wieder einmal in meinem Atelier.«
»Sind Sie mit den Brandters gut bekannt? Waren Sie ein Freund von Franz und Erika?«
»Sie habe sie hin und wieder besucht, wenn ich in dieser Gegend unterwegs war. Befreundet wäre zu viel gesagt. Franz kannte ich als Kind. Erika hat versucht, eine Ausstellung meiner Werke im Raiffeisensaal zu organisieren, damals, als sie noch in der Bank gearbeitet hatte.«
»Der Kulturreferent hat es erwähnt«, sagte ich und verschwieg, dass Peter Ofner alles andere als eine gute Meinung von Johann Teichl hatte.
»Ach ja, unser Herr Kulturbeauftragter.« Teichl lachte sarkastisch. »Er kam in mein Atelier, um die Ausstellung zu besprechen, aber meine Arbeiten hat er sich gar nicht richtig angeschaut. Da habe ich ihn rausgeworfen.«
Wir gingen eine Weile schweigend nebeneinander her. Teichl hielt seinen Kopf aufrecht und schien die Gegend um uns wie ein Raubvogel zu mustern.
»Warum haben Sie die Fotos vom Fischteich geschossen?«, fragte er unvermittelt.
»Es geht um eine Reportage in der Zeitschrift ›Griaß enk!‹. Das ist so eine Art Landmagazin.«
»Haben Sie denn überhaupt eine Ahnung vom Leben auf dem Land? Wir sind hier nicht in Bullerbü.« Teichl grinste diabolisch. »Wobei ich nichts gegen Astrid Lindgren habe«,

fügte er hinzu. »Ganz im Gegenteil.«

Teichl ging plötzlich rechts von der Straße ab und kletterte über ein Viehgatter.

»Kommen Sie«, rief er mir zu. »Das ist eine Abkürzung. Oder wollen Sie die ganze Zeit die Straße entlangtrotten?«

Der schmale Weg führte uns ein Stück durch den Wald. Teichl lief in seinen riesigen Schnürstiefeln so schnell voraus, dass ich Mühe hatte, Schritt zu halten.

»Herr Teichl«, rief ich ihm zu. »Was können Sie mir über Franz Brandter sagen? Wie war er denn so?«

»Wie er so war?« Teichl verlangsamte sein Tempo. »An die einsachtzig groß, gut gebaut, ebenmäßiges Gesicht. Das können Sie auch in diesem geschmacklosen Kalender erkennen. Aber das haben Sie wohl nicht gemeint.«

»Machen Sie sich nicht lustig. Ich habe Franz Brandters Leiche aus dem Wasser gezogen. Ich habe in seine toten Augen geblickt.«

Teichl legte für einen Moment seinen Arm um meine Schultern. »Verzeihen Sie. Sie haben natürlich recht.« Sein Sarkasmus schien gedämpft. »Es war schwer, zu Franz durchzudringen. Als Kind und auch noch als Jugendlicher war er schweigsam und lächelte schüchtern, wenn man ihn ansprach. Seine Eltern hatten eine ziemlich strenge Hand. Der alte Brandter ist einer der alten Bergbauern. Geprägt von der Nachkriegszeit, das kriegt man nicht mehr aus seinem Fell gewaschen. Franz hat sich von seinen Eltern losreißen können. Er hat sich eine zweite Haut zugelegt. Er wurde selbstsicherer, eloquent, bis an die Grenze zur Überheblichkeit.«

»Hat Erika, seine Frau, dazu beigetragen?«

Teichl überlegte kurz. »Erika hatte großen Einfluss auf ihn. Ich bezweifle, dass er ausschließlich positiv war.«

»Und umgekehrt: Hatte Franz einen positiven Einfluss auf Erika?«

»Auch Erika wuchs über sich hinaus, als sie erst einmal Herrin auf dem Brandter-Hof war. Bei ihr war es aber wohl eher die Tatsache, dass sie in ihrem eigenen Reich schalten und walten konnte. Sie hatte eine Chance erhalten, und sie verstand, diese Chance zu nutzen. Franz war vielleicht nur ein Mittel zum Zweck. Aber was weiß denn ich alter Trottel davon.«

Wir kamen an zwei Wohnhäusern vorbei. Ein Hund verbellte uns wütend, während er hinter dem Zaun vor und zurück raste und sich im Kreis drehte. Im ersten Stock schob sich ein Vorhang beiseite. Ein rundes Gesicht starrte uns an, die Zungenspitze zwischen den Zähnen. Teichl winkte. Die Person im Fenster reagierte nicht und blickte uns unbewegt nach.

Wir stießen wieder auf die Straße. Teichl wurde leutselig; er erzählte von seiner Kindheit. Von Wintern, in denen der Schnee meterhoch gelegen hatte, von der Losung eines Bären, die er einmal gesehen haben wollte, von endlosen Sommern, die er im Wald verbracht hatte. Er erzählte von Heuarbeiten und von Handwerkern, die es längst nicht mehr gab. Als wir bei der Tankstelle angelangt waren, zog er seinen Handschuh aus und reichte mir seine Rechte.

»Danke für die angenehme Begleitung«, sagte er. »Ich muss mein Holz ins Warme bringen. Wenn Sie wieder einmal in Murau sind, schauen Sie doch auf einen Sprung bei mir vorbei.« Er legte sein Bündel auf die andere Schulter und verschwand mit raschem Schritt. Er hüpfte beinahe über die Straße, seine graue Mähne wehte im frostigen Wind.

Ich traf Günther Rieger im »Wild Space«. Es war eine Bar in einer übermütigen Konstruktion aus Stahl und Glas, die einem biederen Bürgerhaus angegliedert war. Die Einrichtung bestand aus sterilen mocca- und milchfarbenen Kunstledermöbeln. In einer gläsernen Vitrine verschrumpelten unansehnliche Kuchenstücke. Die Kellnerin, eine junge Frau mit einer rabenschwarzen Strubbelfrisur, zu vielen Piercings und einem knappen Oberteil, das ihre Speckröllchen unvorteilhaft betonte, unterhielt sich träge mit zwei jungen Männern. Durch die leicht schlierigen, bettlakengroßen Scheiben blickte man auf den Fluss. Er war fast vollständig zugefroren, auf der verbliebenen, engen, offenen Wasserfläche drängte sich eine Schar Enten. Rieger hatte den Treffpunkt vorgeschlagen. Sonntagnachmittag, so sagte er am Telefon, würde er sich hier ohnehin mit Freunden treffen. Ein paar Minuten könne er für mich schon erübrigen.

Ich reichte Rieger die Hand. »Sie haben da was im Ohr«, murmelte er. Instinktiv griff ich an meinen Kopf. Rieger war schneller. Mit einem raschen Griff tat er so, als ob er eine Münze aus meinem Gehörgang zog. »Was man findet, darf man behalten«, grinste er und steckte das Zwei-Euro-Stück in die Tasche seiner bunten Weste. »Kleiner Scherz. Ich bin Amateur-Illusionist. Setzen wir uns.«

Die junge Kellnerin kam an unseren Tisch. »Was darf es sein?«, fragte sie und blickte mich mit einem schelmischem Lächeln an. Leicht verunsichert bat ich um eine Melange.

»Bring mir ein Glas Bier, Elvir«, reimte Rieger. »Eigentlich heißt sie ja Elvira«, erklärte er mir überflüssigerweise, als die Kellnerin hinter der Bar verschwunden war und die Kaffeemaschine schnauben ließ. »Elvir ist ein Kosename. Mein Künstlername ist Magic Richie.«

»Wo treten Sie auf?«

»Bisher nur bei Geburtstagsfeiern, Hochzeiten und als Mitternachtseinlage bei Partys.« Rieger senkte den Kopf und zog gleichzeitig die Brauen zusammen, um mir einen mysteriös-komischen Blick zuzuwerfen. »Tagsüber Steuerberater – nachts Magier«, raunte er mit tiefer Stimme.

»Und welche ist Ihre wahre Berufung?«

»Dreimal dürfen Sie raten.« Rieger breitete die Hände aus und ließ einen Kugelschreiber mit dem »murau means more«-Logo zwischen den Handflächen schweben. Ein schwaches Glitzern verriet, dass der Stift von einem sehr dünnen Faden in der Luft gehalten wurde. »Ich habe eine abendfüllende Routine im Las-Vegas-Stil ausgearbeitet. Die Premiere hätte im Gugganig-Hotel stattfinden sollen.«

»Tragen Sie bei Ihren Vorstellungen ein Zorro-Kostüm so wie auf dem Bild für den Kalender?«

»Es ist Teil meines Programms. Es ist ein romantisches, durchkomponiertes Stück. Eine Jungfrau droht, von einer riesigen Kreissäge mitten entzweigeschnitten zu werden. Zorro kommt, um sie im letzten Moment zu retten. Doch leider: Die Jungfrau ist bereits in zwei Teile zersägt. Mir bleibt nichts anderes übrig, als sie mittels Magie wieder zusammenzusetzen. Daraufhin verwandelt sich mein Degen in eine rote Rose, und aus meinem Hut ziehe ich zwei turtelnde Tauben. So in der Art. Zwischen den Acts sollte es ein siebengängiges Menü geben. Magic Dinner – eine Vorstellung pro Woche während der Saison.«

»Wie geht es jetzt weiter mit dem Gugganig-Hotel?«

Rieger zuckte die Achseln. »Mit so einem Unfall konnte niemand rechnen. Ich meine: Egon war kein Extremsportler, der die Gefahr sucht und das Risiko liebt. Alles, was er getan hat, war, in die Sauna zu gehen und ein bisschen Bier zu trinken. Niemand hätte gedacht, dass er dort einen Ohnmachtsanfall bekommt und dass dieser so tragisch endet. Der Gugganig-Hof war immer im Familienbesitz. Ich hoffe, dass Egons Schwester ihn weiterführen wird. Bis jetzt hat sie wenig Ambitionen gezeigt, ins Gastgewerbe einzusteigen.«

»Egons Schwester? Lebt sie in Murau?«

»Nein, sie arbeitet in Graz als Umweltberaterin.«

»Falls sie übernimmt, werdet ihr, ich meine die ›Young Rural Professionals‹, das Projekt mit dem Erotik-Tourismus weiterführen?«

»Ganzheitlicher Wohlfühl-Tourismus für die selbstbestimmte Frau, bitte. Das ist die korrekte Bezeichnung, auf die wir uns geeinigt haben. Klar hoffen wir, dass Kathi mit einsteigt. Wenn eine Frau das Projekt organisiert, quasi als Aushängeschild, das würde dem Ganzen doch zusätzlich Seriosität verleihen, finden Sie nicht?«

»Kann sein. Aber wie profitieren Sie davon?«

»Das Publikum! Die Ski-Meute interessiert sich ja nur für Skihüttenschlager und Jagatee. Sonst gibt es für Touristen höchstens noch Schuhplatteln und Watschentanz. Wir könnten ein ganz anderes Publikum ansprechen. Ein bisschen älter, gut situiert, das Genuss schätzt und sich hochwertig unterhalten lassen will. Eine Marktlücke.«

»Etwas anderes: Kannten Sie Franz Brandter gut?«

»Ich kannte ihn so gut wie gar nicht. Steuerberater brauchte er keinen, weil er ja pauschaliert war, und unsere sonstigen Interessen waren ziemlich unterschiedlich. Klar, er war bei unseren Treffen dabei, aber wirklich befreundet war ich nicht. Mit seiner Frau hingegen …«

»Erika Brandter?«

Rieger sank ein bisschen tiefer in seinen Sessel und warf einen raschen Seitenblick auf Elvira, die hinter der Bar lehnte und dazu übergegangen war, ein Kreuzworträtsel zu lösen. »Erika ist eine super Alte«, raunte er mit abgesenkter Stimme. »Ich habe einmal etwas mit ihr gehabt, als sie noch bei der Bank angestellt war. Hat nicht lange gedauert. Schade eigentlich, aber ein bisschen hantig war sie schon.«

»Wird Erika bei den ›Young Rural Professionals‹ einsteigen?«, fragte ich. »Anstelle ihres Mannes?«

Rieger schien verblüfft. »Darüber haben wir uns keine Gedanken gemacht. Das … das wäre mir, glaube ich, gar nicht recht.«

»Was Marketing betrifft, ist sie ziemlich talentiert. War der Kalender der ›Young Rural Professionals‹ nicht auch ihre Idee?«

»Mag sein. Aber organisiert und durchgezogen haben wir die Sache.«

»Die Fotos sind sehr gelungen. Wie hieß doch gleich die Fotografin? Subinski?« Ich war neugierig, was die Erwähnung des Namens in Rieger auslösen würde.

»Ilse Subinski. Die hat gewusst, was sie von uns will!« Rieger lachte. »Nicht, was Sie denken.«

»Sie war mit Franz zusammen.«

»Wo haben Sie denn dieses Gerücht aufgeschnappt?«

»Kein Gerücht. Ilse Subinski hat es mir selbst erzählt.«

»Ausgerechnet Franz! Ja, wir haben davon gewusst. Aber wir haben auch beschlossen, dass es wir es für uns behalten. Franz sollte das mit Erika selbst ausmachen.«

Ich wagte mich einen Schritt weiter: »Wenn sich Erika und Franz getrennt hätten, hätten Sie sich dann wieder für Erika interessiert?«

»Wer weiß. Aber jetzt ist ja auch Ilse Subinski wieder frei. Die wäre doch eher mein Fall.«

»Haben Sie Kontakt zu ihr?«

»Seit der Kalenderpräsentation in Murau habe ich sie nicht mehr gesehen.«

»Und Erika?«

»Ich habe mit Erika telefoniert, am Tag, nach dem Franz den Unfall hatte. Ich habe ihr meine Hilfe angeboten, um die finanziellen Angelegenheiten rund um den Hof zu regeln. Sie hat abgelehnt. Vorerst.«

Rieger ließ wieder eine Münze zwischen seinen Fingern verschwinden. Er griff mit einer raschen Bewegung in die Luft, als ob er eine Fliege fangen wollte. Der Trick misslang, und mit einem lauten Klirren fiel die Münze, die er in der Handfläche palmiert hatte, auf den Boden. Während er sich danach bückte, meldete sich mein Handy. Es war Ulli.

»Hast du Lust auf eine Rodelpartie?«, fragte sie.

»Ich sitze gerade im Wild Space und unterhalte mich mit Günther Rieger.«

»Ich hole dich in einer Viertelstunde ab. Einverstanden?«

»Wohin fahren wir?«

»Auf den Schrillkogel.«

Die Kabinen der Gondelbahn löffelten die Skifahrer in Sechserportionen nach oben. Ulli hatte eine lange Holzrodel aus dem unerschöpflichen Reservoir des Kofferraums ihres Kombis geholt und schulterte sie wie einen Baumstamm. An der Kasse kaufte sie zwei Einzelfahrkarten.

»Keine Angst«, lachte Ulli über mein besorgtes Gesicht. »Seilbahnen sind die sichersten Verkehrsmittel, die es gibt. Noch vor dem Flugzeug.«

»In einer Sänfte würde ich mich wohler fühlen.«

»Warte erst, bis wir auf der Rodel ins Tal sausen.«

»Ich hatte erwartet, dass wir gemütlich einen einsamen Berg hinaufwandern. Stattdessen schleppst du mich mitten in dieses Gewimmel.«

»Vielleicht treffen wir Moritz Flatschacher. Du willst sicher mit ihm reden. Wir fragen einfach an der Mittelstation nach ihm.«

Die Mittelstation war dominiert von einem ausladenden Selbstbedienungsrestaurant im Alpenstil und mehreren Bars. Hier herrschte noch mehr Trubel als in der Talstation. Lachen und Kreischen übertönten die monotonen Rhythmen aus den Lautsprechern, der Geruch nach Pommes Frites zog in fetten, grauen Schwaden über das Gewimmel.

»Wie sollen in diesem Gewirr jemals Moritz finden?«

Ulli drückte sich durch die Menge. Ich blieb ihr auf den Fersen.

Moritz Flatschacher lehnte halb an der Bar, halb an der jungen Frau neben ihm. Sie lachte übertrieben schrill, was Moritz veranlasste, noch näher zu rücken und seine Witze noch lauter in ihr Ohr zu brüllen. Ulli lief zu ihm und zupfte ihn energisch am Ärmel seiner rot-weiß-grauen wattierten Jacke, auf deren Rückseite »murau means more« stand, darunter das Emblem mit der Windrose. »Wir wollen mit Ihnen reden«, sagte sie energisch.

»Ah, die Frau Lehrerin. Ulli, nicht wahr?« Moritz' Zungenschlag war bereits etwas schwerfällig. »Ich bin auch Lehrer. Skilehrer. Das macht uns zu Kollegen. Wir sollten Bruderschaft trinken.« Moritz hob sein Glas und spitzte die Lippen.

Die junge Frau neben ihm richtete sich auf und leerte ihren Blutorangen-Jägermeister-Cocktail. »Ich muss mal für kleine Mädchen. Bin gleich zurück«, flötete sie, warf ihre lange blonde Mähne zurück und stiefelte unbeholfen in Richtung Hütte.

»Die kommt nicht mehr«, zischte Moritz. »Egal. War sowieso nicht mein Typ. Bist du dieser Reporter, der über uns ›Young Rural Professionals‹ schreibt?«, wandte er sich an mich.

»Ich heiße Dim«, antwortete ich. »Dimiter Damianovic. Hast du Zeit für ein Interview?«

»Gehen wir zum Skiverleih, da können wir in Ruhe reden.«

Er ging voran, führte uns zu einer Art hölzernem Verschlag. Drinnen hingen Ski und Stöcke an der Wand, auf roh gezimmerten Regalen lagerten Helme und Skibrillen. Ein drahtiger Mann in einer orangefarbenen ausgebleichten Fleecejacke mit Flecken und Brandlöchern schraubte an einem Snowboard. In seinem dichten grauen Vollbart steckte eine dünne, selbst gedrehte Zigarette.

»Servus, Sepp!«, grüßte Moritz.

»Ski Heil! Brauchst du wieder einen Raum zum Schnackseln?« Der Bärtige erblickte Ulli und mich. »Jessas na, ein flotter Dreier?«

»Kannst du uns eine halbe Stunde allein lassen? Da hast du einen Zehner, kauf dir ein Bier und einen Schnaps.«

Der Bärtige nahm den Geldschein, zwinkerte uns verschwörerisch zu und verschwand. Der beißende Rauch seiner Selbstgedrehten blieb in der Hütte hängen.

»Skilehrer kommen manchmal hierher, wenn sie einen Aufriss gemacht haben und es grad pressiert«, erklärte er. »Kann sein, dass ich auch schon ein oder zwei Mal da war. Wollt ihr einen Jagatee?« Er goss Wasser aus einer Plastikflasche in einen elektrischen Wasserkocher und holte aus einer Lade Becher, Teebeutel, Zucker und eine halb volle Flasche achtzigprozentigen Rum.

»Warum spielst du hier den Skilehrer, wenn du ein Bestattungsunternehmen hast?«, fragte Ulli.

»Es ist nicht mein Unternehmen. Noch ist mein Vater der Chef. Ich war zu faul, mir einen anderen Beruf zu suchen, und so hat er mich zu seinem Nachfolger aufgebaut. Solange er den Laden schupft, habe ich ein stressfreies Leben. Im Winter nehme ich mir ein paar Wochen frei und helfe während der Hochsaison als Skilehrer aus. Macht Spaß, ist fast wie Urlaub und gratis Ski fahren kannst du obendrein.«

»Ich schreibe hin und wieder ein paar Artikel für ein Bestattungsmagazin«, sagte ich, in der Hoffnung, sein Vertrauen zu gewinnen.

»Für ›PIA‹, die Zeitschrift vom Dachverband?«

»Nein, die Zeitschrift heißt ›Trauerfalter‹. Ein deutsches Magazin. Ich habe eine Zeit lang in lockerer Folge ein paar

Artikel als österreichischer Auslandskorrespondent geliefert.«

»Ah, der ›Trauerfalter‹. Lese ich immer wieder gerne, besonders die Beiträge von Tim Peters, dem Herausgeber. Die sind echter Kult. Der letzte Artikel über Grabsteine mit QR-Code war wieder einmal spitze. Kennst du Peters persönlich?«

»Ich habe mit ihm nur per E-Mail Kontakt. Seine Mails sind genauso kauzig wie seine Kolumnen.«

»Mir gefällt, was er über die Trauerberatung zu sagen hat. Beim Lesen seiner Kommentare habe ich entdeckt, dass Skilehrer und Bestatter viel gemeinsam haben.«

»Wie das?«

»In beiden Berufen hast du mit Menschen zu tun. Du bist ein bisschen wie ein Psychiater. Oder ein Priester.« Moritz lachte und goss brodelndes Wasser in die Becher. Er tunkte die Teebeutel ein, warf sie auf den Tisch und schenkte großzügig Rum ein.

»Florian Thal war auch Skilehrer«, stellte Ulli fest. »Habt ihr euch gut verstanden?«

»Florian war Snowboard-Lehrer. Da gibt es gewisse Rivalitäten.«

»Welcher Art?«

»Ach, nichts Ernstes. Wie pflegen einander aufzuziehen, das ist alles. Du darfst nicht vergessen, dass er in gewisser Hinsicht mein Chef war. Seine Eltern leiten ja den Liftbetrieb am Schrillkogel, außerdem gehört ihnen die Skischule.« Moritz nahm einen Schluck aus seinem Becher. Der Tee war zu heiß, und er spuckte die Brühe wieder zurück in den Becher. »Dieser scheiß Unfall«, sagte er. »Das hätte wirklich nicht sein müssen. Ich habe die Grabrede gehalten. Das war die beste Rede, die ich je geschrieben habe.«

Wir schwiegen eine Weile und schlürften das heißte Gebräu.

»Ich habe gehört, dass ihr Snow-Buddys euch sehr aufmerksam um eure Skischülerinnen kümmert. Sehr priesterlich geht es dabei auch nicht zu.«

Moritz kratzte sich am Kopf. »Du meinst unser Konzept für Wohlfühl-Tourismus für die selbstbestimmte Frau? Das Verführen gehört zum Mythos des Skilehrers. Schon seit Generationen. Roman war der Meinung, dass man das auch professionell nutzen könnte. Allerdings wird die Palette unseres Services von den Kundinnen noch nicht optimal ausgeschöpft. Das liegt daran, dass unsere Kommunikation noch nicht so ausgereift ist. Vielleicht hilft es ja, wenn du in deiner Reportage ein gutes Wort für uns einlegst. Uns in einem guten Licht zeigst. Wie war noch einmal der Name des Magazins, für das du schreibst?«

»Es heißt ›Griaß enk!‹. Ich schreibe so eine Art Schicksalsstory über Franz Brandter«, antwortete ich. »Die Snow-Buddys kommen nur ganz am Rande vor. Wenn überhaupt.«

»Franz hatte damit nicht viel zu tun«, sagte Moritz. »Er war mehr fürs Kulinarische zuständig. Hast du seinen Räuchersaibling gekostet? Ich bin ja sonst nicht so der fischige Typ, aber so ein geräuchertes Filet auf warmem Toast mit Krenobers und Radicchio-Salat – zum Niederknien.«

»Ja, man hört, dass er recht innovativ war.«

»Innovativ …« Moritz blickte nachdenklich aus dem Fenster. »Als innovativ hätte ich Franz nie bezeichnet. Egon, der Gugganig-Wirt, war innovativ. Kaum schnappte er irgendwo eine Idee auf, schon hat er einen Plan, wie man das vermarkten könnte. Zum Beispiel die Sache mit den Snow-Buddys. Oder den Kalender. Franz kannte ich eigentlich kaum, bevor er zu den ›Young Rural Professionals‹ stieß. Am besten hat sich Franz mit Bertl Ferchner verstanden, bis dieser Streit um den Fischteich entbrannte.«

»Wobei genau ging es dabei?«

»Bertl ist Bauunternehmer mit einem kleinen Maschinenpark. Franz ließ von ihm seine Fischteiche ausheben. Dabei kam es zu einer Meinungsverschiedenheit, keiner weiß mehr genau, was die Ursache war. Bertl fühlte sich hintergangen, und der Streit artete mehr und mehr aus.«

»Hat der Streit den ›Young Rural Professionals‹ geschadet?«

»Egon hat versucht, zwischen den beiden zu vermitteln. Bei unseren Treffen hat eine Art Waffenstillstand gegolten. Die anderen hat der Streit kaum interessiert. Weder Bertl noch Franz hatten besonders enge Freunde, auch nicht unter den ›Young Rural Professionals‹.«

»Eine Frage noch: Wenn du Franz Brandter in drei Worten charakterisieren müsstest, welche Worte wären das?«

Moritz dachte nach. »Bedächtig, zäh, verlässlich«, sagte er. Nach einer Weile fügte er hinzu: »Undurchsichtig.«

»Los geht's!« Ulli trank den letzten Schluck des kalt gewordenen Jagatees und stand auf. »Wir wollen endlich zum Rodeln kommen.«

»Fahren wir die Piste hinunter?«, fragte ich.

»Besser, ihr nehmt den Rodelweg«, sagte Moritz. »Er führt durch den Wald. Wenn ihr den nehmt, kommt ihr bei der Talstation wieder heraus.«

Die Rodelbahn war ein alter Forstweg, steil und eisig. Die Kehren waren so eng, dass es uns ein paar Mal fast in den Wald geschleudert hätte. Ulli saß vor mir und lehnte sich so weit wie möglich zurück, um unser Gefährt windschlüpfrig zu machen. Ich hielt sie mit beiden Armen fest und versuchte, meinen Hintern auf dem Sitz zu halten.

»Brems nicht so. Wir verlieren unseren Schwung«, rief Ulli.

»Ich bremse nicht, ich lenke.«

»Zum Lenken bremst man nicht mit den Füßen. Man macht es mit Gewichtsverlagerung. Siehst du – so!« Ulli griff in den vorderen Teil der Rodel, lehnte sich in die Kurve, änderte mit einem Ruck die Fahrtrichtung. Die Kufen kratzten über das Eis und schlugen gegen einen herausragenden Stein. Es gab Funken, und es stank leicht nach Schwefel. Ulli jauchzte vor Vergnügen.

»Schauen wir noch bei Elias vorbei?«, fragte Ulli und lud die Rodel in den Kofferraum ihres Kombis, was nicht ohne Schwierigkeiten gelang, da sie zuerst zwischen einzelnen Sandalen, halb vollen Säcken mit Blumenerde und allerlei Werkzeug Platz schaffen musste.

Ich massierte mein Steißbein, das bei der Rodelpartie arg strapaziert worden war. »Kann nicht schaden«, murmelte ich. »Warum fährst du so viel Zeug spazieren?«

»Weil meine Wohnung zu klein ist für all die Sachen, die man nur hin und wieder braucht.« Ulli glitt hinter das Lenkrad und startete den Motor. »Mein Auto ist mein Keller, mein Dachboden und meine Abstellkammer. Wo deponierst du denn deine löchrigen Gummistiefel, wenn du nicht einmal ein Auto hast?«

»In meiner Wohnung schaut es zur Zeit ziemlich ähnlich aus wie in deinem Kofferraum. Bevor ich nach Murau aufgebrochen bin, habe ich alles auf dem Kopf gestellt, weil ich meine Kamera finden musste. Sie steckte in einem alten Socken, der im Schmutzwäschekorb lag. Danach hatte ich keine Zeit mehr zum Aufräumen. Ich musste zum Zug.«

»Warum ziehst du deinem Fotoapparat Socken an?«

»Damit er es schön warm hat, wenn ich ihn im Winter im Rucksack mit mir herumtrage. Die Kälte schadet dem Akku.«

»Wohnst du alleine?«

»Ja, abgesehen von ein paar Spinnen, die bei mir überwintern, und drei Zimmerpflanzen, die es durch natürliche Auslese geschafft haben, sich meinem Lebensstil anzupassen. Sie sind sehr genügsam.«

»Wie steht es mit den Frauen in deinem Leben? Waren die auch alle so genügsam?«

Wir bogen in die Zufahrt zu Elias' Werkstatt. »Hier stimmt etwas nicht!«, rief Ulli.

Die Einfahrt war verstellt mit Autos. Polizei, ein Krankenwagen und ein roter Toyota Landcruiser. Uniformierte, Sanitäter und Menschen in Zivil riefen einander Befehle zu und waren damit beschäftigt, Absperrbänder zu spannen und hektisch zu telefonieren. Ein uniformierter Polizist hielt uns an. »Drehen Sie um, und fahren Sie weiter«, sagte er.

Ulli ließ die Fensterscheibe herunter. »Was ist passiert?«, fragte sie. »Ist Herrn Hafner etwas zugestoßen?«

»Sind Sie Verwandte?«, fragte der Uniformierte scharf. »Nein? Dann haben Sie hier nichts zu suchen.«

Gegen den Landcruiser gelehnt, stand Gregor. Er hatte die Hände in die Taschen seiner Jacke geschoben und sprach mit einem der Polizisten. Als er Ullis Wagen sah, kam er mit wackeligen Schritten zu uns. Sein Gesicht war grau und schlaff, seine Stimme klang, als würde eine Raspel über Wellblech rutschen: »Es hat Elias erwischt.«

Wortlos fuhren wir in die Stadt. Gregor hatte sich auf die Rückbank gesetzt und starrte aus dem Fenster. Im Café Miklasch gaben wir einsilbig unsere Bestellungen auf. Gregor hielt seine Tasse in beiden Händen. Er zitterte, und der Kaffee schwappte auf den Tisch. Ulli schob ihm ein gefülltes Cognacglas zu.

»Elias lag am Boden«, sagte Gregor und spülte den Cognac durch seine Kehle. »Zusammengekrümmt, beide Unterarme gegen den Bauch gepresst. Sein Gesicht war eine Grimasse, jeder Gesichtszug verzerrt. Er muss sich minutenlang vor Schmerzen gewunden haben, bevor er starb. Sein Overall war völlig verdreckt, mit Blut und mit Scheiße.«

»Hast du gleich gesehen, dass er tot war?«, fragte Ulli.

»So, wie er zugerichtet war, gab es keinen Zweifel. Wir hatten vereinbart, dass ich ihn heute Nachmittag in seiner Werkstatt besuche. Wie ihr wisst, arbeitete er manchmal am Wochenende – das Finanzamt brauchte es nicht zu wissen. Es war Licht in der Werkstatt. Ich habe geklopft und laut gerufen, um mich anzukündigen. Keine Antwort. Schließlich bin ich hinein. Die Tür war nicht abgesperrt. Das Erste, was ich wahrgenommen habe, war der Gestank. Dann sah ich ihn. Ich musste mich fast übergeben.«

»Hast du eine Ahnung, was passiert ist?«

»Nein. Vielleicht hat jemand ihm in den Bauch geschossen oder ihn erstochen. Ich habe ihn nicht untersucht. Ich habe die Polizei gerufen, die hat das dann getan. Aber sie wollten mir nichts sagen.«

»Vielleicht war es ein Unfall?«, warf ich ein.

»Ein Unfall? Seine Werkstatt war aufgeräumt, wie sie es immer ist. Da waren keine spitzen Gegenstände, die ihn aufgespießt haben könnten.«

Die Türe öffnete sich, und Frau Belkoff stürmte ins Café. Sie trug einen fliederfarbenen Mantel, der vorne geöffnet war und sich hinter ihr bauschte, so rasch war sie unterwegs. Ihr Haar war diesmal mit einer schwarzen Baskenmütze bedeckt.

»Ich habe mir gleich gedacht, dass ich Sie hier treffe«, begrüßte sie uns. Sie zog einen Sessel heran, Ulli und ich rückten auseinander, und Frau Belkoff setzte sich zwischen uns. »Böse Nachricht: Elias ist tot. Ein Unfall.«

Nun erst erblickte sie Gregor. »Herr Wiest, Sie sind auch hier? Es heißt, Sie hätten Elias' Leiche gefunden?«

»Woher wissen Sie das?«

»Eine Freundin hat es mir am Telefon erzählt. Die weiß es von einem Bekannten, der bei der Rettung arbeitet. Vergessen Sie nicht, dass wir in einer kleinen Stadt leben.«

»Gregor steht noch unter Schock«, sagte Ulli. »Wir sollten ihn ein wenig ablenken.«

»Ich will mich aber nicht ablenken!« Gregor wurde laut. »Warum wiederholt ihr ständig, dass es ein Unfall war? Es war kein Unfall, das habe ich euch doch gesagt. Es war Mord. So, wie auch Egon ermordet wurde, und Franz. Jemand macht sich den Spaß, uns ›Young Rural Professionals‹ der Reihe nach umzubringen, und nimmt sich dabei den Kalender als Vorbild. Seid ihr blind, oder steckt ihr alle unter einer Decke?«

»Wer sollte euch umbringen? Doch nicht etwa Bertl?«, warf ich ein.

»Bertl? Wie kommst du drauf? Weil er eine Pistole hat? Er ist einer von uns!«

»Gestern hast du noch angedeutet, dass er etwas mit dem Tod von Florian zu tun haben könnte.«

»Das war gestern. Heute ist alles anders. Bertl hat recht, wenn er sich bewaffnet. Elias hat etwas geahnt, da bin ich mir sicher. Vielleicht hat er den Mörder direkt konfrontiert. Warum sonst sollte er am Sonntagnachmittag allein in seiner Werkstatt sein?«

»Weil er im Pfusch Autos repariert?«

»Genau. Kann es nicht sein, dass er bei einem der Autos etwas entdeckt hat, das ihm merkwürdig erschien? Vielleicht wollte er heute den Besitzer damit konfrontieren. Und der hat kurzen Prozess mit ihm gemacht.«

»Wenn der Mörder einen Termin in der Werkstatt hatte, muss jemand davon gewusst haben.«

»Wenn es Schwarzarbeit war, steht das nicht in den Auftragsbüchern.«

»Vielleicht hat jemand den Mörder gesehen. Oder wenigstens sein Auto.«

»Am Sonntagnachmittag sind nicht viele Leute unterwegs. Außerdem könnte er heimlich zu Fuß gekommen sein. Warum hat Elias nichts gesagt? Warum hat er uns nicht eingeweiht? War er seiner Sache nicht sicher und wollte niemanden öffentlich verdächtigen? Hatte er kein Vertrauen zu uns?«

»Steiger dich doch nicht so hinein, Gregor«, beschwichtigte Ulli. »Das Wichtigste ist, dass du ruhig bleibst, die Polizei arbeiten lässt und keine dummen Sachen machst.«

»Weil ich der Nächste auf der Liste bin?«

Ulli, Frau Belkoff und ich schwiegen betreten.

»Das meint ihr doch. Darauf wartet ihr doch. Ihr lehnt euch zurück und genießt das Schauerstück. Ihr seid aus der Schusslinie, während der Killer mich schon im Fadenkreuz hat.«

»Sie brauchen jetzt Freunde«, sagte Frau Belkoff. »Freunde, die rund um die Uhr für Sie da sind. Dann kann Ihnen nichts passieren.«

»Ich habe aber keine Freunde.« Gregor wurde wieder ruhig. Gefährlich ruhig. »Nichts gegen Sie, Frau Belkoff. Aber dem Herrn Damianovic hier kann ich nicht trauen. Ich kann niemandem mehr trauen, nicht einmal meinen Kumpels. Ich werde eine Weile von der Bildfläche verschwinden.«

»Gregor!«, rief Ulli. »Ich werde dich zu deinem Wagen fahren.«

»Nicht nötig. Ich gehe zu Fuß.«

Gregor stand auf. Er schlüpfte in seine Jacke, legte im Vorübergehen einen Geldschein auf die Theke und verließ das Café. Durch die Tür kam ein Schwall eisiger Luft.

Frau Belkoff nahm ihren fliederfarbenen Mantel. Ohne ein Wort zu sagen, standen Ulli und ich auf, um sie zu begleiten. Als wir das Gartentor zu Frau Belkoffs Haus öffneten, leuchtete das sensorgesteuerte Eingangslicht auf. »Herr Dimiter, werden Sie heute Nacht in Ihrem Zimmer übernachten?«, fragte Frau Belkoff, während sie mit einem kleinen Besen ihre Stiefel vom Schneematsch säuberte.

Ulli schickte mir einen abwartenden Blick aus den Augenwinkeln.

»Natürlich. Sie sollten nicht allein in Ihrem Haus bleiben«, erwiderte ich rasch.

»Mir alter Schachtel passiert schon nichts. Außerdem habe ich immer noch meine Katzen. Passen Sie lieber auf Frau Jordan auf. Sie können sie nicht allein gehen lassen, begleiten Sie sie nach Hause!«

»Das ist nicht nötig, Frau Belkoff«, entgegnete Ulli. »Ich kann gut auf mich selber aufpassen.«

»Ich bestehe darauf! Herr Dimiter, wir sehen uns in der Früh. Frühstück wie immer?«

»Das wäre außerordentlich zuvorkommend.«

Ulli und ich gingen stumm nebeneinander. Der Atem aus unseren Mündern bildete zwei taubengraue Wolken, die in der windstillen Winternacht senkrecht nach oben zogen und sich miteinander vermischten. Als Frau Belkoffs beleuchtetes Küchenfenster hinter dem Nachbarhaus verschwand, hängte sie sich bei mir ein.

Wir waren zu Ullis Haustüre gekommen. »Danke fürs Begleiten«, sagte sie.

»Ich konnte es Frau Belkoff nicht abschlagen.«

»Und jetzt musst du wieder zurück. Allein.«

»Durch die dunkle, kalte Nacht?«

»Durch finstere, leere Gassen.«

»Wo hinter jeder Ecke ein Mörder lauern kann?«

»Während eine junge Frau einsam in ihrer Wohnung zittert.«

»Nur ein äußerst grausamer Mensch würde sie in diesem Zustand allein lassen.«

»Und du bist kein grausamer Mensch, nicht wahr?«

Montag, 23. Jänner

»Sie sind gestern schon wieder nicht nach Hause gekommen!« Frau Belkoff hatte die Küchentür offen gelassen, und ich hatte keine Chance, ungesehen vorbeizuschleichen. »Haben Sie wenigstens an die Krawatte gedacht?«

»Tut mir leid! Das nächste Mal ganz bestimmt.«

»Es sind zwei Herren da, die Sie sprechen möchten.«

Es waren zwei Polizisten in Zivil, die es sich am Frühstückstisch bequem gemacht hatten.

»Stärken Sie sich erst einmal«, sagte der Dickere der beiden.

»Nicht nötig, ich habe schon gefrühstückt. Nur noch einen Kaffee. Wollen Sie auch einen?«

»Frau Belkoff hat uns versorgt.« Der Polizist hob die gefüllte Tasse. »Haben Sie etwas dagegen, wenn wir Ihnen ein paar Fragen stellen?« Es klang nicht so, als ob er mir wirklich die Wahl lassen würde.

»Bringen wir es hinter uns«, sagte ich rasch.

Der Polizist räusperte sich. »Wo waren Sie gestern zwischen Mittag und 17 Uhr? Tut mir leid, wir müssen so direkt fragen.«

»So gegen Mittag war ich bei Familie Brandter.«

Der Dicke hob die Augenbrauen. »Linde und Franz Brandter? Die vor ein paar Tagen ihren erwachsenen Sohn verloren haben?«

»Ja. Er ist ertrunken. Ich habe ihn aus dem Wasser gezogen.«

»Das wissen wir. Das ist ja auch der Grund, warum wir mit Ihnen sprechen wollen. Sie finden Franz Brandter tot auf, waren kurz vor Egon Gugganigs Tod mit ihm zusammen, und jetzt sind Sie schon wieder kurz nach einem ungeklärten Todesfall an der Unglücksstelle aufgetaucht. Sie waren doch gestern Nachmittag bei Hafners Autowerkstatt.«

»Das war gegen halb sechs. Aber Sie wollen doch wissen, wo ich zwischen Mittag und 17 Uhr war.«

»Sie haben doch eben gesagt, Sie waren bei Linde und Franz Brandter.«

»Dort war ich ab dem späteren Vormittag bis kurz nach zwölf.«

Der Polizist seufzte. »Also gut, wo waren Sie danach?«

»Am Weg zurück in die Stadt traf ich Johann Teichl. Er ist Holzbildhauer und hat sein Atelier in …«

Der Polizist winkte ab. »Wir kennen Teichl sehr gut. Waren Sie verabredet?«

»Wir sind einander zufällig begegnet. Wie gesagt, ich ging die Straße den Lärchberg hinunter …«

»Warum sind Sie nicht mit Ihrem Auto gefahren?«

»Ich habe kein Auto.«

»Meine Kollegen haben mir etwas anderes erzählt. Sie sind gestern in einem roten Kombi beim Tat… äh … bei Hafners Autowerkstatt vorgefahren. Auf die Marke haben meine Kollegen nicht geachtet. Der Wagen hat angeblich schon bessere Zeiten gesehen.«

»Das Auto gehört Frau Jordan.«

»Ihre Freundin?«

»Eine Bekannte. Sie nimmt mich manchmal in ihrem Auto mit.«

»Warum hat sie Sie nicht auf den Lärchberg gefahren? Oder Ihnen das Auto geborgt?«

»Ich habe Frau Jordan erst später getroffen. Soll ich Ihnen nun erzählen, was ich gestern Nachmittag getan habe oder nicht?«

»Werden Sie nicht patzig, sonst fangen wir noch einmal von vorne an. Sie gehen zu Fuß auf den Lärchberg, um Linde und Franz Brandter zu besuchen. Warum?«

»Ich habe mit ihnen über ihren Sohn gesprochen.«

»Haben die beiden Sie gebeten zu kommen?«

»Nein, sie waren sogar ziemlich abweisend.«

»Sie gehen zu Fuß den ganzen Weg, nur um mit jemandem zu sprechen, der nicht mit Ihnen reden möchte?«

»Ich brauchte ein paar Informationen. Schauen Sie, ich bin Journalist. Ich bin nach Murau gekommen, weil Franz Brandter mich gebeten hatte, eine Reportage über den Hof zu schreiben.«

»Und jetzt will er auf einmal nicht mehr mit Ihnen sprechen?«

»Es war der junge Franz Brandter, mit dem ich den Artikel vereinbart hatte.«

»Der ist doch tot.«

»Genau. Deswegen habe ich von meinem Chefredakteur den Auftrag bekommen, einen Nachruf zu verfassen.«

Der Polizist trommelte ungeduldig mit den Fingern auf seiner Kaffeetasse, fragte aber nicht nach. Zum Glück war mir rechtzeitig das Wort »Nachruf« eingefallen, auch wenn es nicht ganz der Wahrheit entsprach.

»Nachdem ich mit Johann Teichl zurück in die Stadt gewandert war, habe ich Günther Rieger, den Steuerberater angerufen und ein Treffen im Café Wild Space vereinbart«, fuhr ich fort, um dem Polizisten keine Gelegenheit zu geben, durch Fragen die Sache unnötig in die Länge zu ziehen. »Ich war bis ungefähr halb drei im Café, dann holte Ulli Jordan mich ab. Wir fuhren zum Schrillkogel, nahmen den Sessellift und fuhren mit der Rodel ins Tal. Danach fuhren wir zurück in die Stadt und blieben unterwegs bei Herrn Hafners Autowerkstatt stehen. Wir hatten vor, ihn zu besuchen.«

»Nicht so schnell«, unterbrach der Polizist mich. »Sind Sie Herrn Teichl gestern zum ersten Mal begegnet, oder waren Sie schon vorher miteinander bekannt?«

»Ich habe ihn am Donnerstag beim Schlosskonzert kennengelernt. Am Samstag darauf habe ich ihn in seinem Atelier besucht. Und bevor Sie nachfragen: Günther Rieger habe ich gestern zum ersten Mal gesehen.«

»Bei Ihrem Treffen ging es wohl ebenfalls um den Nachruf auf Franz Brandter.«

»Ja. Als Mitglied der ›Young Rural Professionals‹ war er mit Franz Brandter befreundet.«

Der Polizist stützte die Ellenbogen auf den Tisch und legte die Fingerspitzen beider Hände aneinander. »Sehen Sie, das ist interessant«, sagte er. »Diese ›Young Rural Professionals‹. Wir wissen, dass auch Sie sich sehr dafür interessieren. Gefällt Ihnen der Kalender so gut?«

»Es geht um den Nachruf. Eigentlich ist es mehr als nur ein Nachruf. Eine Reportage, zwei bis drei Seiten im Magazin ›Griaß enk!‹. Fragen Sie Martin Ellmer, den Chefradakteur, er hat mir den Auftrag dazu erteilt.«

Ich zog mein Handy hervor, um Ellmers Nummer zu suchen, doch der Polizist winkte ab. »Dazu ist später noch Zeit. Aber sind Sie sicher, dass Sie uns alles erzählt haben?«

»Die wichtigsten Punkte haben Sie.«

»Stichwort: Moritz Flatschacher.«

»Ulli und ich haben ihn auf dem Schrillkogel getroffen.«

»Sehen Sie, davon hat uns Herr Flatschacher vorhin auch erzählt. Wir wollten uns nur vergewissern. Sie sind ihm wohl nicht ganz zufällig über den Weg gelaufen?«

»Da wir schon auf dem Schrillkogel waren, wollten wir die Gelegenheit nutzen, mit Moritz zu sprechen.«

»Mit ›wir‹ meinen Sie wohl Frau Jordan und sich selber?«

»Ja.«

»Warum ist denn Frau Jordan so an den ›Young Rural Professionals‹ interessiert?«

»Frau Jordan ist eher an mir interessiert, hoffe ich. Und ich an ihr.«

»Wir verstehen. Also zum Zeitpunkt, der uns eigentlich interessiert, waren Sie mit Frau Jordan und mit Herrn Flatschacher zusammen. Herr Flatschacher hat das bereits bestätigt, Frau Jordan werden wir noch fragen. Gibt es sonst noch Zeugen, die Sie gesehen haben?«

»Da war ein Mitarbeiter vom Skiverleih, der uns drei zusammen gesehen hat.«

»Wenn nötig, werden wir dem nachgehen. Aber ich glaube nicht, dass es dazu kommt.«

Ich wagte einen Vorstoß: »Sie haben von einem bestimmten Zeitpunkt gesprochen, der Sie interessiert. Der Zeitpunkt von Elias Hafners Tod?«

Der dicke Polizist hob seine Kaffeetasse an den Mund und bemerkte, dass sie leer war. Nun meldete sich der zweite Polizist zu Wort, der bislang stumm daneben gesessen hatte.

»Elias Hafner wurde zwischen 15 und 16 Uhr getötet. Den Zeitpunkt konnten wir anhand von Zeugenaussagen rekonstruieren.«

»Heißt das, er wurde ermordet?«, fragte ich.

Der Polizist vergewisserte sich, dass Frau Belkoff außer Hörweite war. »Herr Hafner starb an einer multiplen Darmperforation«, erklärte er nüchtern. »Ursache war ein rektal eingedrungener Strom stark komprimierter Luft.« Der Polizist beugte sich vor, wurde aber nicht leiser. »Jemand hatte ihm eine Druckluft-Blaspistole an den Hintern gehalten und abgedrückt. Die Pressluft hat seine Eingeweide zerfetzt. Er ist elendiglich an seinen inneren Verletzungen krepiert. Man hat ihn von hinten regelrecht aufgeblasen.«

»Ein Unfall ist ausgeschlossen?«

Der dicke Polizist lachte bitter. »Nichts ist ausgeschlossen. Wir sind dazu da, das herauszufinden.«

Sein Partner fiel ihm ins Wort. »Wie Ihnen als erwachsener Mensch nicht unbekannt sein dürfte, entwickeln manche Leute viel Phantasie beim Ausleben ihrer Sexualität. Herr Hafner könnte auf die unglückliche Idee gekommen sein, sich seine Analregion mithilfe eines scharf gezielten Luftstrahls stimulieren zu lassen. Eine autoerotische Praxis ist eher unwahrscheinlich. Sowohl aus der Handhabung der

Blaspistole als auch aus der Schwere der Verletzungen lässt sich schließen, dass mindestens ein Zweiter daran beteiligt war. Wir gehen davon aus, dass sowohl Herr Hafner als auch sein – nennen wir ihn: Spielgenosse – die Wirkung der Pressluft unterschätzten. Vielleicht war es nur als kleiner Scherz gedacht. Herr Hafner war nicht entkleidet. Die Druckluftpistole wurde ihm an den Hosenboden gehalten und hat den Stoff ohne Weiteres durchdrungen. Einmal kurz ansetzen und – pffft – der Darm explodiert. Eine Druckluft-Blaspistole gehört zur Standardausstattung jeder Autowerkstatt.«

Der Polizist ließ seine Worte auf mich wirken. »Wollen Sie mir etwas dazu sagen?«

Ich schluckte. »Wie lange hat Elias noch gelebt?«

»Lange. Möglicherweise über eine halbe Stunde. Die Schmerzen wollen Sie sich lieber nicht ausmalen. Der Täter hat sich wohl in Panik aus dem Staub gemacht.«

»Und Sie waren der Meinung, dass ich …«

»Wir sammeln nur Informationen. Sie waren auch mit Egon Gugganig zusammen, kurz bevor er starb. Nackt. Sie verstehen, dass wir da ein wenig genauer nachfragen.«

»Als Egon starb, war ich längst nicht mehr im Hotel. Frau Paulitsch, die Rezeptionistin, wird Ihnen das bestätigen.«

»Was haben Sie getan, nachdem Sie das Hotel verlassen haben?«

»Ich bin allein zu Fuß in mein Zimmer zurückgekehrt.«

»Schon wieder zu Fuß. Haben Sie unterwegs niemanden getroffen? Rein zufällig natürlich?«

»In meinem Zimmer habe ich dann gearbeitet«, fuhr ich fort, ohne auf die Provokation einzugehen.

»Sie haben gearbeitet?«, fragte der Polizist und zog müde die Augenbrauen hoch.
»Ich habe an einem Artikel geschrieben.«
»Dabei waren Sie vermutlich auch allein? Frau Jordan war nicht bei Ihnen?«
»Ich war allein. Nur Frau Belkoff hat einmal hereingeschaut. Warum wollen Sie das so genau wissen?«
»Wir haben den Autopsiebericht hereinbekommen. Herr Gugganig ist unter starkem Alkoholeinfluss erfroren.«
»Glauben Sie, dass ich ihn absichtlich unter den Tisch getrunken habe? So strapazierfähig ist meine Leber nicht.«
»Der Rechtsmediziner hat ein paar Einwände. Er meint, ein routinierter Trinker würde nicht so einfach umfallen. Ein plötzlicher Kreislaufkollaps kommt zwar infrage, aber der Doc hat den Verdacht, dass da noch andere Substanzen im Spiel gewesen sein könnten. Er tippt auf Gamma-Hydroxy-Buttersäure. Volkstümlich: K.-o.-Tropfen. Die Substanz baut sich im Körper rasch ab, deshalb braucht er noch etwas Zeit, um es mit Sicherheit nachweisen oder ausschließen zu können. Es ist einfach, an K.-o.-Tropfen heranzukommen. Man kann sie als Felgenreiniger kaufen. Vergewaltiger benutzen sie, um ihre Opfer willenlos zu machen.«
»Und es gibt sie in jeder Autowerkstatt«, ergänzte ich, ohne zu überlegen.
»Sehen Sie, genau das macht uns stutzig«, fuhr der Polizist fort. »Als wir Herrn Gugganig fanden, war da auch eine ganze Reihe leerer Bierflaschen. Sie steckten in dem Eisblock im Innenhof. Haben Sie die alle gemeinsam mit Herrn Gugganig ausgesoffen?«
»Ich habe nur ein einziges Bier mit ihm getrunken.«

»Wir versuchten, an die leeren Flaschen zu kommen, um die Reste in ihnen zu analysieren. Leider hat das Reinigungspersonal sie inzwischen entsorgt. Wir hatten anfangs keinen Grund anzunehmen, dass sein Unfall fremdinduziert war. Das hat sich jetzt geändert.«

»Bin ich verdächtig?«

»Wir würden es schätzen, wenn Sie sich in den nächsten Tagen zu unserer Verfügung halten. Sie dürfen gehen, wohin Sie wollen, aber wenn Sie einen Ortswechsel planen, teilen Sie es uns bitte rechtzeitig mit.«

Die beiden Polizisten standen auf. Sie reichten mir die Hand – die meinige war kalt und feucht – und verabschiedeten sich distanziert-freundlich. Frau Belkoff kam herein, um das Frühstücksgeschirr abzuräumen. Ich sah in ihrem Gesicht, dass sie jedes Wort mitgehört hatte. Sie hielt die Augen gesenkt, trotzdem bemerkte ich das feuchte Schimmern.

»Herr Dimiter, es tut mir so leid!«

»Mir auch, Frau Belkoff.«

Ich hatte mit Ulli vereinbart, dass wir einander am frühen Nachmittag am Hauptplatz treffen würden. Ich hatte noch Zeit und nahm einen Umweg über den Friedhof. Ich strich den Schnee von den Grabsteinen, fand den Namen »Rosza«, aber es war ein Druckereibesitzer, der vor einem halben Jahrhundert gestorben war. Auf einem Grabstein war die naive Skizze einer Lokomotive gemeißelt. Ein anderer trug den Namen »Rudolf Belkoff« eingemeißelt. Als Sterbedatum war 1978 angegeben. Das Jahr meiner Geburt. An der Friedhofsmauer war ein Buddhist beerdigt. Der Grabstein glich einem bunten Mandala mit stilisierten Buddha-Abbildungen, davor standen zwei kleine steinerne Engel. Krähen hüpften durch den Schnee und untersuchten die Gestecke auf den Gräbern nach übrig gebliebenen Beeren. Sie beäugten mich kritisch, und ich warf ihnen Brösel zu, die ich in den Tiefen meiner Jackentasche fand und die von einer übrig gebliebenen Frühstückssemmel stammten. In der Aufbewahrungshalle, ein kleiner ovaler Bau in der Mitte des Friedhofs, stand ein geschlossener Sarg.

Die Friedhofskirche war offen. Über dem Wasser im Weihwasserbecken lag eine dünne Eisschicht, die sich mit dem Finger leicht durchbrechen ließ. Ich betrachtete den Tropfen an der Spitze meines Zeigefingers. An den Wänden der Kirche berichteten bunte Fresken, naiven Comics gleich, vom Leben und Sterben Jesu. Die Seitenteile der hölzernen Bänke waren mit geschnitzten Kröten und Ungeheuern geschmückt. Ich strich über das glatte Holz, dann setzte ich mich für einige Minuten in die Kirchenbank und lauschte der Stille.

Ulli lehnte an ihrem Kombi, die Hände tief in den Taschen ihres Mantels vergraben. Um den Hals hatte sie einen regenbogenbunten Schal geschlungen, aus dem ihre ovale Brille hervorlugte. Die Hosenbeine steckten in schweren Wanderschuhen.

»Gehen wir wieder rodeln?«, fragte ich.

»Wir fahren zu Gregor. Er war gestern so hysterisch, und ich fürchte, dass er eine Dummheit macht. Vielleicht können wir ihn davon überzeugen, dass wir auf seiner Seite stehen. Übrigens hatte ich heute Besuch von der Kriminalpolizei.«

»Du auch?«

»Zwei Polizisten kamen in die Schule und wollten mich unbedingt sofort sprechen. Sie haben mir erzählt, wie Elias getötet wurde. Sie wollten außerdem wissen, ob ich gestern Nachmittag mit dir und Moritz zusammen war.«

»Ich bin offenbar ihr Lieblingsverdächtiger. Als sie heute früh bei mir waren, haben sie angedeutet, dass ich Egon vergewaltigt und mit Elias riskante Sexualpraktiken ausprobiert haben könnte.«

»Das ist doch abwegig!«

»Hoffentlich sieht Gregor das auch so.«

Wir verließen Murau, fuhren an den Einkaufszentren am Stadtrand vorbei und eine schmale Straße entlang, auf der es bald bergauf und durch einen verschneiten Wald ging. Ulli lenkte ihren Kombi wie eine Rallye-Weltmeisterin über Steilstellen und Glatteis. Ich hielt mich am Sitz fest, um nicht gegen die Beifahrertür geschleudert zu werden. Mit einer mehr oder weniger eleganten Drift bog Ulli in eine Einfahrt, und wir standen vor einem großen alten Gebäude, beinahe schon einem kleinen Schloss. Ich schälte meinen durchgerüttelten Körper aus dem Auto und hatte das unangenehme Gefühl von Verlassenheit. Das Haus lag still und verschlossen. Die Gewölbe der Nebengebäude, die den Hof auf zwei anderen Seiten umrandeten, standen leer. Bis zum Waldrand erstreckte sich eine unberührte Schneedecke. Der Stall lag in der anderen Richtung, ein flaches, schmuckloses Holzgebäude. Hier gab es keinen Stallgeruch, kein Muhen, kein Gackern, kein Krähen. Ulli legte ihre Hand auf meine Schulter. Eine Weile standen wir nur nebeneinander und betrachteten eine Schar Vögel, die aus den Bäumen hochflog.

»Hier war auch schon einmal mehr los. Komm, wir läuten an.«

Wir fanden keine Klingel und hämmerten an die massive Holztür, ohne mehr als ein dünnes Klopfen zu erzeugen. Wir probierten die Klinke. Es war abgeschlossen.

»Schauen wir also zum Stall. Irgendwer muss sich ja um die Pferde kümmern«, argumentierte Ulli.

»Hast du angerufen, um uns anzukündigen?«

»Gregors Handy war abgeschaltet. Der Hof hat zwar eine Festnetz-Nummer, aber da ging niemand dran.«

Je näher wir dem Stall kamen, umso intensiver nahmen wir den Ammoniakgeruch wahr. Die Koppel lag hinter dem Stall und erstreckte sich bis zu einem kleinen Wäldchen, das einen Bachlauf säumte. Die Pferde wendeten träge den Kopf, kamen ein paar Schritt auf uns zu oder ignorierten uns völlig, je nach Temperament. Ulli streckte den Arm über den Zaun und streichelte einem neugierigen Braunen die Nüstern.

»Ja, wo ist denn dein Chef, du Schöner?«, gurrte sie.

Das Pferd entzog ihr den Kopf und tänzelte ein paar Schritte zurück. Hinter uns knirschten Schritte im Schnee. Durch die Jacke hindurch spürte ich, wie sich etwas Unangenehmes, Kaltes und Spitzes in meinen Rücken bohrte.

»Langsam umdrehen. Und dann sagt mir, was ihr hier zu suchen habt.«

Instinktiv hatte ich die Hände gehoben. Beim Umdrehen machte es einen hässlichen Ratsch, und ich hatte einen langen Riss in meiner neuen Jacke. Ich blickte auf die angerosteten Zinken einer Heugabel. Knorrige, knochige Finger umklammerten den Stiel. Die dazugehörenden Arme steckten in einem olivgrünen Anorak, der um einen schmalen Körper schlotterte. Der Reißverschluss war nicht geschlossen, und aus dem Kragen ragte ein sehniger Hals. Erst auf den zweiten Blick erkannte ich, dass die tiefe dunkle Stimme und die Hände, die das spitze Werkzeug hielten, einer Frau gehörten. Beinahe so groß wie ich, etwa doppelt so alt und halb so schwer. Eine feine Halskette mit drei goldenen Anhängern war ihr einziger Schmuck. Ich erkannte einen Pferdekopf, ein Kreuz und ein Tier, das ein Hirsch sein könnte oder auch ein Steinbock.

»Wir sind wegen Gregor hier«, sagte Ulli.

»Das kann ich mir denken.«

»Wo ist er?«

»Ich weiß, wer ihr seid.« Die Frau hielt weiterhin ihre improvisierte Waffe auf mich gerichtet. »Du bist der Reporter, der sich seit ein paar Tagen hier herumtreibt. Und du …«, sie machte eine rasche Bewegung mit der Heugabel auf Ulli zu, »du bist diese verrückte Lehrerin, die so neugierig ihre Nase in alles hineinsteckt.«

»Frau Wiest, wir müssen mit Ihrem Sohn reden.«

»Ich weiß nicht, wo er ist. Auch wenn ich es wüsste, würde ich es euch nicht sagen.« Gregors Mutter presste die Lippen aufeinander und verzog die Augen zu zwei engen Schlitzen. »Abgehauen ist er. Gestern Abend ist er nach Hause gekommen und war völlig aus dem Häuschen. ›Ich bin der Nächste‹, hatte er gesagt, immer und immer wieder: ›Ich bin der Nächste, Mama.‹ Dann hat er ein paar Sachen ins Auto geworfen und ist davongefahren. ›Niemand darf mich finden!‹, hat er mir noch zugerufen. Wird schon gewusst haben, was er tut. Heute früh hat die Polizei nach ihm gefragt, und jetzt kommt ihr beiden daher. Warum interessiert sich plötzlich jeder für meinen Sohn?«

»Wissen Sie nicht, was gestern passiert ist?«, fragte Ulli.

»Im Gegensatz zu anderen Leuten kümmere ich mich um meinen eigenen Kram.«

»Elias Hafner wurde ermordet.«

»Was hat das mit meinem Gregor zu tun?«

»Elias war Gregors Freund. Sie waren beide Mitglied bei den ›Young Rural Professionals‹.«

»Und jetzt glaubt ihr, Gregor hat ihn umgebracht?«

»Nein. Aber Gregor könnte der Nächste sein, der getötet wird. Dieser Kalender …«

Gregors Mutter spuckte aus. »Kindereien. Ich war von Anfang an gegen diesen Kalender.«

»Wir halten es für möglich, dass jemand versucht, die ›Young Rural Professionals‹ umzubringen. Einen nach dem anderen. In der Reihe, in der sie im Kalender auftreten. Zuerst Florian Thal …«

»Der hat sich im Suff eine Glasscherbe in den Hals gerammt.«

»Danach Franz Brandter.«

»Hat sich aufs dünne Eis gewagt. Übermut tut selten gut.«

»Und Egon Gugganig.«

»Hat sich im Rausch in den Schnee schlafen gelegt. Geschieht ihm recht.«

»Gestern wurde Elias Hafner von hinten mit einer Druckluftpistole aufgeblasen. Es hat ihn innerlich zerfetzt.«

Frau Wiest senkte die Heugabel ein paar Zentimeter.

»Sehen Sie den Zusammenhang?«, sagte ich. »Da rennt ein irrer Killer herum. Gregor ist der Nächste auf seiner Liste.«

Die Heugabel hob sich wieder auf die Höhe meiner Brust.

»Wir wollen ihm helfen«, beteuerte Ulli.

Frau Wiest lachte. »Gregor lässt sich von niemandem helfen. So war er schon immer.«

Ich versuchte, die Heugabel zur Seite zu schieben. Frau Wiest machte eine hastige Ausweichbewegung und verhedderte die Zinken im Ärmel meiner Jacke. Sie zerrte am Stiel, und abermals gab es einen hässlichen Ratsch. Besorgt blickte ich auf das Innenfutter der Jacke, welches aus dem Riss quoll.

»Das kann man wieder nähen«, sagte Frau Wiest.

»Ich kann nicht nähen.«

»Dann Ihre Freundin hier …« Frau Wiest zeigte auf Ulli. Die wehrte inzwischen die aufdringlichen Annäherungsversuche des Braunen ab, der von hinten über den Zaun hinweg ihre Jacke beroch. Ulli holte ein Stück Zucker aus der Tasche. »Darf ich es ihm geben?«, fragte sie. Das Pferd schnaubte und nahm den Zucker aus ihrer Hand, noch bevor sie ihn auswickeln konnte.

Frau Wiest nickte. »Also gut«, meinte sie und rammte die Heugabel mit einem gewaltigen Ruck in den hart gefrorenen Boden. »Kommen Sie mit ins Haus, ich flicke Ihre Jacke.«

Wir gingen durch den großen Vorraum in die Küche. Eine Art geschwungene Skulptur aus Lehm und bunten Kacheln wärmte den ganzen Raum. Es war eine Kombination aus Ofen und Herd, und es roch ganz leicht nach Holzfeuer. Wir setzten uns an den hellen Tisch, über dem ein fein geschnitzter Lampenschirm aus kompliziert verwobenem Wurzelholz hing.

»Gemütlich haben Sie es hier!«, rief Ulli.

»Den Kachelofen hat Gregor aufstellen lassen. War eine gute Idee von ihm. Braucht weniger Holz als der alte Herd und wärmer ist's auch.«

»Und der Lampenschirm?«

»Hat damals mein Mann gemacht. Noch bevor er zum Saufen begonnen und uns verlassen hat.« Frau Wiest machte eine wegwerfende Handbewegung, die wohl andeuten sollte, dass wir das Thema nicht weiter aufgreifen sollten. »Setzen Sie sich, ich hole mein Nähzeug.«

Frau Wiest verschwand im Nachbarzimmer und kam mit einem altmodischen, in drei Stufen aufklappbaren Nähkästchen zurück. Sei nahm meine Jacke, hielt sie gegen das Licht und suchte einen Zwirn, dessen Farbe am besten mit derjenigen der Jacke übereinstimmte.

»Haben Sie hier auch Gästezimmer?«, fragte Ulli.

»Die sind im Westflügel.« Frau Wiest sagte tatsächlich »Westflügel«, und es klang nicht einmal ironisch. »Die Gäste sind Gregors Angelegenheit. Ich habe dem Ganzen nur unter der Voraussetzung zugestimmt, dass ich so wenig wie möglich damit zu tun habe.«

»Aber Pferde hatten Sie schon immer. Ich kann mich erinnern, dass wir Mädchen damals hierhergewandert sind, nur, um die Pferde zu sehen.«

»Früher hatten wir eine richtige Landwirtschaft mit

Schweinemast. Die Investitionen lohnen sich nicht mehr. Hygieneverordnungen, Tierschutz – die da oben brummen dir eine Auflage nach der anderen rein. Schuld daran ist nur die EU.«

»Reiten Sie selber?«

»Selbstverständlich. Was glauben Sie, woher Gregor sein Pferdetalent hat? Zum Glück hat er nicht auch mein wirtschaftliches Talent geerbt, sonst wären wir längst pleite. Er kann wesentlich besser mit Geld umgehen als ich.«

»Wie alt ist Gregor?«

»Er ist im Oktober zweiunddreißig geworden.«

»Das richtige Alter zum Heiraten.« Ich sah Ulli amüsiert und verwundert an. Das war so gar nicht ihr Stil. Aber wenn sie damit eine gewisse Absicht verfolgte, so schien ihr Plan aufzugehen. Frau Wiest prüfte die Naht, die sie soeben fertig gestellt hatte, schien zufrieden und nahm sich des zweiten Risses an.

»Soll er sich ruhig ein bisschen umsehen, bevor er sich festlegt«, sagte sie. »Er hat ja schon einige Frauen angeschleppt – eine unmöglicher als die andere. Aber da habe ich auch noch ein Wörtchen mitzureden! Und richtig reiten konnte keine von ihnen.«

»Hat er zurzeit eine Freundin?«

»Erzählt hat er mir davon nichts. Aber das tut er nicht immer. Ich verlange es auch nicht. ›Lass mich mit deinen Weibergeschichten in Ruhe‹, sage ich immer zu ihm, ›ich will davon nichts wissen. Wenn es was Ernstes ist, kannst du sie mir vorstellen, sonst möchte ich damit nicht behelligt werden.‹ Daran hat er sich gehalten. Was die Leute tratschen, ist mir wurscht.«

»Wird denn so viel über Sie getratscht?«

»Die Leute zerreißen sich das Maul über alles. Von dem Streit wegen der Weitwander-Langlaufloipe werden Sie wohl gehört haben? Die sollte direkt über unseren Grund führen. Und was haben wir davon? Da rennen dann die Touristen direkt vor unserem Fenster vorbei, schmeißen ihre Jausenpapiere weg und pinkeln in den Schnee. Nein danke! Der Gemeinderat ist stinksauer, weil er die Route anders legen musste, und deswegen sind wir jetzt über Kreuz mit ihm.«

»War das auch der Grund, warum Gregor den ›Young Rural Professionals‹ beigetreten ist?«, fragte ich.

»Das auch. Gregor wollte nicht mehr am Gängelband der Gemeindepolitik hängen. Er glaubt, dass er mit den ›Young Rural Professionals‹ seine Interessen besser durchsetzen kann.«

»Sie sind davon wohl nicht überzeugt.«

»Schauen Sie sich an, wer von den ›Young Rural Professionals‹ profitiert!«, schnaubte Frau Wiest. »Das ist in erster Linie das Gugganig-Hotel. An zweiter Stelle kommt noch einmal das Gugganig-Hotel und an dritter Stelle auch. Die anderen bekommen allenfalls die Brösel ab.«

»Man kann Egon Gugganig schwer vorwerfen, dass er seinen Vorteil gesucht hat.«

»Er hat die anderen ausgenutzt, und das sehr gezielt. Gregor glaubt, dass Egon sein Freund war, aber das stimmt nicht. Was hat Gregor von dem Verein gehabt? Bis jetzt haben wir keinen einzigen zahlenden Kunden mehr als vorher.«

»Und die anderen?«

»Ingo, Cemil und Bertl waren beim Hotelumbau beteiligt, die haben wenigstens ihren Schnitt gemacht. Roman vielleicht auch, weil der die ganze Organisation macht. Aber die Restlichen? Sind mit Hoffnungen auf ein besseres Morgen abgespeist worden. Meiner Meinung nach braucht es diesen ganzen Zinnober nicht. So, Ihre Jacke ist jetzt fertig.«

Frau Wiest warf mir die Jacke zu. Aus einiger Entfernung waren die Nähte kaum zu sehen.

*

»Auf der Rückbank muss irgendwo noch ein Kalender liegen.« Ulli steuerte ihren Kombi ins Tal und deutete auf das Chaos auf der Rücksitzbank.

»Hast du vergessen, welcher Tag heute ist?«, fragte ich. »Es ist Montag.«

»Ich meine einen von diesen Nackedei-Kalendern. Such ihn bitte hervor. Ich möchte mir die ›Rural Professionals‹ noch einmal vornehmen. Ich habe da so eine Idee.«

Unter einem Berg Decken, Taschen, Broschüren und undefinierbaren Textilien fand ich den Kalender. Original eingeschweißt in Plastikfolie.

»Den hat mir ein Maturajahrgang geschenkt«, erklärte Ulli. »Eine nett gemeinte Provokation. Leider ist auf meiner Küchenwand kein Platz mehr frei, und im Klo möchte ich ihn auch nicht aufhängen. Oder willst du, dass dir nackte Männer zuschauen, während du gerade pinkelst?«

Ich riss mit den Zähnen die Folie herunter und blätterte durch den Kalender. »Was genau interessiert dich?«, fragte ich. »Nach was soll ich suchen?«

»Weiß noch nicht.« Ulli trat auf die Bremse und brachte den Wagen abrupt zum Stehen. »Ich muss den Kalender selber durchblättern«, sagte sie. »Fahr du inzwischen weiter. Du kannst doch Auto fahren?«

»Schon. Aber ich bin mir nicht sicher, ob ich dieses Schlachtschiff den Berg hinunter bekomme.«

»Ganz links ist die Kupplung, rechts das Gas, das Pedal in der Mitte ist zum Bremsen. Und wenn du das große Rad hier oben drehst, kannst du sogar die Richtung ändern.«

Ich kletterte auf den Fahrersitz und ließ das Auto vorsichtig anrollen. Eine Probebremsung auf der Schneefahrbahn ließ den Wagen bedenklich schlittern. Ulli kümmerte das nicht. Sie hatte die Knie angezogen und holte einen kleinen Block und einen Kugelschreiber aus dem Handschuhfach. Mit den Zähnen zog sie die Kappe des Stifts ab und begann, Diagramme zu zeichnen, während sie im Kalender vor- und zurückblätterte.

»Wohin fahren wir?«, wollte ich wissen.

»Zu mir nach Hause. Es schält sich langsam heraus, dass die ›Young Rural Professionals‹ einander doch nicht so grün sind, wie sie immer betonen. Das sollten wir einmal in Ruhe analysieren.«

*

Auf dem Küchentisch lag ein großer Bogen Papier. Ulli hatte ihn in einer Ecke mit einer angebrochenen Packung Vollkornkekse, in der gegenüberliegenden mit einem schrecklich schiefen, offenbar selbst gestalteten Kerzenhalter aus Ton beschwert. Die Teekanne und unsere beiden Tassen standen auf einem hölzernen Hocker. Ulli beugte sich über das Papier und schrieb die Vornamen der zwölf »Rural Professionals« auf. Sie ordnete die Namen wie die Ziffern auf einem Ziffernblatt an, dann nahm sie Farbstifte und verband die Namen mit roten und grünen Linien.

»Beginnen wir mit Florian«, sagte sie. »Wir wissen, dass er ein Freund von Egon war. Angeblich war er auch Moritz' Freund, aber die beiden waren auch Konkurrenten. Moritz ist Skifahrer, Florian war Snowboarder.« Ulli zog sowohl eine grüne als auch eine rote Linie zwischen die beiden Namen.

»Das ist aber kein Grund, ihnen gleich Feindschaft zu unterstellen.«

»Stimmt, das ist mehr so ein freundschaftliches Konkurrenzdenken, so wie zwischen Steirern und Kärntnern.« Ulli strichelte die rote Linie wieder aus. »Zweitens: Franz. Hier wird es kompliziert. Freunde hatte er eigentlich keine. Aber es gibt ein paar Typen, die ihm nicht gut gesonnen sind.« Ulli zog zwei rote Linien zu Bernd und zu Günther.

»Warum Günther?«, fragte ich.

»Weil er etwas mit seiner Frau hatte und offensichtlich immer noch spitz auf sie ist. Ihren Namen müssen wir dazuschreiben.« Ulli kritzelte »Erika« ins Innere des Kreises und zog einen dicken roten Strich zu Franz. »Erika hat ein starkes Motiv, Franz umzubringen, nämlich Ilse Subinski.« Auch der Name der Fotografin kam ins Innere des Kreises.

»Nun zu Egon.«

»Grüne Striche zu Bertl, Ingo, Cemil und Roman«, sagte ich.

»Und ein roter Strich zu Gregor. Erinnere dich, was seine Mutter über Egon gesagt hat.« Ulli schrieb auch noch »Frau Wiest, Gregors Mutter« auf das Blatt.

»Jetzt Elias.«

Einige Sekunden lang saßen wir beide vor dem Papier, schwiegen und dachten nach.

»Offenbar hat ihn jeder gemocht«, sagte ich.

»In seiner Werkstatt gibt's Felgenreiniger. Den kann zwar jeder besorgen, aber wir sollten es im Kopf behalten.«

Ulli schrieb »K.-o.-Tropfen« unter seinen Namen und zog eine dünne schwarze Linie zu Egon. Dann fügte sie bei Bertl das Wort »Pistole« dazu und verband es mit Florians Namen. Das Diagramm wurde langsam unübersichtlich.

»Jede Menge rote Striche«, murrte ich. »System kann ich dahinter keines erkennen. Außer, dass die meisten Verbindungen bei Egon zusammenlaufen. Glaubst du wirklich, dass du auf diese Art herausfinden kannst, wer Elias ermordet hat?«, zweifelte ich.

»Das nicht. Aber wir bekommen einen Überblick darüber, wer mit wem vertraut ist und wer wissen könnte, wo Gregor steckt.«

»Gregor traut niemandem mehr.«

»Ich fürchte, dass er dem Falschen vertraut. Erinnere dich an Elias: Der hat jemanden in seine Werkstatt gelassen, den er definitiv besser draußen gelassen hätte. Nicht genug damit, er hat ihm fatalerweise auch noch den Rücken zugedreht.«

Mein Handy läutete. Ich meldete mich. Am anderen Ende war eine heisere Männerstimme.

»Sind Sie derjenige, der die Leiche im Fischteich gefunden hat?«

»Das ist richtig. Wer sind Sie?«

»Und der dabei war, als Egon Gugganig in der Sauna erfroren ist?«

»Hören, Sie, das ist ein Irrtum. Ich war nicht dabei. Außerdem war es nicht in der Sauna, sondern …«

Der andere ließ mich nicht ausreden: »Jetzt ist wieder jemand gestorben, nicht wahr? Der Automechaniker.«

»Wollen Sie mir nicht endlich sagen, was Sie von mir wollen?«

»Ich möchte Ihnen etwas erzählen. Könnte interessant sein.«

»Legen Sie los.«

»So einfach ist das nicht. Ich möchte mit Ihnen persönlich sprechen.«

»Wie wäre es in einer halben Stunde im Café Miklasch.«

»Anderer Vorschlag: 20 Uhr in der Autobahnraststation Zeltweg. Kommen Sie allein.«

»Wie weit ist das weg? Ich habe kein Auto …«

Ulli hatte mitgehört. Nun nahm sie mir das Handy aus der Hand.

»Hören Sie, wer immer Sie sind. Ich bin eine Kollegin von Herrn Damianovic, ich habe ein Auto, und wir beide werden um 20 Uhr beim Treffpunkt sein.«

»Wer sind Sie?«, fragte die Stimme.

»Ulrike Jordan. Ich arbeite mit Herrn Damianovic zusammen.«

»Sind Sie auch Reporterin?«

»Lehrerin. Aber ich bin harmlos.«

Stille. Ich dachte schon, der andere hätte aufgelegt, da meldete er sich wieder.

»Auch schon egal«, sagte die Stimme. »Gehen Sie auf der Raststätte ins Rosental-Restaurant. Bestellen Sie dort zwei

Portionen Waffeln mit Erdbeeren. Ich werde Sie ansprechen.«

»20 Uhr. Das schaffen wir, wenn wir gleich aufbrechen«, sagte Ulli.

»Vielleicht ist es eine Falle.«

»Ach was, da will uns bloß irgendein Verrückter eine Verschwörungstheorie andrehen. Autobahnraststätten sind ideal für anonyme Treffen. Schnell hin, schnell wieder weg und das Personal kann sich unmöglich an all die Gesichter erinnern, die im Laufe eines Tages hereinschneien. Fahren wir.«

Es dauerte knapp über eine Stunde, bis wir auf den Parkplatz der Raststation bogen. Es standen nur wenige Autos dort, und Ulli parkte den Wagen nahe dem Eingang. »Für den Fall, dass wir rasch flüchten müssen«, zwinkerte sie mir zu. Im Restaurant setzten wir uns mit dem Rücken zur Wand und konnten so den größten Teil des Raums und den Eingang überblicken. »Noch jede Menge Zeit«, raunte Ulli. Beobachten wir einmal, wer sich hier alles herumtreibt. Die Waffeln holen wir uns erst kurz vor acht.«

Wir warteten. In Ullis Tasche zwitscherte das Handy. Sie kramte hektisch herum, um den empörten Vogel in die Hände zu bekommen, doch der Anrufer hatte bereits aufgelegt.

»Das war nur Richard«, murmelte sie, nachdem sie abschätzig auf das Display geblickt hatte.

»Willst du ihn nicht zurückrufen?«

»Jetzt ist nicht gerade die ideale Zeit für eine Aussprache. Wir sollten lieber unsere Waffeln holen. Es ist fünf Minuten vor acht.«

Hinter der Selbstbedienungstheke goss der Koch mit routiniertem Schwung flüssigen Teig in die Formen. Es zischte und dampfte und roch nach Zimt. Die Erdbeeren waren vorgeschnitten, aus einer großen Spritze sprühte er einen enormen Gupf Schlagobers hinzu.

Wir saßen vor unseren Waffeln, ohne sie anzurühren. Nur Ulli strich hin und wieder vorsichtig mit der Löffelkante über die Schlagobers und leckte ab, was hängen geblieben war. Zwanzig Minuten später hatte uns immer noch niemand angesprochen. Die Servierdame ausgenommen, die fragte, ob wir fertig gegessen hätten und sie abservieren könnte. Wir ließen eine weitere Viertelstunde verstreichen.

»Nicht nur, dass man uns versetzt hat, jetzt ist das Zeug auch noch völlig letschert und ungenießbar geworden«, murrte Ulli und schob den Teller von sich.

»Vielleicht hätten wir doch nicht zu zweit kommen sollen.«

Ulli schob sich rasch ein paar Erdbeeren in den Mund, während ich mein Handy kontrollierte.

»Nichts«, sagte ich. »Keine Anrufe, keine Mitteilung. Und die Nummer war natürlich unterdrückt.«

Wir gingen zum Auto.

»Frau Jordan, Herr Damianovic?«, flüsterte eine Stimme.

Ulli sah sich um. »Wo sind Sie?«, fragte sie.

»Hier drüben.« Ein Schatten löste sich aus dem Dunkel der umstehenden Bäume. »Ich steige hinten ein. Ich sage Ihnen, wo wir hinfahren.«

Der Kerl war größer als ich, hager und ging leicht vornübergebeugt. Er hatte kurz geschorenes Haar und trug eine dünne Jeansjacke, in deren Taschen er seine Hände geschoben hatte. Er wirkte gebrechlich, war aber nicht alt. Ulli sah mich an und zuckte mit den Schultern, dann fuhr sie los.

Der Mann verweigerte sich jedem Gespräch. Er kaute auf einem Kaugummi und gab wortkarge Anweisungen: »Links abbiegen, die nächste Seitenstraße rechts. Jetzt diesen Feldweg geradeaus. Hier können Sie stehen bleiben.«

Wir waren am Fuß einer alten Schlackenhalde. Kahles Gestrüpp und verdorrte Stauden stachen aus dem Schnee. In der Ferne dämmerte das schmutzig gelbe Licht des nächsten Ortes.

Ulli stellte den Motor ab.

»Ich komme oft mit meinen Kunden her«, sagte der Mann. »Wenn ich es Ihnen nicht schon im Klo der Raststätte besorge. Aber da darf ich mich nicht zu oft blicken lassen.«

»Wer sind Sie?«, fragte ich.

»Markus. Ich war ein Freund von Egon und Elias. Und auch von Florian. Jetzt lebe ich von der Sozialhilfe und vom dem, was ich auf Parkplätzen und öffentlichen Klos verdienen kann. Auf dem Arbeitsamt gelte ich als nicht vermittelbar. Wegen meiner psychischen Probleme. Ich habe diese Anfälle, und dann kann ich tagelang nicht aus dem Haus gehen oder mit irgendjemandem sprechen. Aber lassen Sie mich alles von Anfang an erzählen.

Ich wurde streng erzogen. Meine Eltern gingen jeden Sonntag in die Kirche, und es war selbstverständlich, dass wir Kinder mitkamen. Vor jeder Mahlzeit wurde der Rosenkranz gebetet, und am Samstag kam Pater Benno zum Mittagessen. Pater Benno war ein Kapuzinermönch, der damals in Murau wohnte.«

»Ich kannte ihn«, unterbrach Ulli ihn. »Zumindest vom Sehen. Wallender Bart, braune Kutte.«

»Dann wissen Sie auch, dass er nichts von übertriebener Hygiene hielt und entsprechend roch. Aber das war noch nicht alles. Pater Benno schimpfte beim Essen über alles und jeden. Über die Verkommenheit der Menschen, über die Faulheit der Jugend, gottlose Pädagogik und zu weiche Erziehungsmethoden. Wenn ich oder meine Schwester etwas zu sagen wagten, schnaubte Pater Benno bedeutungsvoll und warf uns einen Blick zu, der nichts anderes zu bedeuten schien als: Euch ist die Hölle sicher. Als ich in die Pubertät kam, fand ich heraus, dass meine Eltern keine Macht über mich hatten. Sie konnten mir zwar Dinge befehlen, aber sie konnten mich nicht dazu zwingen, sie auch zu tun. Ich wurde rebellisch. Und wild. Ich fand Gefallen am Rausch und an allem, was verboten war. Ich knabberte Fliegenpilze und mischte Stechapfelblüten unter Zigarettentabak. Ich versuchte, mich während des Unterrichts selbst zu hypnotisieren, indem ich stundenlang auf einen Punkt auf der Tafel starrte, bis alle glaubten, ich hätte einen epileptischen Anfall. Ich galt zwar als Außenseiter, aber die anderen hatten Respekt vor mir. Es war eine Art scheuer Respekt, vielleicht hatten sie auch Angst. Egon gefiel das. Er wollte mich in seiner Bande haben. Als Maskottchen, als eine Art Irrer vom Dienst, wobei er sicher sein konnte, dass ich seinen Status als Alpha-Tier nicht gefährden würde. Um meine Aufnahme in der Bande zu feiern, inszenierten wir eine Teufelsanbetung. Wir trafen uns in einer Vollmondnacht und fuhren mit unseren Fahrrädern zum alten Galgen, der in einem Waldstück steht, ganz in der Nähe der Bundesstraße nach Ranten.

Eigentlich stehen da nur drei gemauerte Säulen, die durch eine brusthohe Mauer miteinander verbunden sind. Die Mauer bildete einen Kreis von etwa sieben Metern Durchmesser. Ein unheimlicher Ort und für unser Vorhaben ideal. Autos kamen um diese Zeit kaum vorbei, und die Gefahr, entdeckt zu werden, war gering. Elias hatte einen Hamster mit. Vielleicht war es auch ein Meerschweinchen, ich weiß es nicht mehr. Ein harmloses Tier, das verängstigt in seinem Käfig zitterte.«

»Habt ihr es getötet?«, fragte Ulli empört.

»Nein, so weit kam es nicht. Wir wollten es anbeten. Verstehen Sie? Ein Tier anbeten, als wäre es Satan. Elias hatte auf den Hamster mit schwarzem Filzstift die Nummer 666 geschrieben. Ihr wisst schon: Iron Maiden und so. Jemand hatte Hostien mitgebracht, die in Wirklichkeit Backoblaten waren. Ich hatte ein scharfes Küchenmesser bei mir. Wir legten ein schwarzes Tuch auf und zündeten die Kerzen an. Ich merkte, dass die anderen die Sache nicht richtig ernst nahmen. Sie blödelten herum und kicherten. Als Egon gar eine Flasche Himbeersaft hervorzog, wurde ich zornig. Himbeersaft! Er wollte tatsächlich Himbeersaft anstelle von Blut nehmen. Ich wollte den anderen zeigen, was echte Härte ist. Ich wollte den Gestank des Teufels riechen und keine infantilen Späße veranstalten. Ich nahm das Messer, holte tief Luft, stieß einen tiefen, lauten Schrei aus, und dann trennte ich mit einem einzigen Schnitt das oberste Glied des kleinen Fingers an meiner linken Hand ab. Es blutete wie wahnsinnig. Ich spürte im ersten Moment gar nicht viel. Ich musste sogar lachen, als ich einen Teil von mir, getrennt von meinem Körper, auf dem Stein liegen sah. Ich nahm das blutige Stückchen und steckte es durch die Käfigstäbe, um den Hamster zu füttern. Der wollte nicht, kroch nur noch verängstigter in seine Ecke. Die anderen schissen sich beinahe an, als sie das viele Blut sahen. Sie schwangen sich auf ihre Fahrräder und fuhren, als sei wirklich der Teufel hinter ihnen her. Nun spürte ich auch den Schmerz. Die Wunde hätte genäht werden müssen. Aber ich reagierte wieder einmal störrisch. Der Schmerz machte mich nicht schwächer, im Gegenteil. Auf eine perverse Art war ich stolz darauf, mich selbst verstümmeln und den Schmerz ertragen zu können. Es erhob mich über alle anderen. Es war eine Art Freiheit, wie ich sie noch nie gekannt hatte. Wollen Sie meinen Finger sehen?«

Er streckte seine linke Hand nach vorne. Der kleine Finger war weiß, als wäre er abgestorben. Das oberste Glied mit dem Fingernagel fehlte.

»Nachdem ich die Wunde mit einem Stück Tuch und einem Stock abgebunden hatte, beschloss ich abzuhauen. Aber ich war zu schwach. Ich kam bis zum Teich, dort kotzte ich ins Schilf und wusch meinen blutigen Pullover im Wasser. Dann verkroch ich mich und schlief im Wald unter einem Haufen Laub versteckt bis Tagesanbruch. Ich lief weiter, versuchte es mit Autostopp und erbettelte mir etwas zu essen. Mehrere Tage war ich unterwegs, inzwischen war meine Hand angeschwollen wie ein Fußball, und ich konnte sie nicht mehr verbergen. Ich schleppte mich noch in ein Krankenhaus, und die riefen natürlich sofort meine Eltern an.«

»In der Zwischenzeit hatte man Johann Teichl verhaftet«, sagte ich. »Sie waren abgängig, und man warf ihm vor, Sie missbraucht und umgebracht zu haben.«

»Da konnte ich doch nichts dafür. Meine Eltern waren am ihrem Latein am Ende. Sie berieten sich mit Pater Benno. Er war der Meinung, in mir stecke ein Dämon und er, Pater Benno, hätte die Macht, ihn zu vertreiben. Die katholische Kirche schickt nicht so einfach einen Exorzisten ins Haus. Da gibt es einen langwierigen bürokratischen Prozess, und in neunzig Prozent der Fälle empfehlen sie dir einen Psychotherapeuten. Aber nicht jeder Geistliche kümmert sich um die kirchliche Hierarchie. Pater Benno war einer jener Streiter vor dem Herrn, der seine Dämonen beim Namen nannte und mit jedem Teufel per Du war. Er war bereit, einen häuslichen Exorzismus durchzuführen, ohne lange um Erlaubnis zu fragen. So erschien er eines Abends in meinem Zimmer. In der Hand hielt er eine Art abgewetzte Arzttasche. Hinter ihm standen mein Vater und meine Mutter mit einer Decke und einer Rolle breitem Klebeband. Pater Benno setzte sich auf mein Bett und redete mir sanft zu. Er sprach von dem Dämon, der in mir hauste, und dass er ihn herauslocken und zerstampfen werde. Dass es leichter ginge, wenn ich dies ohne Widerstand zuließe. Natürlich blieb ich stur. Ich ließ ihn reden. Dann drehte ich mich einfach weg und sagte: ›Leck mich am Arsch!‹ Pater Benno verstummte. Ruhig kramte er in seiner schäbigen Ledertasche und holte eine violette Stola heraus. Er arrangierte einige silberne Gegenstände, darunter ein kleines Kruzifix, auf dem Tisch. Er küsste die Stola und legte sie auf seine Schultern. Ich sprang auf und wollte aus dem Zimmer laufen. Das war der Moment, in dem mich mein Vater packte, die Decke über mich warf und mich mit Klebeband an den Bettpfosten fesselte. Pater Benno hieb mir mit der flachen Hand ins Gesicht. Er presste ein kleines, silbernes Kruzifix auf meine Brust und begoss mich mit Weihwasser. ›Weichet, ihr dämonischen Mächte der Finsternis‹, rief er. ›Weichet aus diesem Knaben und fahret zurück in die ewige Verdammnis! Fliehet zu dem Ort, den Gott euch zugeteilt hat. Ihr Kreaturen der Nacht, beugt euch dem Willen Gottes. Im Namen des Vaters: hinaus mit euch! Im Namen des Sohnes: Weichet! Im Namen des heiligen Geistes: Verlasset diesen Körper!‹ Ich bekam kaum Luft. War es das Kruzifix, das er mir so schwer auf die Brust drückte? Die Weihwassertropfen, die meine Stirn und Arme trafen, schienen zu brennen wie Spritzer geschmolzenen Bleis. Die Arme des Vaters, die mich niederhielten, waren rau wie die Klauen eines Tieres. In diesem Moment war mir, als ob ein echter Dämon in mich fahren würde. Ich spürte, wie sich in meiner Stirn ein Loch öffnete und sich ein kaltes, glitschiges, schwarzes Tier hindurchzwängte, direkt in mein Hirn. Pater Benno ließ nicht ab. Er wiederholte seine rituellen Formeln immer und immer wieder. Bekreuzigte sich, besudelte mich mit Weihwasser. Erst als meine letzte Kraft versiegt war, meine Gegenwehr gebrochen und ich nur mehr apathisch an die Decke starrte und wünschte, ich würde sterben, ließ Pater Benno ab. ›Er ist weg. Der Dämon ist wieder in der Hölle. Beten wir‹, sagte er. Meine Eltern knieten sich neben das Bett, Pater Benno neben ihnen. Sie beteten das Vaterunser. Dann nahmen sie mir die Fesseln ab. Manchmal glaube ich, da war wirklich ein Dämon in mir. Schlimmer noch: Manchmal spüre ich, dass er mich damals gar nicht verlassen hat. Er haust in meinem Kopf wie ein Parasit und zersetzt mein Hirn langsam von innen her. Ich weiß, dass ich verrückt bin. Ich habe Jahre meines Lebens in der Landesnervenklinik verbracht. Und trotzdem habe ich immer wieder diese Zustände. Ich kann nicht arbeiten. Die Gesellschaft von Menschen halte ich nicht lange aus.«

»Wie geht die Geschichte weiter?«, fragte ich, um ihn abzulenken.

»In der Nacht bekam ich hohes Fieber. Ein Zeichen dafür, dass der Dämon den Körper verlassen hatte, meinte Pater Benno. Ich erholte mich langsam, aber meine Seele war zerbrochen. Ich schmiss die Schule. Meine Eltern verschafften mir einen Ausbildungsplatz in Judenburg. Auch den warf ich nach ein paar Tagen hin, lief wieder einmal davon, suchte die Gesellschaft von Junkies, schlief unter der Brücke. Dann kam ich in so ein AMS-Programm für Jugendliche und bekam einen Platz in einer WG. Das ging eine Weile ganz gut, bis wieder diese Anfälle kamen und ich aus der WG flog. Dann fing alles wieder von vorne an.«

»Konnten Ihnen Ihre Eltern nicht helfen?«

»Ich habe keinen Kontakt zu ihnen. Ich bin nicht einmal zum Begräbnis meiner Mutter gegangen, weil ich es nicht ertragen konnte, meinem Vater unter die Augen zu treten. Ein einziges Mal habe ich ihm einen Brief geschrieben. Ich habe ihm erzählt, dass ich Stricher geworden sei, dass ich davon lebe, alten Männern auf Parkplätzen einen zu blasen. Ich habe den Brief nur geschrieben, um mich an meinem Vater zu rächen.«

Markus hustete. Sein Atem roch nach Urin.

»Warum erzählen Sie uns das alles?«, fragte ich.

»Florian ist tot. Egon ist tot. Elias ist tot. Alle drei haben an der Schwarzen Messe beim Galgen teilgenommen. Ich habe Angst, dass ich der Nächste bin.«

»Gehen Sie doch zur Polizei!«

»Ich rede nicht gerne mit den Bullen. Ihr könnt euch denken, warum. Aber irgendwem muss ich doch das alles erzählen, oder? Sie sind Journalist, und Sie sind nicht aus Murau. Da habe ich mir gedacht, Sie sind der Richtige.«

»Wer hat Ihnen von mir erzählt?«

Markus ging auf meine Frage nicht ein. »Versuchen Sie, den Mörder zu finden!«, rief er. »Wenn es ein Mensch ist. Wenn nicht – dann sind wir eh alle machtlos.« Er steckte sich einen neuen Kaugummi in den Mund.

»Wer war bei dieser nächtlichen Aktion dabei?«, fragte ich.

»Egon Gugganig. Er war der Anführer. Dann noch Florian Thal – er war der Jüngste von uns – und Elias Hafner. Ich kann mich nicht erinnern, ob auch der dicke Bertl dabei war. Gregor Wiest war auch mit von der Partie.«

»Franz Brandter?«

»Franz? Nein, der war einige Jahre älter als wir.«

»Und doch starb er. Die Nacht damals – das war für alle anderen doch nichts weiter als ein Jugendstreich. Glauben Sie wirklich, dass deswegen jemand mordet? Fünfzehn Jahre danach? Das einzige Muster, das wir erkennen können, ist dieser Kalender.«

»Der Nacktkalender.« Markus lachte, dann musste er husten. »Wenn es nach dem geht, ist Gregor der Nächste. Dämonen sind da eigen. Stur und streng nach Vorschrift wie ein Buchhalter. Fahrt mich zurück.«

Ulli wendete den Wagen. Markus sah aus dem Fenster und gab ihr wortkarg Richtungsanweisungen. An einer einsamen Kreuzung ließ er sie anhalten.

»Hier steige ich aus. Ich finde dann schon meinen Weg.«

»Können wir noch irgendetwas für Sie tun?«, fragte ich.

»Ich komme zurecht. Wenn ich demnächst abkratze, dann soll es so sein. Ob ein paar Monate früher oder später, darauf kommt es auch nicht mehr an.« Markus stieg aus und warf die Autotür zu. Er spuckte in den Schnee.

»Eines noch«, rief ich und ließ das Seitenfenster herunter.

»Was gibt es?«

»Wie heißen Sie mit Familiennamen? Und wer ist Ihr Vater?«

»Rosza. Mein Vater ist Armin Rosza.«

Ulli trat aufs Gas. Im Rückspiegel sah ich langsam die hagere Gestalt von Markus in der Dunkelheit verschwinden. »Die Sache wird immer unappetitlicher. Und dieser Pater Benno: Was für ein Schwein«, schimpfte Ulli.

»Hast du Markus' Atem gerochen?«, fragte ich. »Er hat einen Nierenschaden. Vielleicht sogar Aids.«

»Ich werde aus ihm nicht klug. Warum hat er wohl diesen ganzen Zinnober mit dem verschwörerischen Treffen veranstaltet? Um sich wichtigzumachen?«

»Er hat vor irgendetwas eine Heidenangst. Ob er wirklich an diesen Dämon glaubt, der in seinem Hirn bohrt?«

Ulli bog auf die Schnellstraße und drückte das Gaspedal durch. »Wie weit bist du mit deiner Reportage?«, fragte sie.

»Ich habe keine Ahnung, was ich schreiben soll. Die Person Franz Brandter ist wie ein glitschiger Fisch, ich bekomme ihn einfach nicht zu fassen. Die Einzigen, die etwas über ihn wissen, sind seine Eltern und Erika, seine Frau. Keiner von den dreien ist besonders gesprächig.«

»Bertl war sein Freund. Vielleicht bekommst du aus ihm mehr heraus.«

»Der ist nicht gerade gut auf mich zu sprechen. Morgen werde ich mir die restlichen ›Rural Professionals‹ vornehmen. Mit Cemil und Henrik habe ich mich noch nicht unterhalten. Willst du mitkommen?«

»Ich habe morgen den ganzen Tag Unterricht. Und ich muss mich noch vorbereiten. Ich werde dich zu deinem Zimmer fahren und dich bei Frau Belkoff abgeben, die sicher schon ganz ungeduldig ist, dich endlich wieder einmal zu beherbergen.«

»Sehen wir einander morgen nach deinem Unterricht?«

Ulli sah mich mit jenem Lächeln an, das mich bei unserem ersten Treffen so bezaubert hatte.

»Glaubst du, ich lasse dich ohne Abschied zurück nach Wien?«

Wir fuhren an den Einkaufszentren am Stadtrand vorbei. Ulli kurvte viel zu schnell durch den Kreisverkehr, verpasste die Abfahrt und drehte noch eine Runde.

»Übrigens: War jemand von den ›Rural Professionals‹ bei deinem Konzert?«, fragte ich.

»Ich glaube nicht. Warum fragst du?«

»Nur so eine Idee. Ich erinnere mich an ein Katzenbild, das im Rittersaal hängt …«

Hinter dem Fenster von Frau Belkoffs Wohnküche flackerte das blaue Licht des Fernsehers. Ich schloss die Haustür so leise wie möglich hinter mir, dann schlich ich die Stiegen hinauf. Auf halber Höhe drehte ich wieder um und klopfte an die Tür.

»Kommen Sie rein, Herr Dimiter. Ich habe Frau Jordans Auto gehört.«

Frau Belkoff saß in einem dunkelroten Morgenmantel auf dem Sofa. Auf ihrem Schoß hatte sich eine Katze zusammengerollt.

»Würden Sie bitte den Fernseher abstellen? Ich möchte Rigoletto nicht aufwecken.«

»Wo haben Sie denn die Fernbedienung?«

»Am Apparat ist ein Knopf zum Ausschalten. Und wenn Sie schon dabei sind, ziehen Sie auch gleich den Stecker. Man kann nie wissen. Sie haben heute etwas über den Mord gebracht. Nur ein kurzer Beitrag, und die Vorgeschichte haben sie nicht einmal erwähnt.«

Mit einem Knopfdruck schnitt ich dem Nachrichtensprecher auf dem Bildschirm das Wort ab. »Ich möchte Sie etwas fragen«, sagte ich.

»Nur zu. Wollen Sie einen Kräutertee? Sie müssen ihn allerdings selber machen.«

»Über Armin Rosza.«

»In dem Fall ist Whisky angebrachter. Holen Sie die Flasche aus der Kredenz.«

Ich goss zwei angemessen große Portionen Glenfiddich in Wassergläser. Eines davon gab ich Frau Belkoff. Sie lehnte sich zurück, nahm einen Schluck und zündete sich eine Zigarette an. Sie blies den Rauch gegen den Plafond und hielt die Zigarette hoch, um die schlafende Katze auf ihrem Schoß nicht zu stören.

»Ich habe heute seinen Sohn kennengelernt«, begann ich.

»Sie meinen Markus Rosza. Als Jugendlicher spielte er den Bürgerschreck, dann bekam er ernsthafte psychische Probleme. Ich habe lange nichts von ihm gehört. Was ist aus ihm geworden?«

»Er ist völlig verelendet. Er hat uns eine fantastische Geschichte erzählt, die vielleicht wahr ist, vielleicht auch nicht. Eine Geschichte, in der Armin Rosza und dieser Pater Benno die Hauptrollen spielen.«

Frau Belkoff schwenkte nachdenklich ihr Glas in der Hand. »Rosza leitet den Gesangsverein. Er sitzt im Kirchenrat und organisiert Wallfahrten und Bildungsreisen. Eine Zeit lang hat er auch Ehevorbereitungs-Seminare abgehalten. Er kennt sich gut mit Computern aus und ist sehr hilfsbereit. Wenn jemand Probleme hat, hilft er gerne. Gratis oder gegen eine freiwillige Spende. Die Leute brauchen ihn.«

»Nehmen die ihn für voll, oder nutzen sie ihn nur aus?«

Frau Belkoff gab mir einen Wink, und ich brachte ihr den Aschenbecher.

»Natürlich weiß jeder, dass Rosza es mit seinem religiösen Fimmel übertreibt. Das nehmen sie hin wie einen harmlosen Spleen, eine persönliche Eigenheit. Bei Pater Benno war das anders. Aber das war auch eine ganz andere Generation.«

»Pater Benno war wohl eine ziemliche Autorität?«

»Gestandene Männer wurden vor ihm zu Schulbuben. Warum? Nur, weil er mit einem tiefen lauten Bass sprach und davon überzeugt war, einen besonderen Draht zum lieben Gott zu haben. Niemand hätte es gewagt, ihm zu widersprechen. Was man hinter seinem Rücken über ihn erzählt hat, ist eine andere Sache.«

»Was hat man über ihn erzählt?«

»Dass er gerne einen über den Durst trank. Dass er sich gerne zum Essen einladen ließ und diese Einladung auch hin und wieder mit sanftem Druck einforderte. Ganz, als ob es sein gutes Recht sei, verpflegt zu werden. Dankbar zeigte er sich nie. Seiner Ansicht nach war es eine unverdiente Gnade, ihn bei Tisch zu haben.«

»War er auch bei Ihnen zu Gast?«

»Nein. Ich bin eine Ketzerin. Aber, was ich sagen wollte: Man konnte Pater Benno weder im Straßenbild übersehen, noch konnte man den Geschichten entkommen, die über ihn erzählt wurden.«

»War er jähzornig?«

»Es gab ein paar Pfadfinder, die regelmäßig zu mir in die Bücherei kamen und zu denen ich einen guten Kontakt pflegte. Hin und wieder wurden sie dazu eingeteilt, im Kloster kleine Arbeiten zu verrichten. Jeden Tag eine gute Tat oder so ähnlich. Sie säuberten den Dachboden, trugen die alten Zeitschriften, die sich dort angesammelt hatten, zum Altpapier, jäteten den Garten. Sie erzählten, dass Pater Benno sehr launenhaft war. An einem Tag gab er ihnen Schokolade als Belohnung, an anderen schimpfte er mit den Buben, und keiner konnte es ihm recht machen. Ich glaube, er schlug die Kinder sogar. Aber über so etwas wurde damals nicht geredet. Aber nun sind Sie an der Reihe. Wie sieht Markus Rosza heute aus? Was hat er Ihnen erzählt?«

Kurz und trocken berichtete ich Frau Belkoff von unserem Treffen mit Markus. Sie zündete sich noch eine Zigarette an und sah versonnen dem Rauch nach, der, von einer leichten Zugluft getragen, zum Fenster strebte. Rigoletto streckte sich auf ihrem Schoß und beschloss, einen Kontrollrundgang zu machen, bevor er sich wieder auf dem Sofa niederließ.

»Starker Tobak«, kommentiert Frau Belkoff meine Erzählung. »Ich habe ja so einiges erfahren, als ich noch die Stadtbücherei leitete. Manche Leute sind nur in die Bücherei gekommen, um mit mir zu tratschen, ich wette, die haben kein einziges ausgeliehenes Buch zu Ende gelesen. Erst im Nachhinein fiel mir auf, dass es Dinge gab, über die nicht gesprochen wurde. Weiße oder dunkle Flecken im kollektiven Bewusstsein der Stadt. Pater Benno war so ein ausgespartes Stück Alltag. Das ist wie in diesem Sprichwort … wie … wie …« Frau Belkoff suchte nach einem Vergleich.

»Im Hause des Henkers erwähnt man den Strick nicht?«, schlug ich vor.

»Nein, nein, das ist es nicht.«

»Was ich nicht weiß, macht mich nicht heiß?«

»Kommt der Sache schon näher, trifft sie aber noch nicht ganz.«

»Hättest du geschwiegen, wärest du ein Philosoph geblieben?«

»Es hat mehr mit einer schwarzen Katze zu tun, die um den heißen Brei herumschleicht, um sich nicht die Schnurrhaare zu verbrennen. Oder so ähnlich. Armin Rosza war ein anderer Fall. Ich kann mich noch erinnern, als er ein junger Mann war. Schmächtig, schüchtern, aber immer höflich und zuvorkommend. Viele ältere Frauen mochten ihn, machten sich aber hinter seinem Rücken lustig über ihn, weil er so weich und so weibisch sei. Viele waren überrascht, als er in jungen Jahren heiratete.«

»Wer war seine Frau?«

»Rosza hatte sie bei einer Kirchenfahrt kennengelernt. Sie kam aus der Oststeiermark und arbeitet anfangs in Murau als Verkäuferin in einer Boutique. Als das erste Kind kam, bleib sie zu Hause. Sie hat seitdem nie wieder gearbeitet und ging selten aus. Man bekam sie kaum zu Gesicht. Ich weiß nicht einmal ihren Vornamen.«

»Hat Rosza sie nie beim Namen genannt?«

»Wenn er von ihr sprach, was selten vorkam, nannte er sie immer ›meine Frau‹ oder sogar ›meine Gattin‹. Als sein religiöser Fimmel immer stärker wurde, haben die beiden nur mehr eine Josefsehe geführt.«

»Hat er damit geprahlt?«

»Nicht direkt. In seinen Eheberatungskursen soll er gesagt haben, dass er eine Ehe zu dritt führe: Er liege links im Bett, seine Frau rechts und in der Mitte liege der Heilige Geist. Aber ich tratsche zu viel. Daran ist der Whisky schuld.« Frau Belkoff goss den letzten Rest aus der Flasche nach. »Hier, nehmen Sie einen Schluck, sonst können Sie nach all den Aufregungen nicht einschlafen.«

Dienstag, 24. Jänner

Vielleicht lag es am Whisky, dass ich nur schwer aus dem Bett fand. Vielleicht lag es aber auch an der Rodelpartie vom Tag zuvor, denn an der Innenseite meines rechten Oberschenkels zerrte ein ausgewachsener Muskelkater. Frau Belkoff respektierte, dass ich beim Frühstück schweigsam blieb. Sie schrieb mit einem Bleistiftstummel in einem linierten Heft mit rotem Umschlag. Ich blätterte im örtlichen Telefonbuch und schrieb mir die Adressen der beiden »Rural Professionals« ab, die ich heute aufsuchen wollte: Henrik Taferner und Cemil Yağmur.

Zu Cemil Yağmur war es nicht weit. Sein kleiner Betrieb lag am Ufer der Mur, die hier aufgestaut und zugefroren war. Über dem Eingang der Werkstatt stand in verwaschenen, aufgemalten Buchstaben »Alois Zwick – Installateurmeister«. Ich ging direkt ins Büro. Eine rundliche Frau mit strubbeligen kurzen Haaren begrüßte mich. Sie mochte so um die dreißig sein.

»Ich würde gerne mit Herrn Yağmur sprechen. Mein Name ist Dimiter Damianovic.«

»Mein Mann ist unterwegs. Kann ich etwas für Sie tun?«

»Sind Sie Frau Yağmur?«

»Elisabeth Yağmur. Ich mache die Büroarbeit. Ich habe von Ihnen gehört – Sie sind der Reporter, der über die ›Young Rural Professionals‹ schreibt.«

Offenbar wusste inzwischen jeder in der Stadt über mich Bescheid. »Darf ich mich ein wenig mit Ihnen unterhalten?«, fragte ich.

»Gegen einen kleinen Tratsch habe ich wenig einzuwenden. Wollen Sie Tee? Oder lieber Kaffee?«

»Tee wäre nett.«

Sie nahm eine silberne Kanne von einem opulent geschmückten Samowar und goss zwei kleine Gläser halb voll. Sie füllte heißes Wasser dazu und überreichte mir ein Glas auf einer Untertasse, auf der zwei Würfel Zucker und ein Blatt Minze lagen. Der Tee war bitter und stark.

»Warum steht auf Ihrer Werkstatt nicht der Name Ihres Mannes?«, fragte ich.

»Alois Zwick war unser Vorgänger. Er ist vor ein paar Jahren in Pension gegangen und hat einen Nachfolger gesucht. Seine beiden Söhne haben studiert und wollten nicht übernehmen, obwohl das Geschäft gut eingeführt war und nicht schlecht lief. Cemil hat dann übernommen. Er wollte sich schon länger selbstständig machen und hoffte, mit dem Betrieb auch den Kundenstock übernehmen zu können. Das hat nur teilweise funktioniert. Cemil behielt den Namen bei. Unser Betrieb heißt nun Alois Zwick – Nachfolger Cemil Yağmur. Es war am Anfang trotzdem nicht leicht. Cemil war es wichtig, sich in Murau zu integrieren, wie man so sagt.«

»Und die ›Young Rural Professionals‹ boten eine gute Möglichkeit dazu.«

»So ist es. Cemil hätte auch zur Freiwilligen Feuerwehr gehen können, aber da wurde ihm zu viel gesoffen. Zur Blasmusik wollte er auch nicht, und der Kirchenchor kam für ihn als Moslem natürlich nicht infrage. Blieben die ›Young Rural Professionals‹.«

»Haben die ihn dort gleich akzeptiert?«

»Cemil ist nie offen angefeindet worden. Aber in die gewachsenen Strukturen von Murau einzudringen, ist schwer, wenn man von außen kommt. Noch schwerer, wenn die Leute in einem nur den Ausländer sehen. Ganz besonders schwer, wann man Türke und Moslem ist. Ich weiß, wovon ich rede. Was glauben Sie, was los war, als ich ihn geheiratet habe! Mein Vater konnte aber nichts mehr dagegen unternehmen, weil ich schon schwanger war mit dem kleinen Alexander.«

»Wie alt ist Ihr Sohn?«

»Er ist vier. Seinen Großvater kennt er kaum. Mein Vater verweigert den Kontakt, weil ich Alexander nicht habe taufen lassen. Cemil und ich hatten lange Diskussionen darüber. Wir haben uns darauf geeinigt, Alexander selber entscheiden zu lassen, wenn er alt genug ist. Dann kann er sich taufen oder beschneiden lassen, ganz, wie er will. Mein Vater ist ein wenig fanatisch. Ich habe mich rechtzeitig distanzieren können. Mein Bruder Markus hingegen …«

»Markus Rosza? Sind Sie Armin Roszas Tochter?«

»Ja. Markus ist mein jüngerer Bruder. Er ist psychisch labil, und er weigert sich, unseren Vater zu besuchen oder auch nur mit ihm zu sprechen.«

»Ich habe Markus gestern kennengelernt.«

»Sie haben ihn getroffen? Wie geht es ihm? Ich habe seit

Dezember nichts von ihm gehört.«

Ich zögerte. »Wissen Sie von seinem Lebenswandel?«

»Er ist psychisch labil, und er ist auf die falsche Bahn geraten. Aber deswegen bleibt er trotzdem mein Bruder. Leider lässt er sich nicht helfen. Es fällt ihm so schwer, Menschen zu vertrauen. Nicht einmal mir, seiner eigenen Schwester. Und seinem Vater schon gar nicht.«

»Hat Ihr Vater Markus als Kind misshandelt?«

»Markus war aufsässig und wild. Mein Vater kam mit ihm nicht zurecht, aber geschlagen hat er ihn nie.«

»Markus hat von einem gewissen Pater Benno erzählt. Können Sie sich an ihn erinnern?«

»Pater Benno war manchmal zu Besuch. Ich habe mich geekelt, wenn er mit uns gegessen hat. Er hat sich immer lautstark in unsere Erziehung eingemischt. Unser Vater war ihm geradezu hörig.«

»Markus hat erzählt, dass Pater Benno an ihm eine Teufelsaustreibung vollzogen habe.«

»Ich kenne diese Geschichte. Ob sie wahr ist? Bei Markus weiß man nie, was er sich einbildet und was er wirklich erlebt hat. Es gab da ein paar unschöne Vorfälle. Als er noch in dieser WG wohnte, hat er immer wieder Mitbewohner beschuldigt, ihn bestohlen zu haben. Dann fand man die Dinge, die sie ihm angeblich gestohlen hätten, in seinem Kasten oder unter seiner Matratze versteckt. Einmal hat er einen Sozialarbeiter angezeigt, weil der ihn sexuell genötigt haben soll. Dann hat sich herausgestellt, dass dieser zum fraglichen Zeitpunkt ganz woanders war. Man hat die Anzeige ganz schnell fallen lassen. Deswegen bin ich skeptisch, was diese angebliche Teufelsaustreibung betrifft.«

»Außerdem hätten Sie sicher etwas davon bemerkt, nicht wahr?«

»Das muss nicht sein. Zu der Zeit war ich im Internat bei den Ursulinen in Salzburg. Ich habe nur die Ferien hier verbracht. Nach der Schule habe ich ein Chemie-College absolviert und habe dann in St. Lambrecht in den Dynamit-Werken gearbeitet. Bis Cemil und ich geheiratet haben. Seitdem mache ich hier im Büro Mädchen für alles: Buchhaltung, Auftragsorganisation, Dokumentation.«

»Warum war Ihr Bruder nie in einem Internat?«

»Er hatte zu schlechte Noten. Außerdem bin ich sicher, dass er es nicht lange dort ausgehalten hätte. Über kurz oder lang hätten sie ihn hinausgeworfen. Mein Vater wollte ihn selbst erziehen. Er beklagte den schlechten Einfluss, den Salzburg auf mich hatte, trotz Klosterschule und Ursulinen.«

»Wie oft haben Sie noch Kontakt zu Markus?«

»Er kommt in sehr unregelmäßigen Abständen zu Besuch. Er kündigt sich nie vorher an, sondern steht plötzlich in der Tür. Manchmal nehme ich ihn ein paar Tage auf, bis er wieder verschwindet, ohne etwas zu sagen. Unser Vater weiß nichts davon.«

»Was sagt Ihr Mann zu diesen Besuchen?«

»Cemil ist alles andere als glücklich über Markus. Aber er verhält sich korrekt. Cemil ist ein Familienmensch. Ein Bruder bleibt für ihn ein Bruder, und ein Schwager bleibt für ihn ein Schwager. Egal, was passiert oder wie er sich aufführt. Er versucht zwar, Markus ins Gewissen zu reden, aber da könnte er genauso gut versuchen, unsere Katze dazu zu überreden, freiwillig ein Bad zu nehmen. Cemil leidet schon schwer genug darunter, dass mein Vater ihn nicht akzeptiert.

Wenn mein Vater Cemil in der Stadt begegnet, tut er oft so, als würde er uns nicht sehen, wechselt die Straßenseite oder betritt ein Geschäft, obwohl er da gar nichts kaufen will. Mit mir wechselt er kaum mehr als ein paar Worte, es reicht höchstens für ein ›Wie geht's dir?‹ oder ›Der Bub ist aber groß geworden.‹. Markus hat er schon seit Jahren nicht mehr erwähnt, und auch ich schneide das Thema ihm gegenüber niemals an.« Elisabeth sprach, als hätte sich in ihr ein Ventil geöffnet. In ihren Augenwinkeln glitzerten Tränen.

»Haben Sie Freundinnen in Murau?«, fragte ich.

»Kaum. Ich habe ja den größten Teil meiner Jugendzeit in Salzburg verbracht. Jetzt ist es zu spät, um noch enge Freundschaften zu schließen. Außerdem – hier gibt es so viel zu tun, ich komme ja kaum weg. Zum Glück habe ich Alexander. Und ja, auch Cemil.«

Sie nahm sich ein Papiertaschentuch aus dem Spender, der auf dem Schreibtisch stand. Sie wandte sich ab, um sich zu schnäuzen. Vorher trocknete sie verstohlen ihre Tränen.

»Entschuldigen Sie«, murmelte ich niedergeschlagen. »Ich wollte Sie nicht so aufwühlen, dabei geht mich das alles ja wirklich nichts an.«

»Ist schon gut«, sagte Frau Yağmur und versuchte ein zaghaftes Lächeln. »Manchmal muss das alles aus mir heraus, und ich bin ohnehin schon mit meinen Nerven am Ende, seit das mit Elias passiert ist. Ich habe Angst. Ich habe eine Scheißangst.«

Ich nickte, ohne etwas zu sagen. Das Telefon auf Frau Yağmurs Schreibtisch läutete. Sie blickte auf das Display, hob aber nicht ab. »Mein Mann ist in Gefahr«, sagte sie leise, als der Anrufer aufgegeben hatte. »Alle ›Young Rural Professionals‹ sind in Gefahr. Egon hatte seine Feinde unterschätzt. Die haben ihn aus dem Weg geräumt.«

»Wer sind diese Feinde?«

»Egon hatte die ›Rural Professionals‹ gegründet, um die alten Netzwerke, die es in Murau seit Generationen gibt, zu durchbrechen. Es gibt hier Platzhirsche. Unternehmen, die praktisch jeden Auftrag bekommen, weil sie einflussreiche Freunde an den richtigen Stellen haben. Im Gemeinderat oder in der Verwaltung zum Beispiel. Diese Platzhirsche schieben sich gegenseitig die Aufträge zu. Es ist ein eng verfilztes Netz von Geben und Nehmen. Wenn man nicht Teil des Filzes ist, hat man kaum eine Chance, sich einzuklinken. Mit den ›Young Rural Professionals‹ ist ein paralleles Netzwerk von jungen Unternehmern aufgetaucht, und die alteingesessenen haben zum ersten Mal ernsthafte Konkurrenz bekommen. Als Egon das Hotel Gugganig baute, gingen die alten Unternehmen leer aus. Wir jungen bekamen eine Chance. Der Hotelbau war ein riesiger Auftrag für uns, obwohl wir nur einen Teil der Installationen gemacht haben. Insgesamt steckt da ein Vermögen drin, das neu verteilt wird.«

»Sie glauben, diese Platzhirsche haben Egon und Elias ermordet?«

»Florian und Franz auch, da bin ich mir sicher. Ich habe natürlich keine Beweise, deshalb kann ich keine Namen nennen. Aber das ist auch gar nicht nötig. Schauen Sie sich um, wer die großen Baufirmen, Installateurbetriebe und Zulieferer im Bezirk sind.«

»Warum hätte jemand Franz Brandter oder Florian Thal ermorden sollen? Brandter war Landwirt. Er war mit Gourmet-Produkten erfolgreich, er hatte keine Konkurrenz in Murau, er hatte niemanden gekratzt.«

»Sie verstehen das nicht. Es geht ums Prinzip. Verfilzte Strukturen haben ein Eigenleben. Sie schützen sich selber. Es gibt immer irgendjemanden, der die Drecksarbeit erledigt.«

»Wie meinen Sie das?«

»Die ›Professionals‹ stören. Sie reiben an den alten Strukturen, und die Platzhirsche sehen ihre Felle davonschwimmen. Dadurch werden persönliche Feindschaften, die ohnehin schon da waren, noch stärker aufgeladen. Es geht ums Eingemachte. Irgendwann ist dann jemand bereit zu töten.«

»Auch zwei, drei, oder vier Mal?«

»Warum nicht? Wenn es beim ersten Mal schon so gut geklappt hat ...«

»Haben Sie irgendwelche Vermutungen, wer das sein könnte? Haben Sie etwas gesehen, etwas gehört?«

»Nichts Konkretes. Aber Sie sind doch Journalist. Recherchieren Sie! Aber seien Sie vorsichtig!«

Das Telefon klingelte wieder. Ich reichte Frau Yağmur rasch die Hand und bedankte mich für den Tee. »Kommen Sie jederzeit wieder!«, rief Frau Yağmur mir nach, bevor sie den Hörer abnahm und sich meldete: »Installateurbetrieb Alois Zwick – Nachfolger Cemil Yağmur – was kann ich für Sie tun?« Ich schloss die Tür hinter mir.

Henrik wohnte in einer Reihenhaussiedlung am anderen Ende der Stadt. In weniger als eine halben Stunde war ich dort. Ich war davon ausgegangen, ihn nicht anzutreffen.

Aber Henrik war zu Hause.
»Wer ist da?«, fragte er durch die geschlossene Tür.
»Dimiter Damianovic. Wir müssen reden.«
Ich hörte, wie eine Türkette gelöst und ein Riegel zurückgeschoben wurden. Dann drängte sich eine Krücke in den Spalt zwischen Türe und Türstock. Henriks Bein war bis zum Oberschenkel in Gips. Er stützte sich auf eine Krücke, während er die andere, mit der er die Tür aufgestoßen hatte, wie ein Gewehr in Richtung meiner Brust hielt. »Okay, kommen Sie rein.«
Henrik humpelte voran in die Wohnküche, die den größten Teil des unteren Stockes einnahm. Mit einem Ächzen ließ er sich auf die Eckbank fallen.
»Skiunfall?«, fragte ich.
»Ich war Eisklettern. Beim Abstieg ist mein Bein in einer Spalte stecken geblieben, und ich bin vornübergefallen. Der Knochen ist geknickt wie ein Zündholz. So etwas schmerzt!«
»Wohnen Sie allein?«, fragte ich und schaute mich in der nagelneuen und mit abwaschbarem Geschmack eingerichteten Küche um.
»Ich wohne mit meiner Freundin zusammen. Sie ist in der Arbeit. Ich bin im Krankenstand und darf mich um den Haushalt kümmern.« Er lächelte gequält.
»Seit wann tragen Sie Gips?«
»Seit Freitag. Ich war das Wochenende über im Spital.«
»Deswegen waren Sie nicht beim Stammtisch der ›Young Rural Professionals‹.«
»Richtig. Und niemand hat mich angerufen und sich erkundigt, wie es mir geht.«

»Haben Sie von Elias Hafner gehört?«

Henrik nickte. »Sie haben es in den Nachrichten gebracht. Fremdverschulden ist nicht auszuschließen, hieß es. Ein bisschen zynisch, finden Sie nicht?«

»Die Polizei hält sich sehr zurück. Ich glaube, zurzeit bin ich ihr Hauptverdächtiger.«

»Und?«

»Was und?«, fragte ich.

»Haben Sie Elias ermordet?« Henrik drehte die Krücke in seiner Hand. Er lachte, laut und übertrieben lustig. »Blöde Frage, vergessen Sie's. Darf ich Sie bitten, sich selbst einen Kaffee zu kochen? Neben dem Herd steht die Nespresso-Maschine, die Kapseln sind im Hängeschrank darüber. Machen Sie mir bitte auch einen. Einen langen. Hellbraune Kapsel.«

»Der Stammtisch am Samstag war eine Katastrophe«, erzählte ich, während ich herauszufinden versuchte, wie ich diesem Automat das gewünschte Gebräu entlocken konnte. Er summte und blinkte und schien sich diabolisch über meine Unbeholfenheit zu amüsieren.

»Sie müssen erst den Kapselbehälter leeren. Der Mistkübel ist schräg darunter.«

Nachdem die Maschine sich zwei weitere Male beschwert hatte – einmal wollte sie, dass ich die Tropfschale ausleere, ein anderes Mal war der Kapselbehälter nicht ganz eingerastet – brummte sie und spuckte zwei Tassen voll dunkler Flüssigkeit aus.

»Haben Sie Milch?«, fragte ich.

»Im Kühlschrank. Ich trinke meinen schwarz. Leider habe ich keinen Zucker.«

Der Kühlschrank wirkte so steril wie die ganze Wohnung. Was immer sein Inhalt sein mochte, dieser war fein säuberlich in Tupperware-Behälter gefüllt, die mit Klebeetiketten beschriftet und ordentlich gestapelt waren. Die Milch befand sich in einem kleinen Metallgefäß, das die Form einer Milchkanne hatte und dessen Deckel luftdicht abschloss.

»Sie sind Masseur, wie ich erfahren habe?« Ich reichte ihm seine Tasse. Er roch kurz daran und nahm einen Schluck.

»Klassische Heilmassage, Entspannungsmassage und Lymphdrainage. Falls im Sommer mein Bein wieder heil ist, möchte ich mir einen Partner suchen und eine Gemeinschaftspraxis für Sport und Stressentlastung aufmachen. Dort soll es auch Yogakurse geben. Ursprünglich war eine Kooperation mit dem Hotel Gugganig geplant. Wie es jetzt weitergeht, weiß niemand.«

»Glauben Sie, dass Egon ermordet wurde?«

»Auf jeden Fall. Und die anderen auch. Franz, Elias, Florian. Darüber habe ich in den letzten Tagen genug nachgedacht.«

»Mit welchem Ergebnis?«

»Der Mörder ist ein Künstler. Ein Bildhauer vielleicht oder ein Maler. Denken Sie an Egon: nackt im Schnee, von einer Hülle Raureif überzogen. Da steckt ein Gefühl für Ästhetik dahinter, da wurde ein Bild inszeniert. Und Franz, der in seinem eigenen Fischteich seinen letzten Atemzug tut. Er hat eine Grube gegraben, in die er selbst gefallen ist.«

»Und Elias? Er ist in seiner eigenen Scheiße jämmerlich krepiert.«

»Vielleicht eine Anspielung an den Wiener Aktionismus.«

»Interessieren Sie sich für Kunst?«

»Mein Bedarf ist mit Garfield-Comics reichlich gedeckt.«

»Das klingt nach Understatement.«

»Ich habe einmal gezeichnet. Porträts, Karikaturen, Landschaftsskizzen. Eine Jugendsünde.«

»Warum haben Sie sich im Kalender der ,Young Rural Professionals' beim Klettern abbilden lassen?«

»Zum einen, weil ich eitel bin. Beim Klettern kommt mein Körper am besten zur Geltung. Wer will schon einen Typ in weißem Mantel sehen, der den bleichen Leib einer dicken alten Frau knetet? Zum anderen war es als Werbung für meine erotischen Kletterkurse gedacht, die ich ebenfalls ab Sommer anbieten möchte. Ich weiß nicht, ob Sie davon gehört haben: Wir ›Young Rural Professionals‹ wollen den Tourismus in Murau mit ein wenig Sex und Erotik aufpeppen. Mein Konzept ist, dass man beim Klettern alle Muskeln trainiert, die auch beim Sex wichtig sind – den Hintern, die Beckenbodenmuskulatur, die Oberschenkel. Manche Frauen bekommen beim Klettern sogar einen Orgasmus – kein Witz! Und Sie würden staunen, wenn ich Ihnen erzählen würde, was man alles mit Klettergurten und Karabinern anstellen kann.«

»Was sagt eigentlich Ihre Freundin dazu?«

»Nadine ist meine Trainingspartnerin. Im Fels und im Bett.«

»Ist Sex und Leistungssport für Sie das Gleiche?«

Henrik lachte. »Ein bisschen anstrengen muss man sich schon, damit es prickelnd bleibt. Wollen Sie ein paar Tipps? Ich kann Ihnen zeigen, wie Sie beim Klettern mit der richtigen Atemtechnik Ihren Stress- und Erregungslevel steuern können. Im Fels ist das wichtig, um mit klarem Kopf den nächsten Schritt durchzudenken. Im Bett hilft es Ihnen zu mehr Ausdauer und Standfestigkeit. Yoga ist auch nicht schlecht. Wenn ich erst dieses Ding los bin, können wir einen Termin ausmachen.« Henrik klopfte mit seiner Krücke auf den Gips. Ich wechselte das Thema.

»Haben Sie in den letzten Tagen etwas von Gregor Wiest gehört?«, fragte ich.

»Nein. Warum? Ist ihm etwas passiert?«

»Ich weiß es nicht. Niemand weiß es. Er ist verschwunden. Seine Mutter sagt, er habe nicht einmal ihr gesagt, wo er hinwolle.«

»Nicht die dümmste Strategie.«

»Wenn der Mörder ihn findet, kann er ihn in aller Ruhe und ohne Angst vor Zeugen abschlachten.«

»Gregor hat jede Menge alter Freundinnen, von Berlin bis Budapest. Sehr wahrscheinlich, dass er bei einer von ihnen untergekrochen ist.«

»Machen Sie sich keine Sorgen um ihn?«

»Natürlich mache ich mir Sorgen!« Henriks Stimme wurde laut. »Glauben Sie, ich sitze hier wie ein Krüppel einfach so ruhig herum und schaue zu, wie meine Kumpel, einer nach dem anderen, umgebracht werden? Vielleicht ist Gregor längst tot, und der Mörder hat bereits mich im Visier. Vielleicht sitze ich ihm in diesem Moment sogar direkt gegenüber.«

Ich blickte Henrik ins Auge. Er war so entspannt und locker wie zuvor. Er lächelte mir sogar ein wenig zu.

»Wenn Sie glauben, dass ich vorhabe, Sie umzubringen, warum haben Sie mich überhaupt ins Haus gelassen?«

»Oh, ich habe Vorkehrungen getroffen.« Henrik lehnte

sich mit verschränkten Armen zurück und blickte auf ein kleines schwarzes Ding, das über der Tür montiert war.

»Ist das eine Videokamera?«, fragte ich.

»Sie überträgt per Stream direkt ins Büro meiner Freundin«, sagte Henrik stolz. »Über der Kaffeemaschine, unter dem Hängeschrank, ist noch eine montiert. Auch Vorzimmer und oberer Stock sind überwacht.«

»Und in Ihrer Krücke steckt ein Maschinengewehr, nicht wahr?«

»Ein Messer tut's auch.« Henrik schob seine rechte Hand unter den Gips und zog ein Küchenmesser hervor, dessen Klinge dünn abgewetzt war und gefährlich scharf aussah. »Ich habe nichts gegen Sie persönlich. Aber wer einfach so an meine Tür klopft, ist nun einmal verdächtig. Wenn Sie mir zu nahe gekommen wären, hätten Sie jetzt dieses Stück Stahl zwischen den Rippen.«

»Nicht, wenn ich zuerst gezogen hätte. Ich könnte auch bewaffnet sein.«

»No risk, no fun. Vergessen Sie nicht, dass alles, was hier passiert, auf Video aufgezeichnet wird. Sie wären quasi in Echtzeit überführt worden.«

»Danke, nun bin ich ja gewarnt.«

»Ach, für einen Mörder sind Sie – verzeihen Sie meine Aufrichtigkeit – ein bisschen zu unbedarft und ungeschickt. Ich habe mir erlaubt, Sie ein wenig zu testen.«

»Die Sache mit der Kaffeemaschine, nicht wahr?«

Henrik lachte. »Nein, nicht die Kaffeemaschine. Als ich Ihnen erzählt hatte, dass der Mörder ein Künstler sei, habe ich Ihre Reaktionen beobachtet. Ich bin ziemlich gut im Lesen von Körpersprache.«

»Hat Ihnen mein Körper erzählt, dass ich harmlos bin?«

»Ich war mir nicht hundertprozentig sicher. Aber dann habe ich noch etwas herausgefunden.«

»Und zwar?«

»Dass Sie frisch verliebt sind. Hat man jemals von einem verliebten Serienmörder gehört?«

Auf dem Weg zurück in die Stadt nahm ich einen Umweg. Ich stapfte über einen ausgetretenen Schneepfad zur Forststraße hoch, die mich vorbei an verschneiten Weiden und kleinen Wäldchen wieder in die Stadt zurückführte. Ich kratzte den Schnee von einer Sitzbank und ließ mich darauf nieder, bis die Kälte des Holzes durch meine Hose drang. Von hier überblickte ich die Stadt und ihre Ausläufer, die sich die Hänge des engen Tals hochfraßen. Auf der anderen Seite die Talstation des Schrillkogels, wo Hotels und Ferienhäuser um Touristen und Winterurlauber buhlten, und hinter mir zog sich die Straße auf den Lärchberg hoch. Wo vor sechs Tagen noch ein weißer Fleck auf meinem inneren Globus war, breitete sich nun eine bunte, detaillierte topologische Karte aus. Was die Menschen betraf, die dieses Fleckchen Erde bewohnten – das war etwas anderes. Vor diesem Geflecht aus Freundschaften, Abhängigkeit und Missgunst mit Wurzeln in einer zwielichtigen Vergangenheit kapitulierte mein Orientierungssinn. Warum war ich noch hier? Ich war hier, weil ich einen toten Mann gefunden hatte. Und weil ich hier eine quicklebendige, unwiderstehliche Frau kennengelernt hatte.

Am Stadtrand mündete der Forstweg in die Hauptstraße, wo ein komplizierter Knoten aus Kreisverkehren den Weg ins Stadtzentrum kaschierte. Ein silberfarbener SUV starb mitten auf der Kreuzung ab. Hinter dem Wagen bildete sich ein kleiner Stau, und die anderen Autofahrer warteten geduldig, bis der Motor wieder ansprang und der SUV mit krachendem Getriebe aus dem Kreisverkehr bog.

»Frau am Steuer – das wird teuer!«, kommentierte ein Halbwüchsiger, der im Buswartehäuschen Dosenbier trank. Seine zwei Kumpanen lachten und klatschen mit den Händen zusammen.

Der eine stieß seinen Sitznachbarn an der Schulter und deutete mit einer Kopfbewegung auf mich. »Das ist doch der Typ, der die ganzen Leichen findet«, raunte er, laut genug, dass ich es hören konnte. Alle drei rülpsten synchron.

Ich hatte drei Gründe, noch einmal das Hotel Gugganig aufzusuchen. Ich wollte noch einmal mit Frau Paulitsch, der Rezeptionistin sprechen, falls sie wieder im Dienst war. Ich wollte herausfinden, wie es nun mit dem Hotel weiterging. Und ich wollte wieder einmal richtig gut zu Mittag essen.

Frau Paulitsch saß an der Rezeption. Sie trug ein schlichtes schwarzes Kostüm, ihre roten Locken hatten ihre Fülle verloren und hingen schlaff ins Gesicht.

»Dimiter Damianovic«, kündigte ich mich an, aber sie hatte mich bereits erkannt.

»Um was geht es?«, fragte sie, förmlich und eiskalt.

»Egon Gugganig.«

»Ich habe der Polizei nur gesagt, dass sie der Letzte waren, der vor seinem Tod mit ihm zusammen war.«

»Sagen Sie, können wir uns einen Moment lang ungestört unterhalten? Darf ich Sie zum Mittagessen einladen?«

»Ich könnte Anne sagen, dass Sie eine halbe Stunde lang für mich übernehmen soll. Wo gehen wir hin?«

»Wie wäre es gleich hier, im Restaurant?«

Wir aßen das Tagesmenü – Salbei-Schupfnudeln und Rote-Rüben-Ragout mit Koriander.

»Es heißt, dass etwas im Bier war, das Egon getrunken hat«, sagte Frau Paulitsch. »So eine Art Betäubungsmittel. Die Polizei hat die gesamte Charge Gugganiger Eisbock beschlagnahmt. Die Flaschen haben einen Bügelverschluss. Kein Problem, sie zu öffnen, etwas reinzutun und wieder zu verschließen, ohne dass jemand etwas bemerkt.«

»Auch ich habe vom Eisbock getrunken.«

»Vielleicht war nur eine einzige Flasche präpariert. Der Spa-Bereich ist noch nicht eröffnet, und Egon war der Einzige, der ihn benutzte. Auch das Bier war aus seinem privaten Bestand und nur für ihn bestimmt. Der Gugganiger Eisbock ist ein Prototyp, den es noch nicht zu kaufen gibt. Früher oder später hätte Egon notgedrungen zur präparierten Flasche gegriffen.«

»Wenn es nicht so kalt gewesen wäre, hätte Egon überlebt. Er wäre vielleicht ein paar Stunden ohnmächtig gewesen, hätte sich eine Verkühlung geholt, aber er hätte überlebt. Warum hat der Mörder nicht gleich echtes, tödliches Gift in die Flasche getan?«

»Weil es gar keinen Mörder gibt. Jemand wollte Egon einen derben Streich spielen. Vielleicht aus Spaß, vielleicht aus Rache. Dass der Streich tödlich ausgeht, konnte niemand wissen.«

»Gregor Wiest ist anderer Meinung. Er ist untergetaucht, aus Angst vor dem Mörder.«

»Ach was, der wird in seiner Mühle sein. Dort ist er öfter, wenn er seinen Liebeskummer auskurieren will, weil ihn gerade wieder eine seiner Freundinnen abserviert hat. Manchmal ist er auch mit einer neuen Flamme dort, wenn es noch nicht offiziell ist und er nicht gestört werden will.«

»Welche Mühle?«

»Die alte Mautmühle am Rantenbach. Sie gehört Gregors Onkel, aber Gregor hat den Schlüssel dazu.«

»Woher wissen Sie davon?«

Frau Paulitsch wurde rot, soweit man dies bei ihrem dunklen Bronze-Teint beurteilen konnte. »Gregor hat einmal Egon zu einer Party eingeladen, und Egon … Also, wir waren drei Paare. Gregor mit einem jungen Mädchen. Franz mit einer Frau – also nicht mit seiner Frau, sondern mit einer anderen. Ilse Subinski hieß sie. Ja, und dann noch Egon und ich. Meine Tochter war gerade übers Wochenende bei ihrem Vater.«

»Hatten Sie mit Egon ein Verhältnis?«

»Nein, das war eine einmalige Geschichte. Es hat wie eine harmlose Party geklungen, und wenn die anderen vier nicht gewesen wären – also ich hätte nie allein mit Egon ein Wochenende irgendwo verbracht.«

»Wie geheim war dieses Geheimnis?«

»Was wollen Sie damit sagen?«

»Wer weiß sonst noch von der Mühle und davon, dass Gregor sich dorthin zurückzieht?«

»Egon und Franz wussten auf alle Fälle davon, die waren bei der Party dabei. Ich habe natürlich niemandem davon erzählt. Das mit Franz und dieser Frau war ja eine delikate Geschichte. Aber es hat sich herausgestellt, dass Erika davon gewusst hat. Als sie heute bei mir war …«

»Erika Brandter war hier?«

»Ja, heute Vormittag. Sie brachte geräucherte Saiblinge fürs Restaurant vorbei. Wir haben ein wenig geplaudert. Ich sagte ihr, wie leid mir das mit Franz täte. Sie erzählte, dass es natürlich tragisch sei, dass sie aber ohnehin kurz vor der Scheidung gestanden hätten, weil Franz eine Neue – also weil er diese Ilse Subinski hatte. Ich berichtete von der Party und dass ich es ihr schon viel früher gesagt hätte, aber ich hätte mich geschämt, und dass ich ihre Ehe nicht gefährden wollte.«

»Weiß Erika, wo diese Mühle ist?«

»Sie hat mich danach gefragt. Die Mühle liegt irgendwo im Rantental. Egon hat mich hingebracht. Ich kann mich erinnern, dass wir durch den Ort Unteretrach gefahren sind, dann ging's einen steilen Weg in die Schlucht hinab.«

Ich zog mein Telefon. »Zahlen bitte«, sagte ich zum vorbeieilenden Kellner.

»Wollen wir nicht wenigstens noch einen Kaffee trinken?«, fragte Frau Paulitsch, verwundert über meinen Stimmungswechsel.

»Das holen wir ein andermal nach, dann bringe ich auch einen selbst gebackenen Guglhupf mit. Versprochen.«

Der Kellner brachte die Rechnung. Ich verfiel in leichte Panik, als ich die Summe sah. Ich kratzte alle Scheine und Münzen, die ich noch hatte, zusammen – Geld, das ich immer noch Ulli schuldig war – und brachte den Betrag gerade noch auf. Noch einmal eine Entschuldigung murmelnd, stürmte ich hinaus. Nach unzählige Anrufversuchen hob Ulli ab.

»Ich hoffe, es ist dringend«, schnaubte sie. »Du hast mich beim Unterrichten unterbrochen.«

»Du lässt dein Handy während des Unterrichts eingeschaltet? Was sollen deine Schüler von dir denken? In diesem Fall aber sehr vorteilhaft. Kannst du dich an das Auto von Erika Brandter erinnern?«

»Ein silberner Geländewagen. Wieso?«

»Weil ich einen solchen Wagen gesehen habe, als er in Richtung Ranten gefahren ist.«

»Davon gibt es viele. Und auch wenn es Erikas Auto war: Warum ist das so wichtig, dass du meinen Unterricht unterbrichst?«

»Hör zu: Gregor versteckt sich wahrscheinlich in einer alten Mühle im Rantental. Das ist nicht sicher, es ist sogar eher unwahrscheinlich. Aber es ist möglich. Erika hat von der Existenz dieser Mühle erfahren. Sie weiß auch, dass Gregor den Schlüssel dafür hat. Kurz darauf sehe ich, wie sie in diese Richtung fährt.«

»Du glaubst also, dass Erika die vier ›Rural Professionals‹ umgebracht hat?«

»Ich weiß, dass sie einen sehr guten Grund gehabt hat, ihren Mann umzubringen. Und ich ahne, wie sie es getan hat. Vielleicht ist alles nur Zufall, aber ich möchte gerne in dieser Mühle vorbeischauen, und das bald.«

»Einverstanden. Ich habe am Nachmittag noch Mathematikolympiade. Um 15 Uhr ist Ende.«

»Sag die Mathematikolympiade ab, deine Schüler werden sich wohl kaum über eine Freistunde beschweren. Wir müssen sofort los.«

Ulli zögerte zwei Sekunden.

»Okay. Ich hole dich in zehn Minuten ab. Wo steckst du gerade?«

Ulli scherte mit heulendem Motor aus dem Kreisverkehr in Richtung Schöder und Krakaudorf, jene Richtung, in die vor über einer Stunde der silberne SUV eingeschlagen hatte.

»Hier links – schau mal aus dem Fenster!« Ulli deutete mit dem Daumen auf drei gemauerte Säulen, die ein paar Meter vom Straßenrand entfernt zwischen kahlen Bäumen standen.

»Ist das der alte Galgen, von dem Markus erzählt hat.«

»Genau. Frisch renoviert, als ob sie planen, ihn nächste Woche wieder in Betrieb zu nehmen. Weißt du, wo die Mautmühle ist?«

»Irgendwo bei Unteretrach, hat Frau Paulitsch gesagt. Dort geht ein steiler Weg in die Schlucht hinunter. Die Mühle wird ja wohl am Flussufer stehen.«

»Ohne genauere Wegbeschreibung kommen wir nicht weit. Außerdem habe ich kaum mehr Benzin.«

Ulli bog in eine Tankstelle. Ich stieg aus, um mir die Füße zu vertreten und die Landschaft zu betrachten. Die verschneiten Wälder waren tief ins Tal gerückt. Kahle Berge streckten sich aus dem Schnee und reckten ihre Gipfel in tief hängende dunkelgraue Wolken. Es roch nach Benzin und Scheibenputzmittel. Ulli kam mit einem Arm voll Kekspackungen und Knabberzeug aus dem Kiosk. »Wer weiß, wann wir heute noch was zu essen kriegen.« Sie warf mir eine Red-Bull-Dose zu. »Hier hast du einen Koffein-Kick inklusive Zuckerschock.«

»Wie viel bin ich dir jetzt schuldig?«, fragte ich.

»Ungefähr dreihundert Euro, einen Kuss und ewige Dankbarkeit.« Sie breitete eine Landkarte über das Lenkrad. »Der Tankwart kennt die Mühle auch nicht, meinte aber, sie müsse zwischen Krakaudorf und Unteretrach liegen. Zwischen den beiden Orten liegt die Rantenschlucht. Es gibt einen Wanderweg, der durch die Schlucht führt und die beiden Dörfer miteinander verbindet. Die Karte ist hier ein bisschen ungenau. Es sind zwei Straßen eingezeichnet, die in Richtung Fluss führen. Bleibt die Frage, ob wir mit dem Auto überhaupt hinunterfahren können. Das hängt davon ab, ob der Schnee geräumt ist.«

»Erika fährt einen SUV, die dürfte weniger Probleme haben. Gregor könnte sein Auto irgendwo geparkt haben und zu Fuß zur Mühle hinuntergewandert sein.«

»Wir werden sehen.« Ulli drehte den Zündschlüssel, und nach einem unwilligen Keuchen entschloss sich der Motor, doch noch einmal anzuspringen. Wir fuhren vorbei an kleinen Dörfern und einzelnen Gehöften. Wo sich das Tal weitete, legte der Bach zwei oder drei Mäander ein. Erlen begleiteten ihn, graue Knochenfinger, von funkelndem Raureif überzogen. Nach einer Brücke stieg die Straße an, wurde schmäler und kurviger, und der Bach verschwand tief unter uns. Der steile Abhang war von dichtem Wald bewachsen. Ich verfolgte unseren Weg auf der Straßenkarte.

»Unteretrach ist ein Ortsteil von Krakauschatten«, belehrte Ulli mich. »Verwechsle es nicht mit Krakaudorf oder Krakauhintermühlen. Das sind Orte auf der anderen Seite der Schlucht.«

»Ein bisschen verwirrend, die Namensgebung.«

»Das Wort Krakau ist die onomatopoetische Imitation des Krächzens der Krähen. Von denen soll es hier einmal besonders viele gegeben haben. Ich weiß nicht, ob das heute noch so ist.«

»Krakaudorf heißt also eigentlich Krah-Krah-Dorf?«

»Sei nicht so kindisch. Hast du dir überlegt, was wir tun, wenn wir die Mühle gefunden haben?«

»Wir klopfen an und gehen rein.«

»Ein wohlüberlegter, vielschichtiger und vor allem weitsichtiger Plan. Gibt es auch einen Plan B?«

»Das ist Plan B. Plan A war, mit einem SWAT-Team anzurücken und die Bude auszuräuchern.«

Ich lotste Ulli zum ersten Weg, der in die Schlucht führte. Die Schneefahrbahn wand sich in Serpentinen in Richtung Fluss. Vor einem geschlossenen Viehgatter war Schluss. Dahinter gab es nur mehr jungfräulichen Schnee ohne Reifen- oder Fußspuren. Geschickt und unter lautem Fluchen wendete Ulli den Kombi auf dem engen Weg. Wieder zurück auf der Straße fuhren wir durch eine Ortschaft, die aus drei Häusern und einem Wirtshaus bestand. Auf einer verschneiten Weide standen drei Alpakas und reckten ihre grotesk langen Hälse. In ihrem flauschigen Fell klebten Schneeklumpen. Ulli winkte ihnen zu. Sie blickten neugierig, aber unbeeindruckt dem Auto nach.

Die nächste Abzweigung war vielversprechend. Die Asphaltstraße war geräumt und gestreut. Wieder schraubten wir uns in Serpentinen den steilen Hang hinunter und ließen auf halber Höhe einen stattlichen Bauernhof mit großem Holzstall hinter uns. Das Flussbett war ein grauweißes Band, vor großen Felsblöcken schoben sich Eisblöcke übereinander. Hier und da tat sich eine Spalte auf, durch die man den Fluss rauschen hörte. Das Wasser dampfte in der Kälte. Die Mautmühle war ein altes gedrungenes Gebäude direkt am Fluss. Die weiße Fassade und die hellbraunen Holzläden der winzigen Fensterluken blitzten frisch renoviert. Auf den Giebel war ein frommes Fresko gemalt, das Jesus und Maria auf Wolken in einen strahlend blauen Himmel schwebend zeigte. Die Mühle schien unbewohnt. Kein Licht drang aus den verschlossenen Fenstern.

Ulli stellte den Motor ab, und wir stiegen aus. Das Klacken der Autotüren hallte aus dem Wald zurück. Der Weg zur Haustür war ausgetreten und vereist. Langsam ging ich rund ums Gebäude und ließ dabei die Fenster nicht aus den Augen. Hinter der Hausrückseite stand Erikas silberner SUV. Ich nickte Ulli zu. Sie hatte den Wagenheber aus dem Auto in der Hand und klopfte gegen die Tür. Nun sah ich Licht durch die Ritzen der Fensterläden blitzen. Ich eilte zu Ulli und wollte sie wegziehen, doch sie stieß beherzt die Tür auf und hob den Wagenheber mit beiden Händen in die Höhe wie ein Ritter seine Streitaxt. Zweieinhalb Meter vor uns stand Erika. In der linken Hand hielt sie eine funzelnde Petroleumlampe, in der rechten ein altes rostiges Bajonett.

Erika zuckte zusammen und wich einen halben Schritt zurück. Dann hob sie entschlossen die Lampe über ihren Kopf, um Licht auf Ullis Gesicht zu lenken, ohne selbst geblendet zu werden. Auch Ulli wich zurück, ebenfalls einen halben Schritt.

»Wo ist Gregor?«, rief sie.

Erika drehte den Kopf und schien nun auch mich zu bemerken. »Fort«, sagte sie. »Als ich hierherkam, war er nicht mehr da. Aber die Tür war offen, und seine Sachen liegen noch herum.« Erika senkte die Hand mit dem Bajonett. »Ich wollte gerade einheizen. Kommen Sie herein, und wärmen Sie sich.«

Ich hielt Ullis Hand in der meinen. Wir saßen am großen schweren Küchentisch. Erika schürte mit dem rostigen verbogenen Bajonett das Feuer im alten Herd. Die flackernden Flammen beleuchteten ihr knochiges Gesicht wie in einer Geisterbahn. Die Fensterläden hatte sie geöffnet, doch mittlerweile hatte die Dämmerung eingesetzt, und durch die kleinen Scheiben konnte man nichts mehr von der Welt draußen erkennen.

»Wenn Gregor zurückkommt, sieht er uns schon von Weitem durchs Fenster«, sagte Erika. »Er wird verstehen, dass wir ihm nichts Böses wollen.«

»Warum sind Sie Gregor gefolgt?«

»Um ihn zu warnen.«

»Vor wem?«

»Dem Mörder.«

»Dem Mörder Ihres Mannes?«

»Nein, dem Mörder von Egon und Elias. Meinen Mann habe ich selber umgebracht.«

Ulli drückte meine Hand so fest, dass es wehtat. Der Wagenheber lag in Griffweite links neben ihr auf der Bank.

»Sie haben ein Loch in das Eis des Teiches gehauen«, sagte ich. »Das Loch fror wieder zu, aber die Eisschicht war zu dünn, um einen Menschen zu tragen. Am Tag, als ihr Mann ertrank, schneite es leicht. Die Schneeschicht über dem Teich machte das dünne Eis unsichtbar. Deswegen brach Franz ein. Es war eine perfekte Falle.«

Erika nickte. »Stimmt. Aber es war keine Falle. Ich wollte Franz nicht töten. Ich war nur wütend auf ihn.«

»Weil er eine Freundin hatte? Das haben Sie doch längst gewusst.«

Erika lachte sarkastisch. »Wenn im Backofen die Glut erlischt, wird es auch im Schlafzimmer kalt. Wir hatten sehr rasch geheiratet. Ich war schwanger, aber ich verlor das Kind kurz nach der Hochzeit. War Franz traurig? Wir hatten viel zu viel mit der Landwirtschaft zu tun, um darüber zu reden oder auch nur darüber nachzudenken. Eines Tages beim Abendessen erzählte mir Franz – ganz nebenbei –, dass er sich in eine andere Frau verliebt hätte. Sie hieß Ilse Subinski, und sie war die Kalenderfotografin. Sie kennen sie? Ich vergoss ein oder zwei Tränen, aber dann siegte die Vernunft. Wir beschlossen, den Hof weiter gemeinsam zu bewirtschaften. Wir schliefen von nun an in verschiedenen Zimmern, sonst änderte sich kaum etwas. Meine einzige Bedingung war, dass es nicht öffentlich wurde. So ging es einige Monate weiter. Wir waren Business-Partner.«

»Aber Ihr Mann hatte kaum etwas dazu beigetragen, dass es mit dem Hof aufwärtsging«, warf ich ein. »Sie waren stets die treibende Kraft.«

»Ich traf sämtliche Entscheidungen, und Franz war mit allem einverstanden. Es war auch meine Idee, dass er sich den ›Young Rural Professionals‹ anschließen sollte. Es machte sich bezahlt. Vor allem die Freundschaft mit Egon war eine wahre Goldgrube. Wir lieferten an sein Restaurant, und er half uns, Verbindungen weit über Murau hinaus zu knüpfen. Innerhalb eines Jahres hatten wir einen beachtlichen Abnehmerkreis. Im Murtaler Boten erschien der erste Artikel über uns. Franz, der stille, farblose Franz, den ich geheiratet hatte, entwickelte Anzeichen von Größenwahn. Es wurmte ihn, dass er unseren Erfolg mir zu verdanken hatte. Nun zeigte er doch so etwas wie Ehrgeiz. Er entwickelte jede Menge verrückter Pläne, ohne jemals einen zu realisieren. Er dachte sich noch absurdere Vorhaben aus und brachte doch nichts zu Ende. Bis auf diese Curling-Bahn natürlich, in die war er vernarrt. Gebracht hat sie nichts, nur jede Menge Kosten verursacht.«

»Ich glaube, ich weiß, wie es weiterging«, unterbrach Ulli. »Franz wollte sich scheiden lassen, nicht wahr?«

Erika nickte.

»Er war so vernarrt in Ilse Subinski, dass er ein neues Leben beginnen wollte«, fuhr sie fort. »Das hätte Ihre Business-Partnerschaft zerstört.«

»Scheidung kam aber für mich nicht infrage«, zischte Erika. »Absolut nicht. Ich hatte monatelang gegen meine Schwiegereltern gekämpft, um diesen Hof aufzubauen. Ich hatte das Geld aufgetrieben, den Businessplan entwickelt, das Marketing angekurbelt. Es ist mein Betrieb, verstehen Sie? Was wäre mir im Falle der Scheidung geblieben? Eine Abfindung und die Hälfte der Schulden? Hätte ich wieder zurückgehen sollen, an meinen Bankschalter – den ich immer schon gehasst habe?«

»Also haben Sie beschlossen, Franz zu ermorden«, stellte Ulli fest. »Um als Witwe alles zu erben.«

»Mord?«, rief Erika. »Ja, ich dachte an Mord. Aber ich verwarf den Plan wieder. Ich schlug ihm einen Kompromiss vor: keine Scheidung, aber er könne sich eine Wohnung suchen und mit dieser Subinski zusammenziehen. Im Betrieb sollte alles so weiterlaufen wie bisher. Sollte Franz Kinder bekommen, sollten diese einst den ganzen Betrieb erben.«

»Und Ihre eigenen zukünftigen Kinder?«

Erika lachte bitter. »Woher denn? Vom Heiligen Geist? Ich hatte Franz ein akzeptables Angebot gemacht. Er sagte, er müsse nachdenken. Nach zwei Tagen sagte er, die Scheidung stehe für ihn außer Diskussion. Er wolle sein Leben neu ordnen und reinen Tisch machen. Mein Angebot halte er für unmoralisch. Unmoralisch! Er vögelte in der Weltgeschichte herum und warf mir vor, unmoralisch zu sein. Das war der Moment, in dem ich blind vor Wut wurde. Ich hätte Franz in dieser Sekunde ermorden können. Das Brotmesser vom Tisch nehmen und es ihm bis zum Anschlag in die Brust stoßen. Vielleicht wäre dies auch die beste Lösung gewesen. Vierundzwanzig Stunden später war Franz ohnehin tot. Ich tat es nicht. Ich stieß Franz das Brotmesser nicht in die Brust, sondern stürmte hinaus in die Nacht. Ich schrie meine Wut in den Winterwind. Dann nahm ich eine Hacke und beschloss, irgendetwas kaputt zu machen, um meine Aggressionen loszuwerden. Der Teich, das war das Naheliegendste. Franz' Curling-Bahn, die er mit so viel Andacht betreute, wie er mir nie zugedacht hatte. Ich hieb ein Loch in den Teich. Dann war meine Wut fürs Erste verraucht. Ich ging schlafen, und am nächsten Tag fuhr ich nach Graz, um Gespräche mit potenziellen Abnehmern für unsere Räuchersaiblinge und unsere Fischwürstel zu führen. Die dünne Eisschicht und die drei Millimeter Schnee, die sich darüberlegten, wurden Franz zum Verhängnis. Er ging voll Vertrauen aufs Eis. Doch es brach unter ihm. Franz stürzte ins Wasser und ertrank. Aber das wissen Sie ja alles.«

Erikas Gesicht war hart und unbeweglich. Nun ergriff sie das Bajonett und drehte sich um. Sie stocherte die Glut im Herd an und legte Holzscheiter nach. »Die Polizei nahm den Unfall nicht allzu genau unter die Lupe. Ich hatte vor, alles zu gestehen. Aber diese Idioten schöpften ja nicht einmal Verdacht! Jeden Winter komme es zu solch bedauerlichen Unfällen, sagten sie. Ja ja, das Eis sei tückisch, und man könne nie sicher sein, ob es einen trägt. Also blieb ich stumm und schloss mit mir selber eine Wette ab: Wenn niemand Verdacht schöpft, dann wollte es das Schicksal so.«

»Und warum erzählen Sie uns jetzt alles?«, fragte ich.

»Weil dann der Mord an Egon passiert ist. Und dann der Mord an Elias. Schön, in genau der Reihenfolge, in der sie im Kalender auftreten. Egons Tod war ein Auslöser, verstehen Sie! Und ich war schuld an der Mordserie! Florian und Franz starben kurz hintereinander. Mr. Jänner und Mr. Februar. Das hat irgendjemanden auf die Idee gebracht, auch Mr. März und Mr. April umzubringen. Und demnächst wird Mr. Mai sterben.«

»Gregor Wiest!«

»Ich habe ohne Probleme von dieser Mühle erfahren. Man muss nicht allzu schlau sein, um draufzukommen, dass Gregor sich hier versteckt hält. Was ich herausfinden kann, kann der Mörder auch. In aller Ruhe kommt er hierher. Er foltert Gregor und tötet ihn. Die Schlucht erstickt alle Schreie. Der Fluss spült das Blut fort. Keine Zeugen und alle Zeit der

Welt. Das muss ich verhindern. Ich muss Gregor warnen. Sein Auto steht hinter dem Haus …« Erika hielt inne. »Haben Sie das gehört?«

Wir lauschten. Im Herd knackte das Holz. Draußen rauschte leise der Fluss. Oder war es nur das Blut, das in meinen Ohren brauste?

»Wer ist der Mörder?«, flüsterte ich. »Wen haben Sie in Verdacht?«

»Still!«, herrschte Erika mich an. »Ich bin sicher, da war etwas. Motorengeräusche. Ein Auto. Es kommt zu uns herunter.«

Erika stellte sich ans Fenster, legte die Hände an die Scheiben, um das Licht abzuschirmen, und blickte hinaus. Sie ging zur Tür, öffnete sie und blieb eine Weile im Türrahmen stehen, wo ihre hagere Gestalt in der ausgebeulten Jeans, dem karierten Flanellhemd und der ärmellosen Daunenjacke darüber abenteuerlich beleuchtet wurde. In der Rechten hielt sie das Bajonett lässig gegen den Boden gerichtet. Eine Pose wie aus einem schundigen Actionfilm. Sie ging hinaus und verschwand in der Dunkelheit. Der Schnee knirschte.

Weitere Schritte waren zu hören. Jemand rannte, so schnell er konnte, durch tiefen harschigen Schnee. Der Zusammenprall zweier wattierter Körper und ein gedämpftes Stöhnen. Gezischte Flüche und ein kurzer Schmerzensschrei.

Eine dick eingemummte Figur erschien in der Tür. Zwischen Anorak und Wollmütze lugte das runde rote Gesicht von Bertram Ferchner hervor. Bertram schien ebenso überrascht zu sein wie wir.

»Gregor«, brüllte er. »Hier sind noch zwei.«

»Scheiße!«, rief Gregor. »Wozu hast du deine Pistole? Halt sie in Schach.«

Bertram hob den Arm, und nun sahen wir die Waffe in seiner Hand. Er zielte abwechselnd auf Ulli und auf mich, wobei seine Hand stark zitterte. »Keiner rührt sich! Hände dorthin, wo ich sie sehen kann!«

Gehorsam folgten wir seinem Befehl. Bertram ließ den Blick nervös zur Tür und wieder zu uns pendeln. Nun polterte Gregor herein. Mit beiden Händen hielt er Erikas verdrehte Arme hinter ihrem Rücken fest. Erika wand sich, konnte sich aber nicht aus dem Griff lösen. Gregor hatte einen blutenden Cut an der Stirn. Beide waren über und über mit Schnee bedeckt. »Setz dich!«, befahl er und stieß Erika auf die Bank. »Gibt es noch mehr von eurer Sorte hier? Die Wahrheit bitte!«

Bertrams Pistolenlauf wanderte von mir zu Ulli, von Ulli zu Erika und wieder zurück.

Erika schniefte, betastete ihre Nase und wischte Blut an ihrer Daunenjacke ab. »Du hast die Falschen erwischt, du Trottel«, sagte sie. »Wir balgen uns im Schnee, und da draußen lauert der Mörder auf uns.«

»Maul halten!«, brüllte Bertram und hob die Waffe höher. Gregor fiel ihm in den Arm.

»Wieso seid ihr hier?«, fragte er.

»Du solltest dir ein besseres Versteck suchen, wenn du nicht gefunden werden willst«, trotzte Erika. »Hier gehen ja Hinz und Kunz ein und aus.« Mit wildem Blick fixierte sie Bertl, der immer noch mit beiden Händen die Pistole umklammerte, sie nun aber gegen den Boden gerichtet hielt. Er sah überfordert aus und nur ein kleines bisschen gefährlich.

»Ich habe meine Vorsichtsmaßnahmen getroffen«, sagte Gregor. »Es gibt eine einzige Straße hier herunter. Als ich dein Auto gesehen habe, bin ich auf der anderen Talseite den Fußsteig hochgegangen. Zum Glück wohnt Bertl in der Nähe, und ich habe ihn überreden können, einen Überraschungsangriff durchzuführen.«

»Genau«, sagte Bertram. »Wir haben euch erwischt, was?«

»Ich hatte gedacht, ihr verdächtigt euch gegenseitig«, mischte ich mich ein. »Was ist aus dem guten, alten Misstrauen unter Freunden geworden?«

»Nichts, das sich durch ein paar raue, ehrliche Worte nicht wieder einrenken ließ.«

»Dann sollten auch hier ein paar raue, ehrliche Worte fallen.« Ulli legte ihre gesammelte Lehrerinnen-Autorität in die Stimme. »Frau Brandter – Erika – würden Sie den Herren hier erzählen, wie Ihr Mann ums Leben gekommen ist?«

»Warum nicht. Jetzt ist es eh schon alles egal.«

Gregor hörte mit verschränkten Armen zu. Bertram bemühte sich, keinen von uns aus dem Auge zu lassen und gleichzeitig die Tür zu bewachen. Erika fasste nüchtern die Fakten ihrer Erzählung zusammen.

»Ich hatte recht«, rief Bertram. »Ich habe es von Anfang an gewusst. Das Eis ist um diese Jahreszeit zu dick, um einfach darauf einzubrechen.«

Gregor packte Erika mit beiden Händen an den Schultern. Sie fiel mit ihrem Stuhl fast hintüber. »Du hast eine perfekte kleine Falle gebaut, um deinen Mann um die Ecke zu bringen«, schrie er. »Und dann hast du Egon getötet, ohne dir die Hände schmutzig zu machen. Hast dich zur Sauna geschlichen und K.-o.-Tropfen in sein Bier gemischt. Warum? Warum Egon?«

»Ich habe Egon nicht getötet«, murmelte Erika. »Aber reden wir doch einmal über Florian. Den unschuldigen Florian, der von einer Kugel getroffen wurde, die aus dem Neujahrshimmel gefallen war. Stammt die nicht zufällig aus dem Lauf dieser kleinen tödlichen Maschine hier?« Sie deutete mit dem Kinn auf die Pistole, die Bertram immer noch in der Hand hielt.

»Gregor, warum fragst du deinen Freund hier nicht, was er in der Silvesternacht getan hat?«

»Du hast hier keine Fragen zu stellen!«, schnauzte Bertl sie an und zielte mitten in ihr Gesicht. »Ihr seid unsere Gefangenen!«

Gregor streckte die Hand aus. »Bertl, die Waffe!« Bertl reagierte nicht.

»Deine Pistole, Himmelherrgottnocheinmal.« Zögernd gab Bertram die Pistole ab.

»Was ist in der Silvesternacht passiert?« Gregor blickte abschätzig auf das schwarzmetallene Teil in seiner Hand, kontrollierte, ob der Sicherungshebel auf die sichere Seite geschoben war und steckte es in seine Jackentasche.

»Woher soll ich das wissen?«, sagte Erika. »Ich war allein zu Hause. Ich habe im Stall und im Haus geräuchert, während Franz sich mit euch vergnügt hat. Und wahrscheinlich mit einer gewissen Ilse Subinski. Zufällig habe ich aber gesehen, wie Bertl mit seinen Jägerfreunden in Richtung Falkendorf gefahren ist. Dort habt ihr doch eine Jagdhütte, nicht wahr? Gar nicht weit von dem Puff entfernt, in dem Florian gefeiert hatte. Aber ihr wart nicht im Puff. Oh nein. Dafür wart ihr viel zu besoffen. Ich wette, ihr habt um Mitternacht mit euren Flinten und Büchsen, mit euren Revolvern und Pistolen in die Luft gefeuert, damit es so richtig knallt. Habe ich recht?«

Bertram kaute auf seiner wulstigen Unterlippe. »Ich war nicht der Einzige, der geschossen hat!«, verteidigte er sich. »Alle haben geschossen. Ich habe nur mitgemacht. Wir waren mitten im Wald!«

»Alles, was nach oben strebt, kommt auch wieder auf die Erde zurück. Und wenn der Teufel will, trifft auch der Besenstiel. Ich habe meinen Kopf riskiert, um Gregor zu warnen, und habe mir dabei eine blutige Nase geholt. Wann werdet ihr begreifen, dass ich auf eurer Seite stehe!«

»Du bist eine durchtriebene, berechnende und egozentrische Person«, sagte Gregor. »Das ist, was ich begriffen habe.«

»Wir werden nie wissen, welche Kugel Florian getötet hat«, sagte Ulli. »Wir sollten uns lieber überlegen, wie wir diese Pattsituation bereinigen.«

»Das ist einfach.« Bertram zog die Mütze von seinem Kopf. Die kurzen Haare waren feucht und klebten an seinem runden Schädel. »Offenbar weiß ja jetzt jeder von dem Versteck. Wir bleiben also hier und warten, bis der richtige Mörder auftaucht. Dann machen wir ihn kalt. Und wenn er nicht kommt, dann wissen wir, dass Erika die Mörderin ist.«

»Bertl, das ist die dümmste Idee, die du jemals hattest, und das will etwas heißen.« Ulli stand auf und ging zum Fenster. Gregors Hand fuhr automatisch in seine Jackentasche.

»Es sieht so aus, als bleibt uns nichts anderes übrig, als hierzubleiben«, sagte Ulli. »Wir sind eingeschneit.«

Ulli hatte recht. Der Schneefall hatte nun so richtig eingesetzt. Dicke schwere Flocken trieben am Fenster vorbei. Es war, als blickte man in eine weiße Wand. Gregor öffnete die Tür. Sofort fegte der Wind eine geballte Ladung Schnee durchs Zimmer. Das Feuer im Herd fauchte im Zugwind auf.

Gregor fluchte. Er drückte Bertl die Pistole in die Hand und befahl ihm, niemanden von uns vorbeizulassen. Dann verschwand er im Schneetreiben. Kurz danach war er wieder da.

»Kluge Strategie von dir, Erika«, höhnte er. »Mein Auto so einzuparken, dass ich nicht fliehen kann. Gibt mir doch einmal deine Autoschlüssel.«

Gregor machte eine auffordernde Bewegung mit der Waffe. Erika kramte wortlos in der Hosentasche und legte einen schweren Schlüsselbund auf den Tisch. An die zwölf Schlüssel mit einer Biene-Maja-Figur als Anhänger. Gregor krallte sich den Bund. Sekunden später hörten wir, wie Erikas SUV startete. Der Motor heulte auf und starb wieder ab. Wieder und wieder versuchte Gregor, den Wagen in Schwung zu bringen, bis die Räder durchdrehten. Dann kam er zurück ins Haus und schüttelte den Schnee ab.

»Also gut. Wir bleiben hier, bis morgen früh der Schneepflug kommt. Betrachtet euch als meine Gäste. Es versteht sich von selbst, dass Bertl und ich euch die Nacht über im Auge behalten werden. Dass mir keiner den Raum verlässt!«

»Und was tun wir bis morgen? Spielen wir Mensch-ärgere-dich-nicht?«, fragte Erika.

»Ich muss Frau Belkoff anrufen und ihr Bescheid geben, dass ich auswärts übernachte«, sagte ich. »Sie macht sich sonst Sorgen. Darf ich telefonieren?« Ich zog mein Handy aus der Tasche.

»Frau Belkoff?« Gregor schien unsicher. »Gib mir das Handy. Nur um sicherzugehen, dass du auch wirklich mit der alten Dame sprichst und mit niemandem sonst. Ist die Nummer eingespeichert?« Ich wählte und reichte ihm das Telefon.

»Frau Belkoff?« Gregors Stimmlage war drei Halbtöne in die Höhe gerutscht. »Hier ist Gregor Wiest. Warten Sie, ich gebe Ihnen ...«

»Ja, mir geht es gut. Herr Damianovic steht neben mir. Bitte bleiben Sie dran.« Er überreichte mir das Handy.

»Frau Belkoff, hier Dimiter. Ich bin eingeschneit und komme heute nicht mehr nach Hause. Ich meine, zu Ihnen, in mein Zimmer.«

»Eingeschneit?« Frau Belkoff klang besorgt. »Wo treiben Sie sich denn schon wieder herum? Ist Frau Jordan bei Ihnen?«

»Ja, Frau Jordan ist hier. Wir sind in der alten Mautmühle bei Unteretrach.«

»Welche Mühle? Bei Unteretrach, sagen Sie?«

»So eine alte Mühle am Fluss. Aber als Wochenendwohnung hergerichtet. Gregor ist hier, Ulli und ...«

»Ich bin ja so froh, dass Sie Gregor gefunden haben! Werden Sie auch nicht erfrieren? Es gibt einen furchtbaren Schneesturm.«

»Wir haben es hier sehr gemütlich. Im Herd brennt Feuer, und zum Essen wird sich wohl auch etwas finden lassen. Sobald der Schneepflug morgen früh den Weg geräumt hat, kommen wir zurück. Es besteht wirklich kein Grund zur Sorge.«

Im Hintergrund gab ein lautes Geräusch, als ob ein Stapel Geschirr zu Boden fiel.

»Rigoletto, wirst du wohl?«, schimpfte Frau Belkoff. Dann war sie wieder bei mir.

»Entschuldigen Sie, ich habe gerade Besuch, und das gefällt meinen Katzen ganz und gar nicht. Sie verteidigen ihr Revier, verstehen Sie?« Frau Belkoff kicherte. »Sind Sie sicher, dass ich nichts für Sie tun kann?«

»Wir sind hier wohlbehalten. Ewig kann der Sturm ja nicht andauern. Ich melde mich morgen früh wieder. Gute Nacht!«

»Gute Nacht, Herr Dimiter!«

Gregor nickte. »Wollen Sie auch jemanden anrufen?«, fragte er Ulli. Ulli schüttelte den Kopf. »Bertl?«

»Meinen Alten ist es wurscht, wenn ich nicht nach Hause komme.«

»Gut.« Gregor nahm das Handy auseinander und entfernte SIM-Karte und Akku.

»Wenn ich auch noch die anderen Handys haben dürfte?« Ulli, Erika und Bertl legten wortlos ihre Mobiltelefone auf den Tisch. Gregor verfuhr mit ihnen auf dieselbe Weise. »Besser kein Risiko eingehen«, sagte er. »So ein Handy kann man auf zwei Meter genau orten, selbst wenn es nicht eingeschaltet ist.«

Ulli lehnte ihren Kopf an meine Schulter. Sie hielt die Augen geschlossen. Erika hatte ein Päckchen Karten gefunden und legte stumm Patiencen. Ihr gegenüber saß Gregor und las in einer alten Zeitung, die zum Unterzünden gedacht war.

Die Pistole lag vor ihm auf dem Tisch. Bertl drehte uns den Rücken zu und stocherte mit dem alten Bajonett in der Herdglut. Erikas Patience ging zum fünften Mal nicht auf. Ungeduldig warf sie die Karten auf einen Haufen,

»Franz hatte sich auf das Kind gefreut«, sagte sie unvermittelt. »Zumindest am Anfang. Waren wohl die Hormone. Auch bei Männern verwandelt sich der Stoffwechsel in der Schwangerschaft.« Erika lachte. »Die Hormone haben ihn auch zu dieser Schlampe Ilse Subinski getrieben.«

»Wir waren alle verliebt in Ilse Subinski«, sagte Gregor müde. »Wenn ich damals nicht gerade was mit dieser Wiebke gehabt hätte, hätte ich sie auch angebaggert.«

»Die Ilse war meilenweit über uns«, murmelte Bertram. »Die war eine ganz andere Liga. Da hättest auch du keine Chance gehabt. Dass dann ausgerechnet Franz bei ihr landen konnte, war ein Schock.«

Gregor lachte. »Ich kann mich noch gut an dein Fotoshooting erinnern, Bertl. Das war auf dieser Wiese neben der Au. Am Anfang warst du ziemlich verschämt und wolltest nicht einmal dein Hemd ausziehen. Dann hat Ilse geschmeichelt, wie stark deine Oberarme sind, wie breit deine Schultern und wie kuschelig die Haare auf der Brust sind. Das hat sie getan, damit du locker wirst. Ich wette, das war das erste Mal in deinem Leben, dass eine Frau dir Komplimente gemacht hat.«

»Bei deinem Fotoshooting haben wir ziemlich geflucht«, antwortete Bertram. »Nie wollten deine verdammten Gäule so, wie wir wollten. Die Ilse hat ganz schön Schiss gehabt vor den wilden Bestien. Wir haben dann deine Mutter geholt, damit sie die Pferde ruhig hält.«

»Ja, meine Mutter ist eine echte Pferdeflüsterin.«

»Uns hat sie fast mit der Heugabel aufgespießt«, erzählte Ulli.

»Sie ist manchmal ein bisschen ruppig, aber sie hat ein feines und musikalisches Wesen. Sie singt ausgezeichnet, es heißt, dass sie die Seele ihres Chors ist. Deswegen kommt sie auch bei den Pferden so gut an. Sie trifft immer die richtige Tonlage.«

»Ich war beim Fotoshooting meines Mannes dabei«, sagte Erika. »Ich habe den Bademantel gehalten, in den Franz geschlüpft ist, wenn er gerade nicht vor der Kamera stand. Damals habe ich noch nicht geahnt, dass es nicht das erste Mal war, dass Ilse meinen Mann nackt sah.«

»Was haben Franz' Eltern zu dem Kalender gesagt?«, fragte ich.

»Ich glaube, die wissen bis heute noch nichts davon. Franz hat es ihnen nicht erzählt.«

»Meine Alten waren ganz schön stolz auf den Kalender«, sagte Bertram. »Meine Mutter hat ungefähr dreihundert Stück bestellt und an alle Bekannten und Verwandten verteilt. Die hängen dort im Wohnzimmer herum.«

»Und jedes Mal, wenn ihr auf Besuch kommt, ist rein zufällig das Juli-Blatt aufgeschlagen. Auch, wenn wir Jänner haben«, spöttelte Gregor.

»An deiner Stelle wäre ich nicht so vorlaut. Du hast von

deinen Fotos sogar Poster machen lassen.«

Gregor wurde rot. »Aber nur, weil Wiebke unbedingt ein Bild von mir wollte. Ich wette, das hängt jetzt an der Innenseite der Klotür ihrer WG, verziert mit dazugekritzelten Hörnern und einem Teufelsschwanz.«

»Oder es klebt an der Außenseite der Klotür«, sagte Ulli. »Als Zielscheibe, gespickt mit Dart-Pfeilen. Nach Voodoo-Art.« Wir mussten lachen. Sogar Erika schmunzelte.

»Gibt es hier eigentlich auch was zu essen?«, rief Ulli. »Wenn wir bis zur Früh durchhalten müssen, sollten wir wenigstens nicht verhungern.«

»Ich glaube, es sind noch ein oder zwei Dosen Gulaschsuppe da.« Gregor deutete auf das Regal neben dem Herd.

»Zu wenig für uns alle«, entschied ich. »Schauen wir einmal, was die Küche sonst noch zu bieten hat.«

Außer dem Dosengulasch fand ich drei Packungen Spaghetti, geschälte Tomaten in Dosen, weiße Bohnen und ein paar vertrocknete Gewürze. Ganz hinten im Regal lagen sogar noch fünf Zwiebeln. Außen etwas verwittert, aber innen noch gut erhalten.

»Nudeln mit Tomaten also. Besser als nichts.«

Ich stellte einen Topf mit Wasser auf den Herd, tat Salz hinein und begann die Zwiebeln zu schälen und kleinzuschnipseln.

»Ich wusste gar nicht, dass du kochen kannst.« Ulli hatte ihren Kopf in die Hände gestützt und sah amüsiert zu.

»Kann ich auch nicht. Für den Eigenbedarf reicht es, aber Fremden mute ich meine Kreationen üblicherweise nicht zu. Außer in Notfällen wie diesen.«

Wir aßen konzentriert und ohne auf Tischsitten allzu große Rücksicht zu nehmen. Bertram schlürfte die Nudeln mit gespitztem Mund. Erika und Gregor benutzten Gabel und Löffel, Ulli wickelte mit einer Hand gewaltige Girlanden auf ihre Gabel. »Ah«, machte sie, als sie den Teller leer geputzt hatte. »Jetzt geht es mir besser. Den Abwasch machen wir morgen, ich muss erst einmal verdauen.« Doch Erika stand schon an der Spüle und schöpfte heißes Wasser aus dem Gefäß auf dem Herd. Bertram stellte sich kommentarlos dazu, nahm die gespülten Teller in Empfang und trocknete ab.

Eine Stunde später lag Ulli auf der Bank, ihren Kopf hatte sie auf meinen Oberschenkel gebettet. Sie war eingeschlafen. Erika hatte sich in eine Decke gewickelt und sich auf dem Boden zusammengekrümmt. Gregor hatte niemandem erlaubt, das Schlafzimmer im oberen Stock zu benutzen. Er und Bertl spielten Karten, um sich wach zu halten. Mir fielen die Augen zu, und ich wagte nicht, meine Sitzposition zu wechseln, weil ich Ulli nicht wecken wollte.

Ich wachte von einem dumpfen Schmerz in meiner Lendenwirbelsäule auf. Mein linkes Bein spürte ich gar nicht. Es war eingeschlafen. Ullis Kopf lag immer noch auf meinem Oberschenkel. Bertram und Gregor schlummerten im Sitzen, Erika schnarchte leise. Bertrams Pistole lag auf dem Tisch. Ich nahm sie, ohne meine Sitzposition zu verändern, löste die Arretierung und ließ das Magazin in meinen Schoß fallen. Ulli erwachte, starrte auf die Waffe und krallte sich entsetzt in meinen Arm.

»Psst!«, machte ich. »Ich entlade sie.« Einzeln schob ich die Patronen aus dem Magazin und legte sie neben mich auf die Bank. Dann drückte ich das Magazin wieder zurück in die Pistole.

»Du hast die Patrone in der Kammer vergessen!«, flüsterte Ulli.

»Welche Kammer?«

»Es ist immer auch eine Patrone im Pistolenlauf. Weiß ich aus Krimis.«

»Weißt du auch, wie man die herauskriegt?«

»Keine Ahnung. Hast du Angst, dass Gregor uns erschießt? Oder Bertl?«

»Es ist Erika, die mir Sorgen macht.«

»Warum?«

Mit mulmigem Gefühl verstaute ich die Patronen in meiner Hosentasche und hoffte, dass sie dort nicht spontan explodierten.

»Als ich Franz' Leiche gefunden hatte, trieb sie wie ein Korken auf der Wasseroberfläche. Er trug eine Daunenjacke, die Gleiche, die Erika anhat. Nur mit Ärmeln. Die Luft in der Jacke hatte genug Auftrieb, um den Körper über Wasser zu halten. Wie bei einer Schwimmweste. Ich glaube nicht, dass ein starker Mann wie Franz so schnell ertrunken oder erfroren wäre. Er hätte genug Zeit gehabt, sich an Land zu retten.«

»Du meinst, Erika hat nachgeholfen?«

»Am Ufer lag ein Stallbesen. Ich habe Franz' Leiche damit an Land gezogen. Man hätte den Besen auch dazu benutzen können, Franz' Kopf unter Wasser zu drücken, um sicherzugehen, dass er auch wirklich ertrinkt.«

»Wenn man zur richtigen Zeit an der Stelle war.«

»Und wenn man von dem Loch im Eis wusste.«

»Aber die Spuren! Man hätte doch ihre Spuren im Schnee gesehen. Fußspuren, die zum Teich führen und wieder zurück.«

»Als Kind habe ich mir manchmal einen Spaß daraus gemacht, in die Fußstapfen von jemand anderem zu treten, um meine Spur zu verwischen. Wenn etwas Schnee fällt, der die Konturen überzuckert, kann man nicht mehr erkennen, dass hier zwei Personen unterwegs waren. Abgesehen davon hat die Polizei wohl nur sehr oberflächlich nach Spuren gesucht. Sie geht ja von einem Unfall aus.«

Bertram regte sich im Schlaf. Ich hielt meinen Finger an die Lippen und legte mich auf die Bank. Meinen Oberkörper konnte ich auf meiner Hälfte notdürftig unterbringen, die Beine hatte ich abgewinkelt, und die Füße standen auf dem Boden. Ulli beanspruchte die andere Hälfte der Bank. Unsere Köpfe berührten sich, und ich spürte ihren warmen Atem auf meiner Wange.

Mittwoch, 25. Jänner

Im Morgengrauen unterbrach ein dumpfes Krachen und Schaben die Stille. Es war der Schneepflug, der den Weg zur Mühle räumte. Mit rasselnden Schneeketten drehte er in der Einfahrt um, dann fuhr er wieder die Serpentinen hinauf, zurück zur Bundesstraße. Gregor streckte sich. »Zeit aufzubrechen«, gähnte er. »Kann jemand Kaffee kochen? Ich trete kurz aus.« Er nahm die Pistole vom Tisch, steckte sie in den Hosenbund unter seinen Pullover und ging vor die Tür.

Bertram gähnte. Erika rieb sich kurz die Augen und machte sich daran, das Feuer im Herd neu zu entfachen.

»Sehr witzig«, hörten wir Gregor von draußen rufen. »Schaut euch das einmal an! Welcher Spaßvogel war das?«

Wir folgten ihm ins Freie. Es hatte aufgehört zu schneien. Die frischen Schneekristalle auf den Ästen blitzten schillernd in der Morgensonne. Die Straße war bis auf eine dünne Schneeschicht geräumt und mit Splitt gestreut. Am Straßenrand türmten sich riesige Wechten. Ein paar Meter vor dem Haus stand ein Schneemann. Zwei Meter groß. Auf dem Kopf hatte er einen alten Kübel. Die Nase war ein Fichtenzapfen. Grimmig bleckte die Gestalt ihre Zähne, die aus zwei Reihen dunkler Bachkiesel gebildet waren. Das überhebliche Grinsen eines Totenschädels. Der Blick des Schneemannes war auf die Haustür gerichtet. Erika lachte nervös und hielt sich die Hand vor den Mund. Etwas an den Augen des Schneemanns war ungewöhnlich. Es waren keine Kohlenstücke. Es waren auch keine Bachkiesel, die metallisch schillerten. Es waren etwa fünf Zentimeter lange Stifte aus Stahl oder Eisen, jeweils etwa zehn Stück, die dort steckten, wo die Augen sein sollten.

»Hufnägel«, stellte Ulli fest. »Und irgendetwas ist um den Hals gewickelt.«

Es war im Schnee fast nicht zu sehen: Um den unteren Teil der Schneekugel, die den Kopf markierte, war eine dünne goldene Kette gewunden und hinten mit einem Stück Bindfaden geschlossen. Drei goldene Anhänger hingen daran: ein Pferdekopf, ein Kreuz und ein Steinbock. Ich riss es ab und warf es Ulli zu.

»Irgendwo habe ich das schon gesehen.«

»Das ist die Halskette meiner Mutter!«, rief Gregor. »Das Kreuz hat ihr die Taufpatin gegeben. Der Steinbock ist ihr Sternzeichen, und das Pferd habe ich ihr einmal geschenkt. Seht ihr die Hufnägel in den Augen stecken? Das ist eine Warnung. Vielleicht etwas Schlimmeres … Ich muss zu meiner Mutter. Ich muss wissen, was los ist.« Er sprang in Erikas Auto – den Schlüssel dazu hatte er immer noch in der Hosentasche – und startete den Motor.

»Halt!«, rief Ulli. »Mach keinen Fehler! Fahr wenigstens nicht alleine!«

Der Streusplitt spritzte unter den Reifen. Der Wagen beschleunigte bis zur ersten Serpentine und driftete um die Kurve.

»Rasch, wir müssen ihm nach!« Ulli stapfte, so schnell sie konnte, zu ihrem Kombi. Sie drehte den Zündschlüssel. Ein heiseres Leiern war die Antwort. Zehnmal ließ sie den Anlasser rotieren, dann gab sie auf. Fluchend stieg sie aus dem Wagen.

Ein dumpfer Knall lenkte unsere Blicke den Hang hinauf, und wir sahen, wie Erikas SUV wie in Zeitlupe über die Hangkante segelte. Der Schnee spritzte, als sich das Blech in die Böschung bohrte. Der Wagen überschlug sich, zerwalzte zwei junge Lärchen und rollte wie eine silberne Lawine ins Tal. Hinter einer Gruppe kahler Erlen am Flussufer verschwand er. Stille.

Ulli und ich rannten gleichzeitig los.

»Halt«, rief ich und packte sie beim Arm. »Hast du dein Handy?«

»Das liegt auf dem Küchentisch. Mist. Gregor hat es gestern zerlegt.«

»Lauf zurück, setz es wieder zusammen, und versuch, die Rettung zu erreichen. Ich schaue nach Gregor.«

Der Neuschnee ging mir bis übers Knie. Bis zur Erlengruppe waren es an die fünfhundert Meter. Es dauerte quälend lange, bis ich den SUV erreichte. Er lag auf dem Dach, zur Hälfte im Wasser, und sah aus wie eine geknickte Zündholzschachtel. Die Windschutzscheibe war zersplittert, die Tür ausgehängt. Ich legte mich auf den Bauch und kroch ins Innere des Wagens. Er war leer. Der Airbag hing schlaff über das Lenkrad, der Sicherheitsgurt war nicht eingerastet.

»Gregor?«, rief ich.

Zwischen den zerfetzten Zweigen und den Glassplittern rund ums Auto zog sich eine Schleifspur mit Stiefelabdrücken zum Wasser. Einzelne Bluttropfen hatten sich in den Schnee gesogen. Die Spur verlief flussaufwärts. An der Biegung stieß eine zweite Spur hinzu. Jemand war von der Unfallstelle herabgeeilt, um Gregor den Fluchtweg abzuschneiden. Keuchend stand ich da und versuchte zu verstehen, was passiert war. Gregor hatte den Absturz überlebt. Er war verletzt, aber bei Bewusstsein. Er hatte sich selbst aus dem Autowrack befreit und war das Bachbett entlanggelaufen. Warum? Weil er gesehen hatte, wie jemand auf ihn zukam, dem er auf keinen Fall in die Arme laufen wollte. Jemand, der ihn zuvor mit einem dunklen Passat in tödlicher Absicht von der Straße gedrängt hatte …

Halt! Warum kam mir in dem Augenblick ein dunkler Passat in den Sinn? Egal. Ich musste Gregor finden – bevor sein Verfolger ihm den Kopf endgültig einschlug.

Die Spuren liefen weiter das zugefrorene Bachbett hinauf. Ob Ulli Hilfe herbeitelefoniert hatte? Falls sie mir folgten, sollten sie über die Situation Bescheid wissen. Andererseits konnte ich nicht einfach warten. Ich suchte in meiner Jacke nach einem Stück Papier und zog einen zerknüllten Kassenbeleg aus der Tasche. Mit einem Bleistiftstummel schrieb ich »Gregor ist verletzt« drauf. »Mörder ist hinter ihm her. Ich folge beiden. Kommt so schnell wie möglich nach. Haltet Sicherheitsabstand!« Darunter kam mein Name. Ich legte die Botschaft auf einen Stein im Bachbett und beschwerte ihn mit einem Ast. Zu wenig auffällig. Ich ersetzte den Ast mit zwei Patronen, die ich aus meiner Hosentasche hervorkramte. Die Spitzen zeigten bachaufwärts. Weiter. Alle zwanzig bis dreißig Meter legte ich eine weitere Patrone auf einen Stein, um Ulli und den anderen zu zeigen, dass sie noch auf dem richtigen Weg waren.

Die Schlucht wurde enger, die Ufer steiler und höher. Von rechts gluckerte ein Bächlein in den Fluss. Nach der nächsten Biegung stand ich vor einem Wasserfall. Die Felswand war etwa fünf Meter hoch und von einer Kaskade aus Dutzenden Eis-Stalaktiten überzogen. Eine bizarre Skulptur in Blassblau, Grünlich und Eisgrau, unter der das Wasser rauschte. Der Tümpel am Fuße des Wasserfalls war nur an den Rändern zugefroren. Aus dem Loch in der Mitte schwappte dunkles Wasser. Die beiden Spuren zweigten hier ab und führten das Steilufer hinauf. Ich zog die letzte Patrone aus der Tasche und legte sie so hin, dass sie als Wegweiser auf den Hang zeigte. Unter meinen Füßen rutschte der Schnee, ich musste mich an Baumstämmen und Ästen festhalten, um nicht abzugleiten. Schritt um Schritt kämpfte ich mich hoch. An der Hangkante hangelte ich mich von Baum zu Baum. An einen dicken Stamm gelehnt, schöpfte ich Atem. Von hier oben hatte ich einen guten Blick auf den Fluss. Ich hatte sie eingeholt. Sie hatten den Wasserfall umgangen und waren wieder beim Flussbett unten. Ich sah Gregor, der erschöpft und halb bewusstlos mit dem Rücken gegen einen Felsen lehnte. Vor ihm stand eine Gestalt in einem schmutzig grauen Mantel. Die breite Pelzmütze verlieh dem Kopf eine übermäßige Wucht, die der hagere Hals, der aus dem Mantel hervorragte, fast nicht zu tragen vermochte. Die Gestalt drehte mir den Rücken zu. In der rechten Hand hob sie einen schweren Fäustel.

»Armin Rosza!«, rief ich.

Rosza ließ den Fäustel niedersausen, doch mein Rufen hatte ihn überrascht, sodass er nicht mit voller Wucht zuschlug. Der Schlag streifte Gregors Kopf. Gregor stöhnte, sein Oberkörper glitt zu Boden.

Rosza drehte sich um. »Dimiter Damianovic. Ich hatte Sie nicht so früh erwartet. Ihr Pech.« Rosza riss eine Pistole aus der Manteltasche und richtete sie auf mich. War es Bertrams Pistole? Die, aus der ich die Patronen entfernt hatte?

»Kommen Sie herunter!«

Ich hatte die Hände erhoben und konnte mich nirgendwo festhalten. Meine Füße glitten aus, ich fiel auf den Hintern und rutschte den Hang hinunter. Mein Knie hatte sich überdehnt, und als ich aufstand, spürte ich einen stechenden Schmerz.

»Geben Sie auf!«, sagte ich und versuchte, das Zittern in meiner Stimme zu verbergen. »Frau Jordan hat die Polizei gerufen. Sie ist in ein paar Minuten hier.«

»Was ich zu erledigen habe, dauert nicht lange.«

»Die Pistole ist nicht geladen. Ich habe in der Nacht das Magazin geleert.« Voller Bangen dachte ich an die Patrone, die möglicherweise noch in der Kammer war.

»Sind Sie sicher?« Rosza zielte auf meinen Kopf. »Wenn auch nur ein einziger Schuss im Lauf steckt, sind Sie ein toter Mann. Das wollen Sie doch nicht riskieren, oder?«

Ich musste Zeit gewinnen. Ihn in ein Gespräch verwickeln.

»Sie haben Egon Gugganig Felgenreiniger ins Bier geschüttet und ihn erfrieren lassen. Dann haben sie Elias Hafner auf grausamste, hinterlistige Weise getötet. Warum?«

Gregor bewegte sich benommen. Rosza trat ihm ins Gesicht, dann setzte er sich mit seinem ganzen Gewicht auf seinen Rücken.

»Ich hatte einen Sohn«, begann er. »Einen unschuldigen Knaben von vierzehn Jahren. Markus, nach meinem Lieblingsevangelisten. Leider kam er in schlechte Gesellschaft. Moritz Flatschacher, Florian Thal, Bertram Ferchner, Ingo Sedlitz und dieser verkommene Gregor Wiest. Egon Gugganig war ihr Anführer, und er war der Verkommenste von allen. Sie hatten sich dem Teufel verschrieben, verstehen Sie? Ich meine das nicht im metaphorischen Sinne. Wenn der Teufel gerufen wird, stehen ihm die Pforten zur Seele sperrangelweit offen. Er hatte sich meinen Markus ausgesucht. Ein Dämon ist in ihn gefahren, wir konnten ihn nicht retten.«

»Sie hatten einen selbst ernannten Exorzisten kommen lassen. Pater Benno. Das hat bei Ihrem Sohn eine Psychose ausgelöst.«

»Es war der Dämon!«, brüllte Rosza ungehalten. »Sie haben keine Ahnung von der Macht des Bösen! Dieser Gestank in Markus' Zimmer! Die Brandflecken auf dem Teppich! Kommen Sie mir nicht mit Ihrer kindischen Psychologie! Oder können Sie mir erklären, woher dieses höllische Grunzen kam, das Markus anstimmte, wenn er alleine in seinem Zimmer war?«

»Death-Metal-Gesang?«, warf ich ein.

Rosza ignorierte meinen Einwand. »Der Dämon zog Markus immer tiefer hinab. Drogen. Exzesse. Sodomie. Das war nicht mehr mein Sohn. Das war die fleischgewordene Behausung des Teufels. Meine Frau starb vor Gram. Meine

Tochter wendete sich von mir ab und gab sich einem Gottesleugner hin.«

»Sie meinen Cemil Yağmur, Ihren Schwiegersohn.«

»Schwiegersohn! Welche Travestie! Wissen Sie, dass meine Tochter meinen Enkel bis heute nicht hat taufen lassen? Sie hat ihn der Hölle überlassen.«

Schweiß rann Rosza von der Stirn. Er rückte seine Pelzkappe zurecht, ohne die Pistole von mir zu wenden.

»Ich litt«, fuhr er fort. »Ich wartete. Gottes Mühlen mahlen langsam, aber gerecht. Zu Neujahr wurde Florian Thal erschossen. Die Kugel kam direkt aus dem Himmel, kein Mensch hat auf ihn gezielt. Es war der Wille Gottes. Florian Thal, der Erste dieser verkommenen Teufelsbrut, die meinen Sohn verdorben hatte. Ich wartete. Dann ertrank Franz Brandter. Brandter war damals nicht dabei, er war kein Mitglied dieser Dämonenbrigade. Aber ich erkannte das Zeichen! Da war dieser lüsterne Bilderkalender für geile Huren und Kotstecher, und alle Verführer von damals waren daran beteiligt. Ich frage Sie: Wenn das kein Zeichen Gottes ist, was dann?«

»Es war Zufall. Zwei Unfälle. Es gibt keinen Zusammenhang.«

»Zufall!« Rosza lachte bitter. »Das ist immer eure Antwort, wenn ihr euch in die Enge getrieben seht. Wie ist das Weltall entstanden? Zufall. Wie entstand das Wunder des Lebens? Zufall. Wie kommt es, dass in der Natur so planvoll eines ins andere greift? Zufall. Wie konnte die Natur ein denkendes, fühlendes Wesen wie den Menschen hervorbringen? Zufall. Wo Gottes Wirken offensichtlich ist, krümmt ihr euch und ruft: Zufall. Nein, es war kein Zufall, dass Florian Thal und

Franz Brandter starben. Und ich war dazu ausersehen, das Werk weiterzuführen. Kennen Sie die Geschichte vom Propheten Elija und König Ahab? Wahrscheinlich nicht. Ja, ich besorgte mir Felgenreiniger. Ich kaufte ihn bei Elias Hafner. Noch immer war ich nicht überzeugt davon, dass ich das Richtige tat. Aber Gott würde meine Wege lenken. Am Tag nach Franz Brandters Tod mischte ich ein gutes Quantum des Felgenreinigers in eine der Bierflaschen, die Gugganig für sich in seinem Sündenpfuhl aufbewahrte. Nur eine Flasche. Mehr war nicht nötig. Es war so einfach! Gott wollte es, dass er nach dieser einen Flasche griff, und er starb. Er erfror, nackt, im Zustand der Sünde.«

»Es hätte auch mich erwischen können.«

»Hat es aber nicht! Sehen Sie nicht, wie alles nach Seinem Plan lief?«

»Und Elias? Er hat niemandem etwas getan. Sie haben das Bild gesehen, nicht wahr? Das Bild im Rittersaal des Schlosses. Das mit den Katzen, die dem Hund einen Einlauf verabreichen. Sie waren bei Ullis Veranstaltung, und Ihnen ist das Gemälde aufgefallen. Das hat Sie auf die Idee gebracht, Elias von hinten aufzublasen. Vielleicht haben Sie auch an Ihren Sohn gedacht, der in windigen, stinkenden Raststation-Toiletten schmierigen alten Männern den Hintern hinhalten muss, um ein paar Euro für seine Pillen zu verdienen, die seinen Schmerz lindern.«

»Ich habe keinen Sohn!« Rosza wackelte mit dem Kopf. Die breite Pelzmütze pendelte wie ein Metronom auf dem dünnen Hals. »Mein Sohn ist tot. Ein Dämon haust nun in seiner fleischlichen Hülle. Am Samstag besuchte ich Elias Hafner in der Werkstatt. Etwas mit der Zündung meines

Wagens war nicht in Ordnung. Ich wusste noch nicht, ob ich Elias Hafner töten musste. Ich wartete auf ein Zeichen. Elias machte Andeutungen über den Felgenreiniger, den ich zwei Tage zuvor bei ihm gekauft hatte. Und dann fragte er mich ganz unverblümt, ob ich ihn schon benutzt hätte, die Felgen meines Wagens würden so dreckig aussehen. Ich musste ihn töten, verstehen Sie? Er wusste etwas. Außerdem war er der Nächste in diesem schmutzigen Kalender. Mir kam das Bild mit den Katzen in den Sinn, in der Werkstatt stand die Druckluftpistole, und als er mir den Rücken zuwandte … Ach, es war kein schönes Gefühl, als die Druckluft in seinen Körper zischte und Elias vor Schmerzen brüllte. Es gab ein hässliches Geräusch, als seine Innereien platzten und all der Kot und das Blut aus ihm herausströmten.«

Rosza hatte seinen Ansprache beendet. In der Ferne zwitscherte eine Amsel. Rosza beachtete sie nicht. Eine Amsel im Winter? Ich horchte auf. Das war der Klingelton von Ullis Handy! Sie war auf dem Weg!

»Bringen wir es zu Ende«, sagte Rosza in jovialem Ton. »Gregor Wiest muss sterben. Und leider gilt das auch für Sie, wenn Sie mir im Wege stehen. Sehen Sie, ich lege Wert darauf, dass eine gewisse Kohärenz gewahrt bleibt. Franz Brandter ertrank in seinem Fischteich, der ihm so viel bedeutete. Egon Gugganig erfror in seinem sündigen Wellness-Tempel und Elias Hafner starb in seiner Werkstatt. Leider kann ich es nicht einrichten, dass Gregor Wiest von einem seiner Gäule erschlagen wird. Aber ich habe ein paar Hufnägel mitgebracht, die ich ihm in den Kopf hämmern werde. Das ist ebenso gut wie der Bolzen eines Schlachtschussapparats, mit dem seinen altersschwachen Pferden das Ende bereitet wird. Apropos: Sie verzeihen doch meinen Scherz mit dem Schneemann? Ich musste Gregor weglocken, um mit ihm allein zu sein. Ich schätze seine Mutter sehr. Sie singt Alt in meinem Kirchenchor. Keine Angst, ihr ist nichts Böses passiert. Ich habe ihr nur ihre Halskette entwendet. Ich war gestern auch noch bei Frau Belkoff zu Besuch. Sie war so gütig, mich auf eine Tasse Pfefferminztee einzuladen.«

»Was wollten Sie bei ihr?«

»Ein bisschen plaudern.«

Gregor regte sich unter dem Gewicht Roszas. Rosza trat ihm mit der Ferse ins Gesicht, die Pistole weiterhin auf mich gerichtet. Wo blieb Ulli?

»Ich hatte ein Zeichen erhalten«, fuhr Rosza fort. »Eines, das ich nicht erwartet hatte. Daran erkennt man die Weisheit des Ratschlusses unseres Herrn.«

»Mein Anruf. Sie haben gelauscht.«

»Gelauscht?« Rosza war empört. Oder er tat nur so. »Frau Belkoff ist etwas schwerhörig und redet entsprechend laut. Ihre Worte drangen ungestört an mein Ohr. Da musste ich nur zwei und zwei zusammenzählen, und ich wusste, wo sich Gregor Wiest versteckt hielt. Leider war er nicht alleine. Ich wartete in meinem Wagen in der letzten Kehre der Bundesstraße. In den frühen Morgenstunden baute ich den schönen Schneemann. Dann wartete ich wieder. In der Früh kam der Schneepflug. Ich sah Erika Brandters Wagen den Weg herauffahren. Das hat mich etwas aus dem Konzept gebracht, doch dann erkannte ich, dass Gregor drinnen saß. Im letzten Moment bin ich auf ihn zugefahren. Ich habe ihn nicht, wie geplant, frontal erwischt, sondern an der Fahrertüre. Er ist abgestürzt, und ich musste ihm nach, um mein

Werk zu vollbringen. Ich holte ihn ein und versetzte ihm eins mit dem Fäustel.«

»Sie sind doch völlig durchgeknallt!«, schrie ich.

Rosza hörte mich gar nicht.

»Ich habe Ihren Sohn kennengelernt«, fuhr ich fort. »Wissen Sie, wie es ihm geht? Er hat nicht mehr lange zu leben.«

»Ich habe Ihnen schon gesagt, dass ich keinen Sohn habe.«

»Sie haben eine Tochter und einen Enkelsohn. Wollen Sie ihnen nicht noch einmal übers Haar streichen und sie küssen?«

»Es wird Zeit«, sagte Rosza ruhig. »Ein Schuss aus einer Pistole ist dem Redakteur eines Revolverblattes durchaus würdig, finden Sie nicht? Oder wollen Sie lieber mit dem groben Hammer ...?«

Rosza meinte die Frage völlig ernst. Er streckte mir mit der linken Hand die Pistole, mit der rechten den Fäustel entgegen, als ob er mich zwischen den beiden Werkzeugen wählen ließ. Ich schätzte die Wahrscheinlichkeit ein, dass sich eine letzte Patrone in der Pistole befand. Ich machte einen Satz auf ihn zu. Der stechende Schmerz in meinem Knie ließ mein Bein einknicken. Mein Sprung geriet zu kurz, und ich landete vor Rosza mit dem Gesicht auf dem Eis. Rosza zuckte zurück, dann ließ er den Fäustel niedersausen. Im letzten Moment rollte ich zur Seite. Der Fäustel krachte auf das Eis. Es brannte wie Feuer, als ein Splitter in mein Auge drang. Halb blind griff ich um mich und bekam Roszas linke Hand zu fassen. Ich drehte sie mit aller Kraft. Rosza stieß einen hohen Schrei aus und ließ die Pistole fallen. Ich gab ihr mit dem Fuß einen Tritt, um sie aus seiner Griffweite zu befördern. Rosza stemmte sich im Sitzen gegen meinen Körper und strampelte mit den Beinen. Stück für Stück schob er mich in Richtung Wasserfall. Seine Pelzmütze rutschte ihm über die Augen, seine kastenförmige Brille saß schief auf der Nase. Ich tappte mit dem Arm, um irgendwo Halt zu finden. Ich bekam eine schlaffe Hand zu fassen. Gregors Hand. Rosza versetzte mir einen letzten Tritt, dann glitt ich über die Kante. Ich rutschte einen Meter in die Tiefe, dann gab es einen Ruck. Gregor war ein Stück weit mit geglitten, und nun pendelte ich an seinem Arm, unter mir der eisige Tümpel. Gregor brüllte. Rosza krallte sich an seinen Körper und hämmerte mit dem Fäustel auf dessen Arm. Gregors Schreie wurden noch schriller. Meine Finger waren kalt und kraftlos, ich konnte mich nicht mehr halten. Gregors Hand entglitt meinen Fingern, und ich stürzte endgültig in die Tiefe. Der Fall schien Minuten zu dauern. Es gab einen Krach und einen Platsch, dann tauchte ich unter Wasser. Es war überraschend warm. Es gluckste und rauschte, und ich verlor die Orientierung. Mein Körper schien wie von selbst die Situation zu erfassen. Ich stemmte meine Füße gegen einen Stein, tastete nach einem Halt, um mich hochzuziehen. Zwei Arme umschlangen meinen Oberkörper und zogen mich an Land.

»Wir sind den Patronen gefolgt, die du ausgelegt hast«, krächzte Ulli atemlos. »Bertl ist hochgeklettert und ist nun über dem Wasserfall.«

»Rosza«, schnaufte ich. »Dort oben ist Armin Rosza. Er hat Gregor, und er hat auch seine Pistole.«

Wir konnten nicht sehen, was sich oberhalb des Wasserfalls abspielte. Wir sahen nur Roszas im Triumph erhobene

Arme. In einer Hand hielt er den Fäustel, in der anderen ein Bündel Hufnägel. Dann hörten wir Bertram den Abhang herunterrutschen und auf Rosza zustolpern.

»Lassen Sie den Hammer fallen, oder ich schieße Ihren Kopf weg!«, schrie Bertram. Offenbar hatte er die Pistole gefunden und aufgehoben. »Runter von Gregor!«

»Die Waffe ist nicht geladen. Herr Damianovic hat die Patronen aus dem Magazin entfernt.«

»Die im Lauf hat er wohl übersehen. Ich würde nicht mein Leben davon abhängig machen.«

»Wenn schon. Gregor können Sie nicht mehr retten. Wenn ich mit ihm fertig bin, können Sie mich haben. Meine Mission ist fast erfüllt. Andere werden mein Werk weiterführen.«

»Lassen Sie ihn los, ich meine es ernst!«

Rosza holte aus. »Im Namen des Vaters!«, schrie er.

Der Schlagbolzen traf das Zündhütchen. Das Teilmantelgeschoss legte die kurze Strecke zwischen Lauf und Roszas Kopf in 1,64 Mikrosekunden zurück, dann schlug es ein Loch in die Schädeldecke. Armin Rosza war sofort tot.

Donnerstag, 26. Jänner

Ulli hatte die Krawatte mitgebracht, die Frau Belkoffs Mann gehört hatte. Frau Belkoff strich zärtlich über die Seide.

»Wenn ich gewusst hätte, dass Rosza der Mörder war, hätte ich ihn nicht auf einen Pfefferminztee eingeladen«, sagte sie. »Ich habe Sie beide damit in Gefahr gebracht.«

»Warum haben Sie Rosza hereingebeten?«, fragte ich.

»Ich wollte ihn wegen dieser Geschichte mit dem Exorzismus an seinem Sohn ausquetschen. Es ließ mir keine Ruhe. Ich musste ihn damit konfrontieren.«

»Was hat Rosza geantwortet?«, wollte Ulli wissen.

»Er war sehr ausweichend und antwortete kaum auf meine Fragen. Nachdem Herr Dimiter angerufen hat, hatte er es plötzlich sehr eilig.«

»Weil er wusste, wo er Gregor finden würde.«

»Ach, Gregor. Wie geht es ihm? Sie waren bei ihm im Spital.«

»Gregor hat eine Gehirnerschütterung und mehrere gebrochene Knochen. Er wird überleben«, sagte ich und hustete. Für mich waren die Folgen des Abenteuers eine starke Verkühlung und ein Knie, das zur Größe einer Melone angeschwollen war.

»Und Bertl?«

»Hat ein Rendezvous mit der Polizei. So wie Erika. Aber sie ist auf freiem Fuß.«

Frau Belkoff nickte. »Beeilen Sie sich«, rief sie. »Ihr Zug geht in fünfzehn Minuten. Frau Jordan wird Sie sicher zum Bahnhof fahren, nicht wahr?«

»Ich kann doch keinen Invaliden im Stich lassen«, erwiderte Ulli mit gespielter Empörung. »Auf Wiedersehen, Frau Belkoff! Wenn es Ihnen nichts ausmacht, werde ich Sie in den nächsten Tagen besuchen. Wir haben noch so viel zu besprechen.«

»Auf Wiedersehen, Frau Belkoff!«, sagte ich. Ich zögerte zwei Sekunden, dann beugte ich mich zu ihr und gab ihr einen Kuss auf die Wange. »Und vielen Dank für alles!«

Frau Belkoff wurde rot. »Ach sparen Sie sich die Schmuserei mit einer alten Schachtel. Heben Sie sich Ihre Zärtlichkeiten für Frau Jordan auf.«

Ich streichelte Rigoletto über das Köpfchen, dann verließen wir das Haus. Ullis Kombi sprang wider Erwarten beim ersten Versuch an.

»Was ich dich noch fragen wollte«, begann ich. »Wie bist du auf die Idee gekommen, in der Schlucht den Rufton deines Handys einzuschalten? Das war genial. So wusste ich, dass du auf dem Weg warst. Ohne Hoffnung auf Verstärkung hätte ich die Konfrontation mit Rosza nicht durchgestanden.«

Ulli zögerte. »Das war kein ausgeklügelter Plan. Ich bekam einen Anruf.«

»Von wem?«

»Es war Richard.«

Der Triebwagen hielt mit kreischenden Bremsen. Ich nahm meinen Rucksack und drehte mich noch einmal zu Ulli um: »Ich überweise dir die 300 Euro, sobald ich in Wien bin.«

»Es eilt nicht. Aber du bist mir noch einen Kaffee schuldig. Oder du schreibst einen Stapel Aufgabenhefte nach.«

Krimi. Spannung. Österreich.

Max Oban

Leichen im Keller

»Beschatten Sie meinen Mann!« Diesen Auftrag erhält Paul Peck von Karin Moser, einer biederen Mittfünfzigerin. Der Horror jedes Privatdetektivs, denkt Peck und macht sich widerwillig an die Überwachung des untreuen Ehemanns. Als Peck am nächsten Tag einen ersten Bericht abliefern möchte, findet er Karin Moser tot neben ihrem Kühlschrank.